KB273919

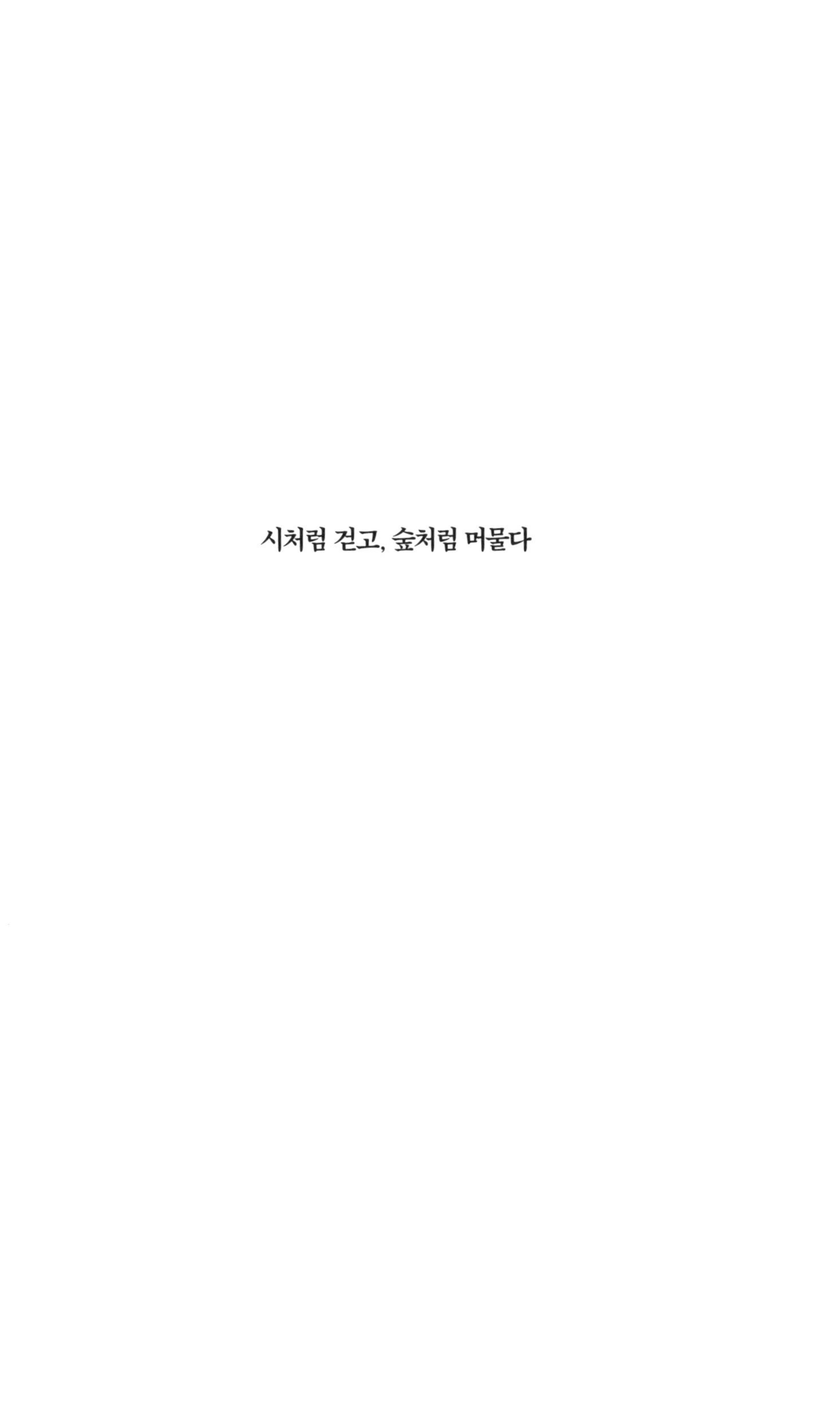

시처럼 걷고, 숲처럼 머물다

시처럼 걷고, 숲처럼 머물다

초판 1쇄 발행 2026년 2월 25일

지은이 전상인
펴낸이 정성욱
펴낸곳 이정서재

편집 정성욱
마케팅 정민혁
디자인 김지현

출판신고 2022년 3월 29일 제 2022-000060호
전화 02)732-2530 ㅣ FAX 02)732-2531
이메일 jspoem2002@naver.com

시처럼 걷고,
숲처럼 머물다

전상인
에세이

이정
서재

옥천을 사랑하는 '잡상인'

겨울 이른 새벽, 아직 어둠이 걷히지 않은 시간에 집을 나섰다. 마성산 등산로를 따라 걷다 보니, 서리 맺힌 낙엽이 발밑에서 바스락거린다. 그 소리에 놀란 산새들이 짧은 날갯짓을 남기고 숲속으로 사라진다. 한참을 올라 이슬봉에 서자, 설경에 잠긴 대청호가 한 폭의 그림처럼 펼쳐졌다. 산이 호수를 품은 것인지, 호수가 산을 안은 것인지 분간할 수 없는 풍경 앞에서 나는 한동안 말없이 서 있었다.

마성산 자락을 따라 남쪽으로 내려가면 정지용 시인의 생가와 육영수 여사의 생가가 나란히 자리하고 있다. 그 길목에서 문득 오래된 기억 하나가 떠올랐다. 언젠가 두 딸과 막내아들의 손을 잡고, 대청호를 따라 향수 100리 길을 자전거로 달렸던 적이 있다. 정지용 시인의 시 「향수」에서 이름을 딴 그 길은 고향의 숨결과 세월의 결을 따라 이어지는 길이었다.

여명 속 대청호는 말없이 아름다웠다. 차가운 공기와 호수의 수증기가 만나 나뭇가지마다 얼음꽃을 피워냈고, 물 위에서 피어오르는 물보라는 짙은 안개가 되어 산과 호수를 감쌌다. 수몰로 섬이 되어버린 산들이 먼 호수 위에 그림처럼 앉아 있던 그 아침, 나는 처음으로 깨달았다.

'아, 옥천은 이렇게 아름다운 곳이었구나.'

그리고 그곳이 바로 내가 태어나고 살아온 고향임을 새삼 가슴으로 느꼈다. 사람들은 저마다 고향을 떠나 살아간다. 그러나 고향은 쉽게 지워지지 않는다. 누군가에게 고향은 어머니의 얼굴이고, 누군가에게는 돌아갈 수 없는 시간의 냄새다.

연어가 태어난 강으로 돌아가듯, 사람에게도 고향을 향한 귀소본능이 있다. 그 이유는 단 하나, 고향에는 말로 다 담아낼 수 없는 '향수'가 있기 때문이다.

나는 태어나서 지금까지 단 한 번도 옥천을 떠나본 적이 없다. 옥천에는 내 어린 시절의 흔적이 고스란히 남아 있고 베개 속에 스며든 어머니의 눈물이 아직도 따뜻하게 남아 있다.

어느새 내 나이도 이순耳順을 바라보고 있다. 예순이 되면 귀가 순해진다는 말, 남의 말을 듣되 마음에 상처로 남기지 않고 그 뜻을 헤아릴 줄 아는 나이라는 뜻이다. 이제 나는 말을 '듣는 사람'이 아니라 '이해하며 듣는 사람'으로 살아가고자 한다.

내 삶은 화려하지 않았다. 옥천 삼양초등학교, 옥천중학교, 옥천공업고등학교를 졸업했고 서른셋의 늦은 나이에 대학에 들어가 서른일곱에 한남대학교 경영학과를 졸업했다. 남들 앞에 내세울 학벌도, 명예도, 빽도 없었다. 그러나 근면과 성실 하나만은 끝까지 놓지 않았다.

어릴 적 아버지는 길모퉁이에서 손수레를 끌며 호떡을 팔았고, 어머니는 산나물을 캐어 우리 가족의 끼니를 이으셨다. 나는 신문을 배달하며 가난을 배웠고 직업을 가리지 않고 뛰어다니며 살아왔다. 그래서 붙은 별명이 '잡상인'이었다. 그러나 나는 그 이름이 부끄럽지 않다. 가난을 피하지 않고 가난을 스승으로 삼고 여기까지 걸어왔기 때문이다. 어려운 환경 속에서도 나는 부모님께 단 한 번도 투정이나 원망을 하지 않았다. 어렵게 살아가시는 두 분의 삶 한가운데에 내가 있다는 사실이, 그 무엇보다도 깊은 행복으로 느껴졌기 때문이다.

2012년부터 10여 년 동안 나는 국회의원 수석보좌관으로 일하며 고향 옥천의 발전을 위해 수많은 예산과 정책을 고민했다. 모든 일이 뜻대로 되지는 않았지만, 돈으로 살 수 없는 경험과 배움을 얻었다. 정치란 결국 사람을 위한 일이며, 학벌이나 재산이 아니라 책임과 소통으로 완성된다는 것을 깨달았다.

세상에서는 쉽게 배울 수 없는 소중한 기회를 통해 돈보다 더 값진 경험을 쌓으며 나 자신의 역량을 크게 키울 수 있었다. 어려움도 적지 않았지만, 그런 과정 속에서 무엇보다 주민들의

 시처럼 걷고, 숲처럼 머물다 ———

입장에서 생각하고 고민하는 시간을 많이 가질 수 있었다.

나는 2018년, 지방자치단체장 선거에서 8백여 표 차이로 석패했다. 지금 생각하면 참 잘 떨어졌다. 덕분에 나는 그 실패를 통해 많은 것을 배웠다. 인내와 고통을 견디는 법을 알게 되었고, 사람과의 관계 속에서 함께했던 이들이 마주한 피할 수 없는 현실을 보았다. 그 시간은 허구와 진실의 경계 사이를 끊임없이 오가며 스스로를 돌아보게 만든 시간이었다.

그러나 그 패배는 끝이 아니라 다시 일어서기 위한 멈춤이었다. 지방자치단체장은 명예직이 아니라 현장에서 땀 흘리는 풀뿌리 일꾼이어야 한다고 믿는다.

내가 가진 것은 많지 않다. 다만, 고향과 이웃을 위해서라면 무엇이든 해낼 수 있다는 마음만은 누구보다 크다.

이 책은 작가의 글이 아니다. 한 사람이 살아온 삶의 기록이며 옥천이라는 고향에 바치는 고백이자 신앙이다. 태어나 처음으로 내 이름을 걸고 세상에 내어놓는 이 책 앞에서 나는 지금도 조금 떨리고 있다. 그러나 이 떨림마저도 내 삶의 일부로 기꺼이 받아들이고자 한다.

이 책이 옥천을 사랑하는 한 '잡상인'의 작고 진솔한 기록으로 남기를 바란다.

2026년 1월

전상인

2장 정치에 입문入門하다

3장 다시 일어설 용기

1장

가난 속에서 배운 인생

호떡집 아들

언제나 유년을 돌아보는 일은 나에게 따뜻하다. 1970년대의 가난은 일상에 늘 스며 있었지만, 행복했던 순간들도 있었다.

나는 1968년 음력 8월 26일, 금강이 휘돌아 흐르는 충북 옥천의 작은 마을에서 다섯 남매 중 넷째로 태어났다. 아버지는 옥천 전 씨로, 백제 시조 전섭을 모시던 집안이다. 부모님은 내 이름을 '서로 상相, 어질 인仁'이라고 지어주셨다. 사람들과 서로 의지하면서 세상을 어질게 살라는 뜻이었다.

그러나 세상은 순한 사람에게 늘 호의적이지만은 않았다. 아버지는 월남전 파병군인이었다. 월남에서 돌아온 아버지는 그동안 모은 돈과 할아버지가 남긴 전답을 팔아 옥천읍의 땅, 일만 평을 샀다. 땅 주인은 아버지가 한문漢文을 모르는 것을 알고 얼렁뚱땅 등기부에는 고작 일천 평만 기록하고 넘겨주었다. 천성적으로 선량했던 아버지는 등기부를 꼼꼼히 확인하지 못한 대가로 모든 재산을 한순간에 잃었다.

당시만 해도 돈은 은행보다 집에 두는 일이 많았는데 이불 속에 숨기거나 쌀통 깊숙한 곳에 보관하는 일도 흔했다. 부동산 계약을 마친 뒤에는 혹시 속은 것은 아닌지 늘 불안감이 따랐고, 어쩔 수 없이 돈뭉치째 집에 보관할 수밖에 없었다. 현금을 가지고 살아가는 일은 늘 위험을 안고 있었고, 그 때문에 지금의 보이스피싱처럼 끊임없는 표적이 되었다. 이곳저곳에서 쏟아지던 투자 제안과 권유는 대부분 공수표로 끝났고, 그 결과 가정형편은 점점 더 팍팍해져 갔다.

그날 이후 아버지의 얼굴에는 깊은 그늘이 내려앉았다. 절망에서 벗어나기 위해 몸부림치던 아버지는 돈을 복구하기 위해 결국 도박으로 이어졌다. 그러나 마지막으로 남아 있던 돈마저 도박판에서 사라지자 삶은 더 이상 되돌릴 수 없는 어둠 속으로 가라앉고 말았다.

아버지는 땅을 되찾겠다며 그 사기꾼 집 앞에 서 있곤 했다. 말 한마디 건네지 못한 채 서성이는 뒷모습에는 분노보다 체념이 배어 있었다. 그런 아버지를 다시 제자리로 돌려세우기 위해 어머니는 절을 찾았다. 그리고 부처님 앞에 앉아서 마치 고해성사라도 하듯 속마음을 모두 털어놓고 간절하게 소원을 빌었다.

 시처럼 걷고, 숲처럼 머물다 ——— —

어머니의 기도 덕분이었을까. 아버지는 조금씩 현실을 수긍하기 시작했고, 마음을 추스르기 시작했다. 이후 새마을운동 현장을 떠돌며 일용직으로 돈을 벌었다. 그 시절, 나는 육체의 고통보다 마음의 고통이 훨씬 깊고 오래 간다는 것을. 처음으로 알게 되었다.

우리 집은 열 평 남짓한 방 두 칸에서 일곱 식구가 함께 살았다. 겨울에는 연탄을 쓰는 화목보일러로 방을 데웠고, 여름이면 구들장에서 연탄가스가 새어 나오는 것을 막기 위해 진흙을 바른 뒤 신문지와 종이 포대를 겹겹이 붙여 놓았다. 그 무렵에는 연탄가스 중독으로 사람이 목숨을 잃었다는 소식이 거의 매일 아침 뉴스에 등장하곤 했다. 모두가 가난을 당연한 일상으로 받아들이던 시절이었다.

1978년, 아버지는 다섯 남매를 키우기 위해 옥천 길거리에 작은 호떡집을 열었다. 지금으로 치면 옥천 최초의'길거리 제과점'이었다. 일본에서 사 온 호떡 틀 두 개는 한꺼번에 호떡 네 개를 구울 수 있어서 당시로서는 아주 귀한 물건이었다.

아버지는 붕어빵을 굽듯 틀에 반죽을 붓고 설탕 한 스푼을 넣어 호떡을 구우셨다. 그 시절에는 식용유조차 귀해 틀에만 살짝 기름을 바를 뿐이었지만, 말 그대로 틀의 열기와 반죽의 쫀득함을 살린 오븐 호떡은 별미였다. 지금도 아버지를 기억하는 70대 선배님들은 "호떡은 역시 아버지 호떡이 최고였다"고 말하며 그때의 추억을 들려주신다. 사람들은 호떡을 사기 위해 줄을 섰고, 나는 그런 아버지가 무척 자랑스러웠다.

하지만 호떡집에도 어려움은 있었다. 세 개의 아궁이에 넣어둔 연탄을 서로 다른 시간에 갈아야 했는데, 연탄을 아끼기 위해 세 불이 동시에 활활 타면 안 되었다. 나는 가끔 잔돈 심부름하거나 아버지 곁에서 호떡 봉지를 만들면서 연탄불을 살피곤 했다. 지금 내 아이들에게 그런 이야기를 하면 시큰둥해하지만, 나는 그 시절의 냄새와 열기, 설탕 타는 소리를 도저히 잊을 수 없다.

아버지는 밀가루로 반죽하고 기름 냄새가 밴 손으로 우리를 키우셨다. 손마디마다 불에 데인 자국이 곳곳에 있었다. 하지만 호떡으로 벌어들인 돈만으로는 다섯 남매의 학비를 대기엔 턱없이 부족했다. 시간이 흐르자 옥천에도 순대집, 찐빵집 등이 새로운 가게들이 들어서면서 호떡집은 점점 설 자리를 잃어 갔다.

나는 늘 형들이 입던 옷을 물려받아 입었다. 겨울이면 비축해 두었던 연탄이 줄어들고 있을 때는 마음이 불안했다. 추운 겨울에는 연탄을 아껴 써야 했기에, 언제 연탄을 갈아야 할지 늘 신경을 곤두세워야 했다. 방 안에 아직 온기가 남아 있을 때 갈아야 했는데, 완전히 식은 뒤에 연탄을 갈면 방 안의 온도는 순식간에 뚝 떨어졌고, 온기가 다시 돌아오기 전까지는 몸을 오들오들 떨어야 했다.

더욱이 연탄을 갈 타이밍을 놓치면 새 연탄은 수분을 머금은 채 불조차 제대로 붙지 않아 숯덩이처럼 이내 식어 버리곤 했다. 그러면 번개탄이나 잘게 쪼갠 장작에 불을 붙여 불씨가 연탄에 옮겨붙기를 기다려야만 했다. 학교가 끝나면 뒷산에 올라 잔가지와 고목들을 주워 지게에 지고 내려오기도 했다. 부잣집 창고에 산처럼 쌓여 있던 연탄 더미를 보며 부러움을 삼킨 기억도 많다.

그런 와중에도 어머니는 돈만 생기면 가장 먼저 추운 겨울을 넘길 연탄을 샀고, 때로는 연탄 한두 개를 집게에 들고 오기도 했다. 가끔 오십 장을 한꺼번에 들여놓는 날이면, 그저 연탄 더미를 보는 것만으로도 가슴이 벅찼다.

어떤 땐 쌀이 부족해 보리밥과 칼국수로 며칠씩 가족들이 배를 채운 적도 많았다. 당시만 해도 라면은 먹고 싶은 서민 음식이었지만 그렇다고 싼 가격도 아니었다. 삼양라면 한 봉지가 100원이었는데 라면이라도 끓여 먹는 날은 오히려 행복했다. 나는 밥보다 라면을 더 좋아했고 자장면은 '꿈의 음식'이었다.

돌이켜보면 그 모든 시간이 가난의 상처였지만, 동시에 사람의 따뜻함을 배운 시간이었다. 호떡 굽던 아버지의 두 손, 연탄을 들고 종종걸음을 치던 어머니, 겨울 골짜기의 찬 바람 속을 뛰어다니던 소년의 기억은 지금도 내 인생의 뿌리를 이루고 있다. 하지만 지금 돌아보면 가난 속에서도 인정이 넘치는 시절이었다.

성장통을 앓던 소년

나는 어린 시절부터 마음에 상처를 많이 안고 자랐는지, 또래보다 유난히 일찍 철이 들었다. 그 덕분에 남들보다 먼저 책임감을 배웠지만, 동시에 세상살이의 쓰라린 맛도 일찍 알아버렸다.

그 시절에는 개천에서 용이 나듯, 가난을 딛고 사법고시나 공무원 시험에 합격하는 이들도 종종 있었다. 당시만 해도 가난은 넘어서야 할 벽이었지, 출발선 자체를 지우지는 않았다. 그러나 지금은 사정이 다르다. 돈이 없으면 시작조차 하기 힘든 어려운 시대가 되었다. 그런 점에서 보면, 세상은 분명 많이 달라졌다.

초등학교 3학년 때였다.

동네 중학생 형들이 자전거에 신문을 싣고 달리는 모습을 보며, 나도 돈을 벌고 싶다는 생각이 불쑥 앞섰다. 망설일 새도 없이 나는 신문보급소로 달려갔다. 그곳을 운영하던 지국장님은 당시 옥천교육청 한경환 교육감님의 아버님이셨다.

"지국장님, 저도 신문 배달해도 될까요?"

작고 땅딸막한 꼬마가 떨리는 목소리로 말하자, 지국장님은 한동안 나를 가만히 바라보시더니 대견하다는 듯 웃으며 물으셨다.

"고놈, 참 기특하네. 아버님은 잘 계시는가? 부모님 허락은 받았느냐?"

"네."

나는 신문 배달하고 싶다는 욕심에 숨도 쉬지 않고 거짓말을 했다.

아버지는 의외로 성품이 깐깐하고 원칙이 분명하신 분이셨다. 그러나 나에게만은 늘 관대하고 인자하셨다. 게다가 여느 집 아이들처럼 잘 먹이고 입히지 못한 죄책감에 스스로 마음 아파하셨다. 그런 아버지께 사실대로 내가 신문 배달을 하겠다고 말씀드렸다면 분명 호되게 꾸중을 들었을 것이고, 어머니께 말했더라면 눈물부터 보이셨을 것이다.

열 살짜리 꼬마가 돈을 벌고 싶어 했던 이유는 단순한 호기심 때문만은 아니었다. 그 마음속에는 가난에 대한 서러움과 남들처럼 자장면 한 그릇을 마음껏 먹고 싶다는 작은 소망이 뒤섞여 있었다.

그 시절 지방신문은 대부분 석간이었다. 학교가 끝나면 나는 곧장 지국으로 달려가서 내 몸무게보다 더 무겁게 느껴지던 신문 뭉치를 품에 안고 도로와 골목을 가로질러 달렸다.

당시의 옥천은 다른 농촌 지역보다 비교적 지식층이 많았고 신문을 구독하는 집들은 다소 형편이 여유 있는 사람들이었다. 그들에게 신문은 생활의 일부이자 꼭 필요한 것이었다.

하지만 신문 배달은 어린 소년에게 결코 만만한 일이 아니었다. 집들이 띄엄띄엄 떨어져 있어서 첫날 신문 배달을 마치고 집으로 돌아왔을 때는 온몸이 땀으로 흠뻑 젖어 있었지만, 내 손으로 처음으로 돈을 번다는 사실이 큰 기쁨이었다.

신문 배달을 시작한 지 사흘째 되던 날, 아버지는 내가 신문 배달하고 있다는 사실을 알아차린 듯했다. 방과 후 아버지는 나를 호떡집으로 불러 세워 꾸짖으셨다. 그 순간 아버지의 눈에는 눈물이 맺혀 있었다. 열 살짜리 아들이 돈을 벌고 있다는 현실이 아버지에게 적잖은 아픔으로 다가왔던 것이다.

"이놈아, 누가 너한테 신문 배달하라고 했느냐. 공부를 열심히 해야지."

"아버지, 저도 돈을 벌고 싶어요. 다른 애들처럼 자장면도 먹고 싶고요. 선생님이 아침에 출석을 부르면 꼭 육성회비를 내지 못한 나에게 납부하라고 해요. 그럴 때마다 왠지 창피해 숨고 싶고, 고개를 숙이게 돼요."

 시처럼 걷고, 숲처럼 머물다 ──────

나는 아버지에게 이 말을 했던 것이 또렷하게 기억난다.

물론, 가난이 잘못이 아니지만, 몸을 움츠러들게 만든다는 사실을 처음으로 알았다. 지금은 초·중학교가 무상교육이지만, 당시에는 육성회비라는 이름으로 학비를 냈다. 육성회비가 밀리면 어린 마음에 부끄러웠고 창피했다. 그때마다 이름을 호명하는 선생님을 원망해 보았지만, 그 상황을 벗어날 방법이 없었다. 현실은 어린 내가 바꿀 수 있는 것이 아니었기 때문이다.

어머니의 눈에도 눈물이 그렁그렁 맺혔다. 신문을 들고 읍과 시가지와 논밭을 뛰어다녔을 아들의 고사리 같은 손을 떠올리니 아마 당신의 마음도 이내 찢어졌을 것이다. 그런 부모님의 마음을 내가 제대로 알 나이는 아니었다.

그날 밤, 부모님은 나로 인해 말다툼을 심하게 하셨다. 형은 괜히 쓸데없는 짓을 해서 집안을 시끄럽게 만든다며 나를 나무랐다.

다음 날, 아버지는 조건을 내걸었다. 공부를 게을리하지 않는다면 신문 배달을 허락하겠다는 것이었다. 나는 속으로 기뻤다.

그러나 한 달 뒤, 또 다른 사건이 벌어졌다. 신문 배달로 받은 첫 월급으로 같은 반 아이들에게 고맙다며 자장면을 사 준 것이 화근이었다.

그러던 중 부잣집 아이 하나가 "상인이가 억지로 신문 배달을 시켰다"는 엉뚱한 말을 퍼뜨렸다. 그 말은 곧 그 아이 부모의 귀에까지 전해졌고, 결국 어머니는 담임 선생님과 함께 우리 집을 찾아와 항의했다. 그날 이후 나는 순식간에 문제아로 낙인찍혔다. 선생님은 가정방문까지 했고 억울함을 어디에도 풀 수 없었던 나는 방안에서 한참 울먹였다.

그날 저녁, 아버지는 나에게 몽둥이를 드셨다. 나는 종아리를 맞으며 억울했다. 아버지가 때린 매의 뜻은 분명했다.

"힘들더라도 남에게 피해를 주어서는 안 된다. 네가 원하지 않았더라도 빌미를 제공했다면 그 책임은 네 몫이다."

나는 아버지의 눈물 속에서 삶의 무게와 책임이라는 말을 처음으로 배웠다.

지금도 그 기억만은 생생하다. 맞고 있는 동안 종아리는 이상하리만치 아프지 않았다. 마치 마취제를 맞은 것처럼 감각이 무뎠다. 그러나 마음에는 억울함이 넘쳐 쉽게 가라앉지 않았다. 하지만 아버지의 마음을 생각하니 가슴이 먹먹해졌다. 그리고 나는 마음속으로 다짐했다. 열심히 공부해 반드시 훌륭한 사람이 되겠다고.

이후 신문 배달은 내 일상이 되었고 나를 단련시켰다. 초등학교 6학년 때는 지국장 조장을 맡아 조금 더 월급이 많아졌고 자전거도 받았다. 나는 그 돈으로 학비와 학용품비에 보태면서 세상살이를 조금씩 배워 나갔다.

한번은 집에 쌀이 떨어졌다. 나는 신문 배달로 번 돈으로 쌀 한 말을 사 왔다. 어머니는 대견함과 미안함이 밀려오셨는지 펑펑 우셨다. 어린 내가 가족의 끼니를 책임져야 했던 현실이 어머니의 마음을 얼마나 아프게 했을지 이제는 알 것 같다. 하지만 그 시절의 경험은 내 삶의 방향을 바꾸어 놓는 결정적인 계기가 되었다.

지금도 겨울이 되면 차가운 손을 비비며 신문을 배달하던 기억이 떠오른다. 그때의 시간은 오히려 강한 체력과 정신력을 길러 준 밑바탕이 되었다. 차가운 시골의 공기, 논과 산을 가로지르며 달리던 길, 그리고 나를 바라보던 부모님의 눈물과 사랑은 아직도 마음 깊은 곳에 남아 있다. 신문 배달은 단순한 아르바이트가 아니라 나를 성장시킨 삶의 학교였다.

오늘도 나는 여전히 옥천 대청호를 따라 마라톤을 한다. 어린 시절 신문 배달로 단련된 몸과 마음이 여전히 나를 움직인다. 옥천의 산과 강, 그 아름다운 풍경 속을 달리다 보면, 꿈이 가득했던 소년 상인이 떠오른다. 그 시절은 내 인생에서 가장 힘들고도 가장 값진 성장통이었다.

옥천중학교에 진학하다

여름이면 나는 방 안에 웅크리고 앉아 지내곤 했다.

습한 여름날에는 창문조차 마음대로 열 수 없었다. 지루한 장마가 이어지면 천장 틈으로 스며든 빗방울이 벽지 위에 얼룩을 남겼다. 골목에는 배수가 되지 않아 부엌과 대문으로 들이닥친 빗물을 퍼내야 했다. 그런 밤을 여러 번 보냈다. 천장에서는 뚝, 뚝 빗소리가 이어졌고, 밤이면 쥐가 내는 소리에 잠을 설쳤다.

그 무렵 옥천의 집들은 새마을운동이라는 이름 아래 양철과 기와로 하나둘 단장하고 있었다. 그러나 우리 집은 오래된 기와지붕 그대로였다. 겉모습이 조금 바뀐다고 해서 삶까지 달라지는 것은 아니었다. 팍팍함은 여전히 집 안 깊숙한 곳에 웅크리고 있었다.

아버지에게는 단 하나의 철칙이 있었다. 아무리 어려워도 교육만큼은 반드시 마쳐야 한다는 것이었다. 당시만 해도 아들은 고등학교, 딸은 산업체로 보내 일을 통해 경제력을 키워야 한다는 분위기였고, 여성이 고등학교에 진학하는 일은 형편이 넉넉한 집에서나 가능한 선택이었다. 그럼에도 아버지의 신념으로 큰누나는 고등학교를 마쳤고, 큰형 역시 고등학교를 졸업해 내가 가장 좋아하던 삼양라면의 회계팀으로 사회에 나갔다. 큰형 덕분에 라면은 넉넉히 먹을 수 있었고, 명절이든 기회가 될 때마다 라면은 자주 식탁에 올랐다. 작은형은 옥천고등학교에 재학 중이었고, 내 밑으로는 아직 세 살밖에 되지 않은 여동생이 있었다.

아버지의 호떡집은 시대의 변화 속에서 결국 문을 닫았다. 이후 막일을 하면서 생계를 이어가야 했다. 부모님은 닥치는 대로 일을 했지만, 자식들의 학비와 생활비를 감당하기에는 늘 빠듯했다. 그럼에도 나는 중학교에 입학했다.

당시 중학생들은 호크가 달린 교복을 입고 머리를 짧게 깎았다. 나는 형이 입었던 낡은 교복을 물려받아 까까머리가 된 채 거울 앞에 섰다. 옷은 해졌지만, 이상하게도 내 몸에는 꼭 맞았다. 나는 입술을 꼭 깨물고 언젠가는 남들이 부러워할 만큼 잘 살고 말겠다고 마음속으로 다짐했다.

중학교 2학년 무렵, 등록금 문제로 며칠을 고민하던 때가 있었다. 그때 담임이셨던 이충우 선생님이 나를 조용히 부르셨다. 주산과 암산이 특기라는 내 이야기를 듣고 매점에서 학용품을 팔고 공부하는 이른바 '근로장학생' 제도가 있다는 것을 알려주셨다. 그 말을 듣는 순간, 배울 수 있고 내 능력으로 감당할 수 있다는 생각에 무척 기뻤다. 선생님이 내 손을 따뜻하게 잡아 주셨다는 사실이 그저 고마웠다.

주산과 암산은 큰형에게서 배웠다. 비공인 4단 실력이던 형은 틈틈이 나를 가르쳐 주었고, 나는 초등학교 5학년 무렵 이미 비공인 2단 수준에 이르렀다. 숫자를 빠르게 헤아리는 그 능력은 훗날 내 삶을 지탱하는 든든한 버팀목이 되었다.

어느 날 아버지는 내 손을 꼭 잡고 말씀하셨다.

"상인아, 우리 집은 가난하지만, 너만은 반드시 공부해서 성공해야 한다. 아버지처럼 몸으로만 살면 힘들다. 사람은 배워야 한다."

소주 한 잔과 김치 한 조각을 앞에 두고 나의 손을 잡고 하시던 그 말씀은 지금도 마음을 아프게 만든다. 그 순간 내 마음은 하늘에 붕 떠오르는 것 같았다. 아버지의 굳은 손에서 전해지던 그 믿음은 어린 나에게 과분할 만큼 컸다. 하지만 현실은 녹록지 않았다.

어머니는 매일 도시락에 단무지와 김치볶음을 담아 주셨다. 가끔 여유가 생기면 계란후라이와 오뎅볶음을 얹어주셨다. 그 맛은 지금도 잊히지 않는다. 그것은 음식이 아니라 어머니가

 시처럼 걷고, 숲처럼 머물다 ───────

내게 건네던 응원이었다. 그래서인지 지금도 계란 후라이와 오뎅볶음은 배가 불러도 꼭 맛보게 된다. 어머니의 손맛이 담긴 음식이기 때문이다.

나는 성격이 활달해 중학교 3학년 졸업발표회에서 연극반으로 활동하며 무대에 섰다. 역할은 방자였다. 공연 작품은 「곤지키야샤」였고, 나는 주인공이 아니라 곁에서 시중드는 역에 불과했다. 지금의 아이들에게 그 이야기를 들려주면 어김없이 웃음이 터져 나온다. 그러나 무대 위에서 느꼈던 작지만 분명한 성취와 기쁨은 지금도 내 안에 또렷이 남아 있다.

돌이켜보면 아버지의 교육열은 유난히 높았다. 넉넉지 않은 형편 속에서도 형과 누나를 대전까지 보내 고등학교를 마치게 했고, 나 역시 중학교에 진학할 수 있었던 그 때문이다. 어머니는 단 한 순간도 손에서 일을 놓지 않으며 가족의 생계를 책임졌다. 말없이 그 고단함을 견뎌낸 분이었다.

하지만 가난 속에서도 나는 부모님에게서 원칙을 배웠다. 남에게 피해를 주지 말 것, 그리고 자신의 운명은 스스로 개척할 것. 아버지는 잘못이 있으면 종아리를 때리며 엄하게 꾸짖었고, 그 훈육은 훗날 내 인성의 밑바탕이 되었다.

비록 우리 집은 가난했지만, 마음만은 가난해지지 않겠다고 다짐했다. 남들보다 두세 배 더 노력해야 이 가난을 넘어설 수 있다는 깨달음은 바로 그 중학교 시절부터 내 삶을 이끌어온 신념이었다.

옥천공업고등학교에 진학하다

나는 1985년 2월, 어렵사리 중학교를 졸업했다. 집안 형편을 생각하면 대학은 꿈조차 꿀 수 없었다. 현실은 언제나 냉혹했고, 나는 대학이라는 높은 문턱에 손조차 뻗을 수 없다는 사실을 이미 알고 있었다. 결국 취업을 목표로 옥천공업고등학교 건축과에 지원했고, 다행히 합격할 수 있었다.

3월 입학식 날, 아버지의 얼굴에는 말로 다 표현할 수 없는 기쁨이 번져 있었다. 그 시절만 해도 집안에서 고등학교에 진학하는 것 자체가 흔치 않은 일이었기에, 아버지의 기쁨은 그 어떤 순간과도 비교할 수 없을 만큼 컸다.

당시 건설업계는 황금기였다. 새마을운동 이후 한국 사회는 눈부신 발전을 이어가고 있었고, 중동으로 건설 인력을 파견하는 대기업들도 속속 등장했다. 국내 건축 경기 역시 활발해 1986년 아시안게임과 1988년 서울올림픽을 앞두고 기술 인력에 대한 수요가 급증했다. 이런 분위기 속에서 인문계보다 실업계로 진학하는 학생들이 더 많았다. 정부 역시 국공립공업 고등학교를 지원하며 학비와 기숙사를 장학금 형태로 지원하기도 했다.

그러나 이 열풍은 오래가지 않았다. 경제가 안정되고 대학 진학률이 급격히 높아지면서 누구나 대학을 꿈꾸는 시대가 열렸다. 실업계 고등학교에도 '동일계 진학'제도가 있었지만, 가정 형편상 나에게는 선택의 여지가 없었다. 대학은 그저 마음 한 켠에 남겨둔 꿈일 뿐이었다.

내가 공업학교 건축과를 선택한 이유는 단순했다. 주산과 암산에 자신이 있었고, 농촌에서 집과 축사를 지을 때 필요한 계산을 곧잘 해냈다. 공사비를 추산하는 계산 능력과 손재주, 그림을 그리는 감각이 자연스럽게 맞아떨어졌다.

집안 형편은 점점 더 어려워졌지만, 아버지의 강한 교육열은 늘 나를 지탱해주었다. 나는 어려운 환경 속에서도 더 열심히 공부했다. 연필로 도면을 그리는 일은 즐거웠고, 실습성적도 매우 우수했다. 덕분에 빠르게 자격증을 취득했고, 건축과 반장을 맡았으며 학교 보이스카우트 활동에도 참여했다. 성격은 점차 외향적으로 변해 갔고, 스스로 맡은 몫을 다하는 법을 배워 나갔다.

2학년 때 담임이었던 조환대 선생님은 학업 성적이 우수하고 성실한 나를 유심히 지켜보시다가 나를 공과 장학생으로 추천하여 등록금 전액 면제라는 큰 혜택을 받게 하였다. 덕분에 나는 학비 걱정 없이 공부에 전념할 수 있었고 그 고마움은 지금도 잊을 수가 없다.

나는 학교 공부와 실습 준비로 바쁜 그 와중에도, 옥천경리학원에서 주산과 암산을 가르치는 아르바이트도 병행했다. 나중에는 학원의 요청으로 초중등학생을 대상으로 하는 수업까지 하게 되었고, 나에게서 배워 은행에 취직한 학생들도 여럿 있었다. 그 무렵부터 친구들은 나를 '잡상인'이라고 불렀다. 남들이 쉽게 하지 못하는 일을 해낼 수 있다는 사실이 그저 자랑스러웠다.

이렇게 나는 고등학교를 스스로의 힘으로 졸업했다. 아버지와 나의 염원이 함께 이뤄진 순간이었다. 집안 형편을 잘 아는 친구들은 내 졸업을 '기적'이라고 표현했다. 지금도 어린 시절을 아는 이들은 그때의 나를 떠올리며 놀라워하지만, 나는 본질적으로 달라진 것이 하나도 없다고 생각한다.

지금의 아이들에게 내 어린 시절 이야기를 들려주면, 아마도 먼 달나라 이야기처럼 들릴 것이다. 그 시절의 가난과 아픔을 이야기해도 아이들은 쉽게 이해하지 못할 것이다.

그리고 배움에 대한 열망은 고등학교 졸업 이후에도 식지 않았다. 2000년, 서른한 살이라는 늦은 나이에 대학에 입학

 시처럼 걷고, 숲처럼 머물다 ───────

해 2004년 한남대학교 경영학과를 졸업했고, 이후 충남대학교 행정대학원과 서울대학교 중국경제지도자과정을 수료했다. 국회에서 다양한 경제 정책 세미나와 토론에 참여하며 배움의 갈증을 채워 나갔다.

돌이켜보면, 어린 시절의 가난과 고난, 그 속에서 체득한 성실함과 노력이 오늘의 나를 만들었다. 연필로 그리던 도면과 아르바이트로 아이들을 가르치던 시간까지, 그 모든 경험이 나를 더욱 단단하게 했다. 삶은 우리를 끊임없이 시험하지만, 그 시험 속에서 쌓아 올린 작은 성취들은 결국 우리를 성장시킨다.

옥천공업고등학교에서 만난 이필재, 조환대, 이계도, 이순억 선생님을 비롯한 많은 스승들과 아버지의 믿음이 있었기에 나는 오늘의 나로 성장할 수 있었다. 배움의 길에는 끝이 없듯, 삶의 길 또한 끝이 없다는 사실을 다시 한 번 마음속에 굳게 새긴다.

사회에 내디딘 첫발

1986년 12월, 옥천공업고등학교 졸업을 앞두고 나는 옥천의 '정아건축'이라는 설계 사무실로 실습을 나갔다. 우리 학과에서 정아라는 큰 건축사무실로 실습을 나간 학생은 나 혼자였다. 친구들은 나를 부러워했지만, 정작 내 마음속에는 설렘과 함께 '과연 사회에서도 잘 버틸 수 있을까' 하는 막연한 두려움이 뒤섞여 있었다.

그곳에는 지금도 현역으로 활동 중인 강경구 건축사님이 계셨다. 당시에도 지역에서 존경받던 분이었고 지금은 우리 지역의 원로로서 여러 중책을 맡고 있는 분이다.

실습을 나가기 전, 지도교사는 늘 같은 말을 강조했다. 출퇴근 시간을 철저히 지킬 것, 웃는 얼굴로 상사를 대할 것, 그리고 무엇보다 예절을 지킬 것. 이런 기본적인 것조차 하지 못하면 즐거운 직장 생활은 기대하기 어렵다는 말이었다.

그렇게 부푼 꿈을 안고 사회의 문을 열었지만, 곧 사회라는 바다는 고요한 호수가 아니라 거친 파도라는 사실을 깨닫게 되었다. 나는 누구보다 먼저 출근해 사무실을 정리하고 청소했다. 하루하루를 배우는 마음으로 성실히 보냈지만, 마음 한구석은 늘 무거웠다.

문제는 월급이었다. 그 무렵 아버지가 중풍으로 쓰러지셨다. 수입이 거의 없던 집안에 우환까지 겹치자 나는 깊은 고민 속으로 빠져들었다. 실습생이라는 명목으로 받는 월급은 고작 몇만 원. 커피 한 잔이 이백원하던 시절이었지만, 용돈으로 조금 쓰고 나면 점심 한 끼를 해결할 돈만 남았다. 겉으로는 '좋은 직장에 다닌다'며 친구들이 무척 부러워했지만, 실상은 껍데기뿐인 호두와 다를 바 없었다.

기대와 달리 내게 주어진 일도 달랐다. 설계의 '설'자도 맡기지 않았다. 연필을 깎고, 잉크를 갈고, 설계 도면을 복사하거나 군청을 오가는 행정 심부름, 현장을 다니며 실측을 돕는 일, 선배들의 잔심부름이 전부였다. 갓 고등학교를 졸업한 실습생에게 누가 설계 도면을 맡기겠는가. 학교에서 배운 설계 기술은 현실 앞에서 아무런 힘도 발휘하지 못했다.

그렇게 두 달쯤 지났을 무렵, 뜻밖의 일이 벌어졌다.

"상인아, 구일리 축사 설계를 한번 해보겠나?"

김만규 실장님의 말에 순간 내 귀를 의심했다.

"잘은 못하지만… 한번 해보겠습니다."

그러자 상사는 웃으며 말했다.

"그래, 한번 해봐."

내 손으로 처음 건축물을 설계한다는 사실만으로도 가슴이 벅찼다. 며칠 동안 몰두해 도면과 적산을 마쳤을 때, 종이 위에 선명히 자리 잡은 선들은 내가 처음 세상에 내놓은 작품이었다. 게다가 상사의 칭찬까지 들으니 더없이 기뻤다.

얼마 뒤 두 번째 설계도 맡게 되었다. 지금의 토지식당 자리로써 당시 궁전예식장의 도면이었다. 밤을 꼬박 새우며 작업했고, 모든 도면을 혼자 그린 것은 아니었지만 선 하나하나에도 성취감이 밀려왔다.

그러나 그 기쁨은 오래가지 못했다. 실습 기간이 끝나도 월급은 크게 오르지 않을 것이고, 십수 년을 일한 선배들조차 다른 직종에 비해 넉넉하지 못한 현실이 눈에 보였다. 이는 개인의 문제가 아니라, 그 시대를 살아가던 기술직 종사자들이 공통으로 느끼던 한계이기도 했다.

'이러다 세월만 흘러가는 건 아닐까.'

생활에 대한 걱정이 머릿속을 떠나지 않았다. 집안 형편은 나아질 기미조차 보이지 않았고, 나는 그때 처음으로 세상이 불공평하다는 사실을 뼈저리게 느꼈다. 가진 자와 가지지 못한 자는 분명히 나뉘어 있었고, 그 경계는 좀처럼 넘기 어려운 높은 벽

 시처럼 걷고, 숲처럼 머물다 ───────

처럼 보였다. 가진 자는 가진 것으로 더 많은 것을 쌓아 올렸고, 없는 자는 한탄할 여유조차 없이 하루를 버텨야만 했다.

'정말 아무리 노력해도 가난을 벗어날 수 없는 걸까.'

전문대를 나온 선배도 힘겨워했고, 수십 년을 일해 온 실장님 역시 크게 나아진 삶을 살고 있지는 않았다. 오히려 현장에서 몸으로 일하는 사람들이 더 나은 경제적 여건을 누리고 있는 현실이 분명히 보였다.

깊은 고민 끝에, 나는 결국 사무실을 나왔다. 3~4개월 만의 퇴사였다. 고등학교에서 배운 기능만으로는 더 넓은 세상에서 살아남기 어렵다는 사실을 스스로 인정해야 했다. 전문대학이라도 진학해야 하지 않을까 하는 생각이 머리를 떠나지 않았다.

집 안에 틀어박혀 시간을 보내던 어느 날, 중풍으로 병상에 누워 있는 아버지의 얼굴을 바라보며 깊은 죄책감이 밀려왔다. 어머니는 여전히 하루 벌어 하루를 사는 형편이었고, 나는 멀쩡한 몸으로 방 안에 머물러 있었다. 그 사실이 견디기 힘들었다.

그때마다 떠올랐던 것은 초등학교 시절의 신문 배달이었다. 차가운 새벽 공기 속에서 얼어붙은 손을 비비며 신문 뭉치를 들고 논밭을 뛰어다니던 그 혹독한 시간을 견뎌낸 내가, 지금 주저앉을 이유는 없었다.

'새로운 길을 찾자. 다시 시작하자.'

나는 입술을 꼭 깨물었다. 더 큰 미래를 위해서는 공부해야 한다는 생각이 화산처럼 솟구쳤다. 무엇보다 먼저 지워야 할 것은 마음속 깊이 박혀 있던 세상에 대한 열등감이었다. 대학에 진학한 친구들을 볼 때마다 부러움과 함께 스스로가 한없이 작아지는 느낌이 들었고, 그럴수록 마음은 피폐해져 출구없는 어둠 속으로 빠져들었다.

대학이라는 말은 내게 너무도 먼 이야기였다. 당장 돈을 벌어야 하는 처지에서 감히 꿈꿀 수 있는 일이 아니었다. 그러나 가난을 벗어나기 위해서는 닥치는 대로 일할 수밖에 없었다. 그 시절, 미래가 보이지 않는다는 사실만으로도 젊음은 비극이었다.

나는 사무실을 그만두고 며칠 동안 벽을 바라보며 버려진 시간 속에 머물렀다. 아버지의 병색 짙은 얼굴을 마주할 때마다 죄책감은 더 깊어졌다.

그 시절의 나는 한없이 작고 연약했다. 그러나 그 연약함이 오히려 나를 다시 일으켜 세웠다.

'여기서 끝날 수는 없다. 반드시 길을 찾겠다.'

나는 그렇게 또 한 번, 인생의 긴 갈림길 앞에 서 있었다.

내 인생의 은인

아버지는 늘 내게 어린 시절의 환경이 못내 마음에 걸리셨던 것 같다.

그래서인지 옛 격언 하나를 귀에 못이 박히도록 들려주곤 하셨다.

"사람은 태어나 누구나 세 번의 기회를 맞이하지만, 그 기회는 오직 준비된 자에게만 열린다."

아버지는 동이면 선영으로 향할 때도, 집안의 크고 작은 행사에 참석할 때도 누군가를 만나러 갈 때도 늘 나를 데리고 다니셨다. 그때는 몰랐지만 지금 돌이켜보면, 많이 보고 많은 사람을 만나게 하려는 일종의 '현장 체험'이었음을 확신한다.

서울의 결혼식장에서는 지하철을 처음 타보게 하셨고 공주에서 열린 결혼식에 갈 때는 직행버스를 타게 하셨다. 세상은 책이 아니라 발로 배워야 한다는 것을 말 대신 몸으로 가르치고 계셨다.

하지만 그 무렵의 나는 '준비된 사람'이 아니었다. 아무것도 가진 것이 없다고만 생각했다. 그런데 돌아보니, 내게도 분명 하나의 능력이 있었다.

대한상공회의소가 인정한 주산 1급.

그 실력만큼은 누구에게도 뒤지지 않았다.

그리고 그 능력을 처음으로 제대로 써볼 기회가 어느 봄날, 내 앞에 갑자기 다가왔다. 고등학교에 다니며 유치원생과 초등학교 저학년 아이들을 대상으로 주산을 하나하나 가르쳤다. 지금으로 치면 보조 강사 아르바이트였다.

그 아이들은 세상에서 가장 어려운 질문을 나에게 언제나 던졌다. 그 말은 늘 "왜요?"였다.

"숫자는 왜 이렇게 생겼어요?"

"왜 답이 이렇게 나와요?"

이 질문 앞에서 당황하지 않고, 아이들 눈높이에 맞춰 설명하고 그들을 이해시킬 수만 있다면, 진짜 지도자가 될 수 있다고 나는 생각했다.

그런 시간이 반복되다 보니, 나를 지켜보던 옥천경리학원의 두 분이 정식 아르바이트를 제안해 주셨다. 그 만남이 내 인생의 은인으로 이어질 줄은 그때는 미처 알지 못했다.

1987년 4월, 스무 살이던 나는 인생의 전환점이 될 은인을 만났다.

그는 옥천에서 가장 책임감 있는 사람으로 맨손으로 시작해 부동산 자산가로 손꼽히던 인물이었다. 수강생 400명이 넘는 '옥천경리학원'을 운영하던 강완식 사장님이었다.

처음에는 잠시 아르바이트로 일할 생각이었다. 그런데 몇몇 학생들 사이에서 평가가 좋았던 모양이다. 사장님은 "놀지 말고 학원에서 나와 같이 일해 보자"고 제안하셨다. 내겐 어려운 형편을 타개 할 수 있는 절호의 기회였다.

첫 월급은 40만 원.

지금은 가늠하기 어렵지만, 1987년 당시 여직원 평균 급여가 35만 원에서 45만 원 수준이었으니, 스무 살의 나에게는 큰 돈이었다. 그 순간은 감사함을 넘어 내 인생에 새로운 활력소가 되었다.

옥천에서 손꼽히는 부동산 부자가 내게 건넨 격려는 어린 내 마음을 뜨겁게 만들었다. 그는 지인을 통해 내가 신문 배달을 하며 집안 형편을 돕고 있다는 이야기까지 이미 알고 있었다.

그러면서도 자신의 이야기는 숨김없이 들려주었다.

어린 시절 허기진 배를 달래기 위해 중악약국에서 일하며 모은 푼돈으로 우연히 시작한 부동산 투자, 그리고 매일 학습지를 배달하며 아이들의 사교육을 위해 헌신했던 시간들. 그는 옥천경리학원을 통해 주산과 부기 등 사교육을 맡으며, 지역의 교육 발전에 헌신하던 분이었다. 가난의 뿌리를 가진 사람이었고, 그 가난이 오히려 그를 단단하게 만들었다.

그는 이렇게 말했다.

"행운이 따랐지. 고 양무웅 원장님이 부동산 보는 눈이 있었거든. 난 그분을 따라 작은 땅 몇 평을 샀을 뿐이야. 그런데 그게 나중에 큰돈이 됐지."

그저 운이었을까, 아니면 세상을 보는 눈이었을까. 그는 자신을 낮췄지만, 나는 그의 치열한 삶의 흔적이 부러웠다. 가진 것 하나 없이 시작해 스스로 길을 만들어낸 사람. 배운 자의 세상에서 물러서지 않고 자기 방식으로 인생을 밀어붙인 사람이었다.

그는 말을 이었다.

"지금 쉬고 있다고 들었네. 내가 본 자넨 능력도 있고 성격도 좋아. 우리 학원 정식 강사로 오게나."

그리고 단박에 덧붙였다.

"월급은… 40만 원 주겠네."

그 당시 몇몇 강사들이 있었고 나에게 측은지심과 막동이 보조 강사로 선택해 준 기회였다.

숨이 멎는 줄 알았다.

당시 베테랑 건축사의 월급도 30만 원이 채 되지 않던 시절이었다.

'그래, 다시 시작하자. 내가 잘하는 걸로 승부하자.'

나는 마음속으로 다짐했다.

"내일 당장 출근하면 되겠습니까?"

"그렇지. 내일 바로 오게."

그렇게 나는 옥천경리학원의 강사가 되었다. 다음 날, 여느 때처럼 낡은 옷을 입고 덜렁 학원에 갔다. 그러자 사장님이 나를 보자마자 단호하게 말했다.

"자네, 그 복장이 뭔가. 강사는 겉모습부터 단정해야지. 학생들을 가르치는 사람이 장사꾼 같은 차림을 하면 되겠나."

순간 얼굴이 화끈거렸다. 하지만 그 말에는 꾸밈도, 거짓도 없었다.

그는 곧 손을 내저으며 말했다.

"됐네. 집에 변변한 옷도 없을 텐데, 나랑 양복 한 벌 맞추러 가세. 돈은 내가 낼 테니. 그리고 앞으로 나를… 형이라고 불러."

부자이면서도 소탈했고, 스무 살이나 어린 나에게 '형'이라는 호칭을 허락한 사람이었다. 우리는 양복점으로 가 내 생애 첫 맞춤 양복을 맞췄다. 한 벌에 25만 원, 한 달 치 월급에 가까운 금액이었다.

그 후로 나는 그에게서 참 많은 것을 배웠다.

그는 자신을 위해서는 돈을 거의 쓰지 않았다. 점심값이 아까워 늘 집에서 식사를 해결했고, 바지 길이가 짧아 복숭아뼈가 훤히 드러나는 낡은 옷을 입고도 개의치 않았다. 사람들은 그를 자린고비라고 비웃었지만, 내 생각은 전혀 달랐다. 나는 그의 곁에서 성실함과 검소함, 저축하는 법, 그리고 사람을 외모로 판단하지 않는 법을 배웠다.

아이러니하게도 수백억 원대 자산가였던 그는 자신에게만큼은 한없이 인색한 사람이었다. 그러나 절제와 집념, 사람을 대하는 진심만큼은 누구보다 부유했다.

그는 내 인생의 첫 번째 기회를 준 사람이었고, 내 삶의 방향을 열어준 은인이었다. 아니, 내게는 큰형님 같은 존재였다.

 시처럼 걷고, 숲처럼 머물다 ────────

옥천경리학원에서의 첫 강의

1987년 4월 말, 스무 살 갓 넘은 청년이던 나는 졸지에 옥천 경리학원의 강단에 서게 되었다. 작은 옥천군에서 무려 400여 명의 수강생을 거느린 학원은 그 자체가 하나의 중소기업이었다. 초·중·고 학생과 일반인까지 7천 원에서 9천 원의 수강료는 적지 않은 돈이었고, 학원은 주산·부기 교육의 선두였다.

스마트폰과 컴퓨터가 계산을 대신하는 요즘 학생들에겐 주산과 부기는 생경하겠지만, 그때만 해도 주산 실력이 은행 취업의 관문을 여는 시대였다.

나는 열심히 가르쳤고, 학생들 가운데 주산 1·2급을 따내 은행과 대기업에 당당히 입사하는 학생들도 생겨났다. 덕분에 학원에는 수강생이 몰렸고, 그 수는 어느새 600여 명에 육박

했다. 내게 대한 신임도 강 사장님의 신임도 한층 두터워졌다.

1988년 하계올림픽을 앞둔 그해 여름, 결국 피할 수 없는 것이 찾아왔다. 군 입대 영장이었다. 나는 이미 신체검사에서 '현역 1 보충역' 판정을 받은 상태였다.

다행히도 올림픽을 앞두고 편성된 향토방위사단 덕분에 1년 6개월의 방위 복무를 명받았다. 4주간의 군사훈련을 마치고 향토방위사단에 투입된 나는 주로 야간 보초 임무를 맡아 저녁 8시에 부대에 들어가 아침 8시에 퇴근하는 생활을 반복했다. 두 시간 자고 두 시간 보초를 서는 고된 근무에 몸은 늘 피로했지만, 아직 젊다는 것이 그나마 버텨 낼 힘이었다.

어느 날, 강 사장님이 나를 찾아왔다.

"자네가 없으니 학원이 엉망이야. 아무래도 다시 맡아줘야겠어."

"형님, 지금 저는 방위 근무 중인데 시간이…"

그는 내 말을 자르듯 말했다.

"자네 형편이 얼마나 어려운지 내가 잘 아네. 주간에는 학원에서 나를 돕는 것이 좋겠네"

그 말 앞에서 나는 더는 고개를 돌릴 수 없었다.

아침이면 파김치가 되어 부대에서 나오자마자, 곧장 학원에 출근해 저녁 5시까지 강의하는 날들이 이어졌다. 졸음을 깨기 위해 커피를 연거푸 들이켰고 혹시라도 비틀거리면 학생들 눈에 띄지 않게 뒤돌아 서서 숨을 고르곤 했다.

그러나 이중생활의 피로보다 더 힘든 것은, 강 사장님의 부탁을 거절할 수 없는 내 처지였다. 그는 나의 은인이었고, 나에게 그는 생존의 끈이었기 때문이다.

1990년 2월, 방위복무가 끝났다.

그러나 세상은 이미 변하고 있었다. 주산과 부기는 컴퓨터에 밀려 학원 교실은 점차 비어갔다. 결국 나는 학원을 떠나야만 했다. 한때 내 손에서 빛나던 '공인 주산 1급' 자격증은 어느새 종잇조각이 되어 있었다.

그 무렵 나는 꿈이라는 것이 하루아침에 무너질 수도 있다는 냉정한 사실을 처음 깨달았다.

그때 영동에서 학원을 운영하던 작은형이 손을 내밀었다. 컴퓨터 열풍이 일던 시기였고 작은형은 학원 운영과 함께 초중고와 관공서에 컴퓨터 완제품을 납품하면서 승승장구하고 있었다. 나는 형을 도우며 다시 희망을 붙들었지만, 곧 사업은 갑작스러운 어려움에 빠졌다. 공공기관 납품을 둘러싼 보이지 않는 이권의 벽은 생각보다 높고 견고했다. 작은형뿐 아니라 큰형과 누나까지 곤란한 처지에 내몰리자, 나 역시 다시 길 위에 서야만 했다.

그때 다시 손을 내민 사람은 강사장님이었다. 그는 사업을 확장해 한국조폐공사 옥천창 출퇴근을 책임지는 관성버스를 운영하고 있었다. 내가 군 복무 시 짬짬이 취득한 대형면허가 그제야 빛을 발했다. 그는 주저 없이 나를 기사로 채용했다.

당시 한국조폐공사 옥천창 출퇴근 버스 취업은 아무나 되는 게 아니었고, 많은 버스 경력과 경륜이 충족되어야 채용했으나 나는 무한 신뢰로 좋은 기회를 얻을 수 있었다.

아침과 저녁, 하루 두 번 옥천과 내전을 오가며 80만 원의 월급을 받았다. 당시 기준으로 적지 않은 금액이었고, 나는 그에게 또다시 큰 은혜를 입었다.

그러던 어느 날, 출퇴근길에 늘 함께 타던 한 아주머니가 나를 바라보며 물었다.

"총각, 몇 살이예요?"

"스물세 살입니다."

"버스 운전할 나이가 아니지. 더 큰 꿈을 가져야지. 공무원 시험 준비해서 조폐공사 시험 한 번 쳐봐요."

그분이 바로 조폐공사 공장장 사모님임을 나중에야 알았다. 나는 그분의 말에 용기를 얻어 공부도 하지 않고 응시했지만, 예상대로 결과는 낙방이었다. 그러나 이상하게도 좌절감보다는 '청춘에게 던진 응원' 같은 따뜻함이 오래 남았다. 그때 떠오른 것은 중학교 시절 배운 우보 민태원의 『청춘예찬』의 한 구절이었다.

"이상! 이것이야말로 청춘의 특권이요, 인간의 부패를 막는 소금이다."

나는 아직 피가 뜨겁고, 꿈을 품을 능력이 남아 있는 스물세 살이었다.

 시처럼 걷고, 숲처럼 머물다 ————

그래서 다시 마음을 다잡았다.

'그래, 돈을 벌자. 그리고 다시 준비하자.'

관성버스를 몰면서 국가직과 지방직 시험을 치렀지만, 줄줄이 낙방했다. 돌이켜보면 공부에만 매달려도 합격할까 말까인데 일하면서 공부한다는 것은 처음부터 무리였다. 몸도 마음도 따라주지 않았다. 나는 점점 타성에 젖어갔고, 그리고 결국 공부하기 위해 관성버스를 그만두었다.

그 당시 아버지는 내가 공무원이 되기를 간절히 바라셨다. 그 마음을 알기에 미안하고 죄송한 마음이 가슴을 짓눌렀다. 게다가 병석의 아버지와 힘들게 사시는 어머니를 위해 집안을 이끌어야 한다는 책임감은 나를 공부만 하도록 내버려두지 않았다. 결국 나는 현실과 이상 사이에서 날마다 흔들렸다.

더구나 젊음을 믿고 무턱대고 직장인 관성버스 운전기사를 그만둔 것도 실수였다. 공장장 사모님의 조언조차 원망스러웠다. 가만히 시간이 지나 생각해보니 그분의 말은 오히려 내 안의 잠든 열망을 깨우는 작은 불씨가 된 것은 사실이었다.

나는 말로만 청춘이었고, 말로만 미래를 생각하는 빈껍데기 같은 청춘이었다. 불공평한 세상 앞에서 처음으로 뜨겁게 눈물이 쏟아졌다. 그러나 그 눈물 속에서도 아주 작고 희미했지만, 다시 일어서려는 의지가 내 마음속에서 조금씩 피어나고 있었다. 나는 여전히 피 끓는 청춘이었기 때문이었다.

300만원으로 시작한 천재학원

1993년 5월 한 달 동안, 나는 무기력하게 독서실과 집 안에만 틀어박혀 지냈다. 몸속에 남아 있던 삶의 에너지마저 모두 빠져나간 듯했다. 거듭된 공무원 시험낙방은 내게 상상 이상으로 큰 좌절이었다.

'이제 나는 무엇을 할 수 있을까.'

앞이 까마득했다. 어렵게 따낸 주산 1급 자격증도 컴퓨터 시대가 열리면서 설 자리를 잃어 가고 있었다. 나는 그대로인데, 세상만 미친 듯이 질주하며 변해가고 있었다.

그 무렵, 내가 아무 일도 하지 않고 지낸다는 소식이 강사장님 귀에 들어갔는지 급히 만나자는 연락이 왔다. 예전에 '옥천 경리학원' 강사 자리를 제의해 주셨던 그분에게서 또 하나의

'뜻밖의 제안'이 나온 순간이었다.

"군대도 제대했으니 이제 뭔가 새 일을 해야 하지 않겠나. 옥천경리학원 운영이 쉽지 않아서 이름을 '천재학원'으로 바꿨네. 지금은 속셈, 컴퓨터, 피아노, 놀이방(지금의 어린이집)까지 운영하고 있지. 자네라면 잘할 수 있을 것 같아. 어때, 학원을 인수해서 한번 해볼 생각 없나? 월세는 150만 원만 주면 되네. 자네 성실함을 믿고 맡기고 싶네."

그는 최근 대청택시 운수사업에 다시 뛰어들었고, 부동산을 비롯한 여러 사업을 병행하느라 학원을 직접 챙길 여력이 없었다. 주산과 부기가 사라진 시대, 학원은 명맥만 겨우 유지하고 있었고 건물을 비워둘 수 없어 억지로 붙들고 있는 처지였다.

당시의 나는 이것저것 가릴 형편이 아니었다. 어떤 일이라도 해야만 했다. 학원을 인수하려면 권리금과 사용료를 합쳐 8천만 원가량이 필요했지만, 내 주머니에는 단 한 푼도 없었다. 더 이상 물러설 곳도 없었다.

다음 날, 나는 곧장 '천재학원'으로 달려갔다. 여섯 분의 선생님과 150여 명의 수강생이 있었다. 그 모습을 보는 순간, 내가 가야 할 길이 얼마나 험난할지 짐작할 수 있었다. 예전 경리학원과 같은 방식으로 운영해서는 실패할 것이 불 보듯 뻔했다. 하지만 나는 마음을 단단히 먹고 새로운 도전에 나서기로 결심했다.

'한 번쯤은 내 이름으로 된 사업체를 운영해보자. 가진 건 없

지만, 멀쩡한 육신 하나는 있지 않은가.'

그날부터 나는 집에도 들어가지 않았다. 학원 의자에 몸을 눕히고 서너 시간씩 쪽잠을 자며 하루하루를 버텼다. 몸은 고됐지만, 내 이름이 걸린 학원을 운영한다는 빅침이 피로를 잠시 잊게 해주었다.

그러나 한 달이 지나자 현실은 냉혹했다. 첫 월급날, 선생님들 급여와 월세, 운영비까지 모두 합쳐 300만 원이 필요했지만, 학생들의 수강료로는 턱없이 부족했다. 빌릴 곳도 마땅치 않았다. 그때 처음으로 나는 나 자신의 무기력함을 뼈저리게 느꼈다.

그때 다행히도 내 곁에는 절친한 친구이자 고등학교 동창 김정년이 있었다. 그는 아등바등 버티며 사는 내 모습을 안쓰럽게 여겼는지, 여동생이 직장 생활을 하며 꼬박꼬박 모아둔 300만 원을 내게 건네주었다. 본인의 돈도 아닌, 여동생에게 사정해 마련한 돈이었다.

지금 생각해보면 그 300만 원은 삼천만 원보다도 더 큰 가치가 있었다. 아니, 어떤 금액으로도 가늠할 수 없는 돈이었다. 그 돈은 학원을 살려낸 종잣돈이자 오늘의 나를 있게 한 마력의 연료였다. 나는 지금도 그 친구의 고마움을 잊지 못한다. 투박하고 고집이 센 친구지만, 누구보다 나를 아껴주는 진정한 친구다. 마음이 깊은 만큼 잘해주지 못한 것이 늘 미안하게 남아 있다.

 시처럼 걷고, 숲처럼 머물다 ──────

하지만 이대로라면 매달 적자가 쌓일 것이 분명했다. 수강생 수를 두 배 이상 늘리지 않으면 정상적인 운영은 불가능했다.

나는 옥천군 부모들이 초등학생 자녀에게 가장 바라는 것이 무엇인지 곰곰이 생각했다.

첫째는 산수 실력이었다. 산수는 모든 공부의 기본이었다.

둘째는 컴퓨터였다. 집집마다 컴퓨터가 보급되기 시작했지만, 부모들조차 사용법을 제대로 알지 못하던 시절이었다. 그래서 부모들이 직접 배우거나, 아이들에게 체계적으로 가르치길 원했다.

셋째는 피아노였다. 생활 형편이 나아지면서 피아노 교육 열풍이 불었고, 체르니 연주는 기본이 되어가고 있었다.

나는 속셈·컴퓨터·피아노를 중심으로 옥천 제일의 학원을 만들겠다는 목표로 발 벗고 뛰었다. 선생님도 세 분이나 더 모셨고, 전단지 광고를 직접 만들어 읍내 골목골목을 누볐다. 말 그대로 인생의 모든 것을 걸고 '몰빵 투자'에 나선 셈이었다.

두 달이 지나자 기적처럼 수강생은 점점 늘어났고 학원은 성장했다. 수강료는 보통 3만~5만 원이었고, 선생님 월급과 월세, 각종 운영비를 제하고도 수익이 남았다. 넉 달이 지나자 수강생은 600여 명에 이르렀다. 오전부터 저녁까지 교실의 불은 꺼질 틈이 없었다.

나는 날아갈 듯 기뻤다. 학원은 하루하루 번창했고, 아이들이 즐겁게 배울 수 있도록 새로운 아이디어와 다양하고 효율적인 프로그램을 끊임없이 고민하며 홍보에도 힘을 쏟았다.

그 무렵, 문득 강 사장님의 말씀이 떠올랐다.

"부자들은 돈이 들어오면 최소한만 쓰고 나머지는 무조건 저축하네. 쓰고 싶은 대로 다 쓰면 절대 돈이 모이지 않아. 나중엔 저축한 통장을 보면 밥을 안 먹어도 배가 부르다네."

나는 그 말을 늘 마음에 새겼다. 하지만 병환이 깊어진 아버지의 병원비, 막내 여동생의 학비, 집안 살림까지 책임져야 했기에 절약은 쉽지 않았다. 그럼에도 가능한 한 돈을 쓰지 않으려 애썼고, 적금통장을 여러 개 만들어 한 푼 두 푼 모아갔다.

놀랍게도 2년이 지나자 1억 원이 모였다. 그때 만들었던 통장들은 지금도 하나도 버리지 않고 이사할 때마다 챙겨 다닌다. 지금 살고 있는 이편한세상 아파트로 이사 올 때도 마찬가지였다. 내 생애 처음 손에 쥐어본 '큰돈'이었고, 내 인생의 진짜 보물이었다.

학원이 번성하자 친구들이 찾아와 축하해주었다. 그들은 내 이름 '전상인'을 비틀어 '잡상인'이라고 불렀다. 이것저것 벌이는 일이 많고 돈을 버는 수단이 뛰어나다며 붙여준 별명이었다.

돌이켜보면 그 별명은 내게 붙은 두 번째 훈장이었다.

나는 누구보다도 치열하게 살아왔다.

그것만은, 부끄럽지 않게 스스로 인정할 수 있는 사실이다.

 시처럼 걷고, 숲처럼 머물다 ───────

아버지의 죽음

1993년 5월, 화창한 늦봄이었다.

학원은 날이 갈수록 수강생이 늘어나며 조금씩 안정에 접어들고 있었다. 그러나 '호사다마好事多魔'라는 말처럼, 또 다른 아픔이 나에게 밀려왔다. 중풍을 앓던 아버님이 오랜 투병 끝에 예순네 살의 나이로 세상을 떠나신 것이다.

젊은 시절 누구보다도 힘세고 건강하셨던 아버지는 말년에 이르러 몸에 만 가지 근심과 병을 안고 사셨다. 자식들을 제대로 돌보지 못했다는 자책은 아버지 마음속에 깊은 한으로 남아 있었을 것이다.

그러나 어쩌랴. 예순에 찾아온 아버지의 중풍은 그분이 살아온 삶의 흔적이었고, 오른쪽 수족을 쓰지 못하는 반신불수 상태로 이어졌다. 아버지가 쓰러지셨던 1988년, 그해 우리 집은 말 그대로 풍비박산이었다. 가족의 생계를 책임지던 가장의 병은 집안을 더욱 참담한 현실로 몰아넣었다.

내가 방위복무를 하면서도 학원 강사를 병행해야 했던 이유도 바로 그 때문이었다. 그때부터 어머니는 한순간도 아버지 곁을 떠나지 않고 간병하셨다. 어머니의 헌신 덕분에 아버지는 잠시 거동하시기도 했지만, 한 번 무너진 몸은 끝내 회복되지 못했다.

경제적 여건만 허락되었다면 한의원 치료나 재활치료를 조금 더 받을 수 있었을 텐데 현실은 그렇지 못했다. 아버지는 평생 남을 먼저 생각하며 집안 대소사를 책임지셨고, 그 삶은 지금도 종친 어른들 사이에서 인정받고 있다. 더 가슴 아픈 사실은 뇌출혈이 왔던 시기가 4월 무렵이었다는 점이다. 겨울 끝자락, 연탄이 넉넉하지 못해 난방조차 제대로 하지 못했던 생활, 날씨가 풀리며 건강을 잠시 소홀히 했던 환경이 결국 아버지의 몸을 무너뜨린 결정적 요인이 되었던 것 같아 마음이 더욱 아프다.

아버지의 돌봄은 온전히 어머니의 몫이었다. 대소변을 받아내며 살아야 했던 어머니의 삶 또한 기구했다. 그 모습을 지켜보는 자식들의 마음은 말로 다할 수 없이 아팠다. 그렇게 6년이라는 긴 투병 끝에 아버지는 가족들에게 '가난'이라는 두 글자만을 남긴 채 눈을 감으셨다. 그러나 어쩌랴. 그것이 바로 그

 시처럼 걷고, 숲처럼 머물다 ──────

시대를 살아낸 우리 아버지들의 운명과도 같았음을.

그 와중에 내가 할 수 있는 일은 오직 가족의 생계를 책임지는 것이었다. '천재학원'은 우리 가족의 생명줄과도 같았기에 이를 악물고 운영할 수밖에 없었다.

장례를 마치고 선산에서 내려오던 날, 어머니는 끝내 참아왔던 눈물을 쏟아내셨다. 내 눈가도 흠뻑 젖어 있었다. 그때 나는 죽음은 모든 것을 용서하게 만드는 힘을 지니고 있다는 사실을 알았다. 하늘을 올려다보니 구름이 철봉산 서산 너머로 흘러가고 있었고, 봄꽃은 바람에 흔들리고 있었다.

그 순간, 아버지의 목소리가 귓가에 들려오는 듯했다.

'그래. 잘했다. 너는 잘할 수 있을 거야.'

나는 마음속으로 대답했다.

'아버지, 어찌 이리 빨리 세상을 떠나셨습니까. 고생만 하시고 이제야 효도를 할 수 있을 것 같은데요.'

어린 시절, 가난 속에서도 큰 소리 없이 견디며 살아왔던 시간이었다. 그리고 나이가 들며 삶의 좌절을 하나둘 경험하면서 나는 비로소 아버지의 삶을 조금씩 이해하게 되었다. 인생은 결코 마음먹은 대로 흘러가지 않는다는 것, 아마도 아버지의 삶 역시 그러했으리라.

지금에 와서야 나는 깨닫는다. 아버지도 다섯 남매를 키우기 위해 나름의 방식으로, 최선을 다해 살아오셨다는 사실을 알았다.

아버지가 떠난 뒤, 나는 어머니와 고등학생이던 누이동생을 책임지며 더욱 악착같이 살아야 했다. 아버지가 아니었다면 어찌 지금의 내가 이 세상에 존재할 수 있었겠는가. 나를 세상에 나오게 해주신 그 은혜 하나만으로도 아버지는 내 삶의 커다란 힘이자 원동력이 되었다는 것을 뒤늦게 느낀다.

지금도 나는 내 아이들에게 그 마음을 전하려 애쓴다. 사람을 사랑하는 법은 어릴 적 아버지를 통해 배웠다. 비록 남들처럼 풍족하진 않았지만, 나를 건강하게 키워주신 분이 바로 아버지였다. 인생은 살아가며 스스로 배우는 것이라는 사실도 그때 알게 되었다.

비록 아버지는 사기꾼에게 속아 모든 재산을 잃고 고단한 삶을 사셨지만, 가족을 위해 끝까지 책임을 다했고 자식들에게는 따뜻한 사랑을 아끼지 않으셨다. 나는 그런 아버지를 기억하며 나 역시 내 아이들에게 좋은 아버지가 되겠다고 마음먹었다. 배우지 못한 것이 늘 한으로 남아 있던 아버지와 같은 삶을 물려주지 않기 위해, 내 아이들만큼은 더 열심히 가르치고 싶다.

올해는 아버지가 돌아가신 지 38주기가 되는 해다.

아버지가 한없이 그립다.

지금이라면, 아버지께 이렇게 말할 수 있을 것 같다.

"아버지의 삶을 이제야 이해하게 되었습니다."

JCI 회원이 되다

학원 운영이 어느 정도 안정을 찾았을 무렵, 문득 이런 생각이 들었다.

'이제 나만의 삶을 넘어서, 고향 옥천을 위해 무엇을 할 수 있을까.'

고민 끝에 나는 '국제청년회의소Junior Chamber International' 이른바 JCI의 옥천 지부에 가입했다. 젊은 시절의 나에게 '옥천청년회의소'는 단순한 봉사단체가 아니었다. 그것은 새로운 삶의 문을 열어준 또 하나의 학교였다.

JCI는 1910년 미국인 헨리 기젠비어가 창립한 단체로, 국적·인종·종교를 초월해 18세에서 45세 사이의 청년들이 모여 자기계발과 지역사회 발전을 도모하는 국제적 조직이다. 우리나라는 1954년 3월 이 단체에 가입했고 2009년 인도 뉴델리에서 열린 제63차 세계대회에서는 한국인으로서 두 번째로 신준섭 회장이 세계회장에 선출되기도 했다. 그만큼 JCI는 세계가 연결된 청년 지도자들의 무대였고, 나는 그 무대의 한 자리를 옥천에서부터 시작한 셈이었다.

옥천청년회의소에서의 활동은 나에게 봉사 이상의 의미를 안겨주었다. 리더십 교육, 지역사회와의 연결, 청년들이 함께 지역을 움직여 나가는 경험은 삶을 바라보는 나의 시선을 바꾸어 놓았다. 이 경험은 훗날 국회에서 박덕흠 의원의 수석보좌관으로 일할 때까지 이어지는 중요한 자양분이 되었다.

삶의 방향이 바뀌는 순간은 언제나 거창하지 않다. 나에게 그 전환점은 바로 '옥천청년회의소'에서 시작되었다. 나는 그곳에서 인생의 한 축을 바꾸어 준 귀중한 인연을 만났다. 바로 김남용 회장님이다.

그는 옥천군민을 위해 무엇을 해야 하는지, 지역을 위해 어떤 길을 걸어야 하는지를 누구보다 깊이 고민하던 사람이었다. 그의 곁에서 나는 사람이 사람에게 미치는 정서적 영향이 얼마나 큰지, 그리고 '베풂'이라는 말이 지닌 진정한 힘이 무엇인지 몸으로 배웠다.

그가 내게 남긴 가장 강렬한 가르침은 한마디로 요약된다.

"누군가에게 베푼 마음은 반드시 두세 배가 되어 돌아온다."

그 말은 단순한 조언이 아니라 삶의 원리였다. 나는 지금도

 시처럼 걷고, 숲처럼 머물다 ──────

그 믿음을 마음속에 품고 살아간다.

어린 시절 나는 옥천 곳곳을 누비며 신문을 배달했다. 하루에도 수십 번 오르내리던 골목과 비탈길, 어느 집에 누가 사는지 가족 구성원은 몇 명인지, 심지어 숟가락이 몇 개인지까지 알 수 있을 만큼 익숙했다. 그런 내가 JCI에서 봉사를 시작하자 고향은 더 이상 추억 속의 공간이 아니라 살아 숨 쉬는 공동체, 반드시 보답해야 할 삶의 원천으로 다가왔다.

봉사는 나에게 기쁨이었고 동시에 나의 체질이었다. 어린 시절부터 지녀온 승부 근성, 어쩌면 가난이 남긴 이 질긴 근성은 봉사 활동에서도 마라톤에서도 훗날의 정치 도전에서도 나를 지탱해 준 힘이었다.

첫 마라톤 도전은 군산마라톤대회 하프코스였다. 가족들의 응원을 받으며 뛰던 그날, 곁에서 응원하던 꼬마들은 이제 자신들의 도전을 꿈꾸는 나이가 되었다.

특히 마라톤은 내 삶을 버티게 해준 가장 강인한 벗이었다. 전국에서 마라톤 대회가 열리면 나는 빠짐없이 참가했다. 가슴에는 늘 옥천청년회의소 JCI의 마크를 달았다. 42.195km 풀코스를 완주할 때면, 어린 시절 신문 배달하던 두 다리가 다시 나를 앞으로 끌어주는 듯했다.

마라톤은 '거짓말이 통하지 않는 운동'이다. 준비되지 않은 사람은 결코 완주할 수 없다. 결승선을 눈앞에 두고 폐가 찢어질 듯한 고통을 견뎌야만 비로소 골인할 수 있다. 그래서 많은 이들이 인생을 마라톤에 비유하는지도 모른다.

이렇게 나는 마라톤을 통해 참 인생을 배웠다. 특히 서영길, 한권섭, 곽정돈, 이길영 등과 함께 옥천을 달리고 마라톤 대회를 유치하며 인생은 단거리 승부가 아니라 묵묵하게 꾸준히 그리고 깊이 생각하면서 달려야 하는 긴 여정이라는 사실을 깨달았다.

마라톤과 함께 내 인생을 바꾼 또 하나의 계기는 영화 「포레스트 검프」였다. 톰 행크스가 연기한 주인공은 지적 장애를 안고 있지만, 남다른 심폐기능으로 달리기 하나만큼은 누구보다도 뛰어났다. 그는 그 재능 하나로 미식축구 선수, 미국 탁구 국가대표를 거쳐 결국 거부가 된다.

그 영화를 보며 나는 문득 이런 생각이 들었다.

'나도 포레스트 검프처럼 달려왔구나.'

내가 그를 닮았다는 뜻은 아니다. 다만 멈추지 않았다는 점에서 가난과 실패 속에서도 다시 일어섰다는 점에서 그의 뒷모습과 닮아 있었다. 그래서 나는 시간이 날 때마다 달리고 자전거를 타며, 바람을 가르는 그 순간까지 나에게 다짐하곤 했다.

"아직 끝나지 않았다. 나는 아직 달려야 한다."

정치에 발을 들인 것도 어쩌면 그 오랜 달리기의 연장선이었다. 가난을 벗어나고 싶었고 그 가난을 딛고 세상에 보탬이 되는 사람이 되고 싶었다. 현실은 늘 거칠었지만, 나는 무너지지 않았다. 초등학교 시절 신문을 배달하던 새벽의 찬 공기와 허기는 훗날 정치의 거친 파도 속에서도 나를 버티게 한 힘이 되었다.

많은 이들이 어린 시절의 가난을 숨기려 하지만, 나는 숨기지 않는다. 가난은 부끄러움이 아니라 삶이 준 가장 값진 교훈이기 때문이다. 고통을 견딘 사람만이 타인의 고통을 품을 수 있다.

지금도 시간이 나면 공기 좋은 옥천을 한 바퀴 돈다. 산책처럼, 명상처럼, 또 하나의 공부처럼 걷고 달린다. 그러다 보면 누가 어디에 사는지, 무엇이 달라졌는지 어떤 곳이 아름다운지 자연스레 눈에 들어온다. 이 모든 경험은 언젠가 나에게 소중한 자산이 될 것이다.

마라톤처럼 꾸준히 달려온 삶, 가난이 남긴 끈질긴 근성, 베풂은 반드시 돌아온다는 믿음, 그리고 고향 옥천을 향한 흔들리지 않는 애정. 이 모든 것이 하나의 긴 이야기로 묶여 오늘의 나를 만들었다.

나는 앞으로도 달릴 것이다. 더 넓은 세상을 향해, 그리고 더 깊은 마음을 향해. 포레스트 검프가 그랬듯, 멈추지 않는 한 나의 인생 마라톤은 아직 끝나지 않았다.

가구점을 개업하다

1993년 3월 강완식 사장님이 또 다른 사업 제안을 해왔다. 당시 그는 대전에 있는 가구점 사장에게 큰돈을 빌려주고 이자조차 받지 못해 막대한 손실을 보고 있다가 폐廢초등학교의 교실 전체를 꽉 채울 만큼의 가구들을 대물貸物로 압류하고 있었다.

그는 고민 끝에 나를 찾아왔다.

"자네와 의논할 일이 있어서 왔네. 그래 학원은 잘 되고 있지. 내 부탁 하나 들어주게."

"형님이 제게 부탁이라니요. 당연히 제가 할 수 있는 일이라면 성심껏 도와 드려야죠."

그는 그간에 일어난 일들을 좌초지종 얘기했다.

"그러세요. 가구를 헐값에 넘기는 것보다는 모델이 신제품이라면 차라리 대전에 가구점을 하나 여는 것은 어때요."

갑자기 그의 눈빛이 반짝거렸다.

"좋은 생각이야. 그런데 가구점을 누가 맡아서 운영하지. 나로서는 도무지 시간이 나지 않고 부지런한 자네가 맡아서 하면 좋겠어. 다른 사람들은 도저히 믿지 못하겠어. 자네야말로 믿을 수 있는 사람이지. 안 그런가."

나는 괜한 말을 해서 '되로 주고 말로 받는 격'이 되어버렸다. 안 그래도 학원 운영도 무척 바빴다.

"좋다. 지금 당장 대전에 가구점을 열어줄 테니 그 가구들을 팔아서 원금만 주고 이익금은 자네가 가지게. 그러면 누이 좋고 매부 좋은 것 아니겠나."

그가 너털웃음을 지었다. 나로선 가릴 형편이 못 되었다. 그동안 신세를 진 것도 많고 해서 그의 일이라면 발 벗고서라도 도와드려야 할 처지였다. 나는 주저하지 않고 그 자리에서 쾌히 승낙했다.

어쨌든 땡전 한 푼 없이 대전광역시 유천동에 250여 평에 달하는 당시 대전에서 가장 큰 가구점을 개업했다. 다음 날 당장 폐교에 모아둔 가구들을 하나씩 옮겨와서 내부에 진열했다. 그리고 가구점 개업 전단지를 빠르게 제작해서 야밤에 친구 동생 곽점돈과 함께 아파트단지 곳곳에 뿌렸다. 즉각 반응이 와서 가구가 팔리기 시작했다.

당시 대전시가 광역시로 확장되면서 아파트단지가 곳곳마다 신축되고 있었고 입주자도 많아서 고급 가구들에 대한 수요가 급증했다. 하지만 수요가 아무리 많아도 사업에는 뛰어난 수완이 필요하기 마련이다. 나만의 독특한 판매 방법도 개발했다. 이왕 시작한 것이니만큼 강 사장님께 도움도 되고 나도 돈을 벌고 싶었다. 일석이조였다.

특히 가구점 운영은 육체적 노동이었고 관리하기도 여간 힘들지 않았다. 가구를 옮기는 도중 조금만 흠집이 생겨도 제값을 받지 못하기에 매사에 조심조심해야 했다.

더구나 고층아파트는 크레인을 이용해 가구를 올려야 했으므로 사장이라고 해서 마냥 놀고만 있을 순 없었다. 자칫하면 안전사고도 일어날 수 있었기에 지휘 감독을 소홀히 할 수 없는 데다가 가구 판매의 생명은 고객들과의 약속을 지키고 빠르게 공급하는 데에 있었기에 눈코 뜰 새 없이 바빴다. 당시 고급 가구인 하이그로시 장롱은 고객들에게 꽤 인기가 있어서 하루에 매출이 5~6백만 원에 이를 정도로 불티나게 팔렸다.

나는 신이 났다. 가구를 더 많이 판매하기 위해서 내부 인테리어를 보강하고 전단지를 아파트단지에 뿌렸다. 기존의 가구점보다 출발이 늦기 때문에 상대적으로 홍보비가 만만치 않게 들었다. 그러다 보니 자금이 필요해 가계수표까지 발행했다. 어떤 때는 내가 강 사장님에게 가계수표를 끊어 준 적도 있었다. 하긴 그와 나 사이엔 그 정도의 거래는 사실 아무것도 아니

 시처럼 걷고, 숲처럼 머물다 ───────

었다.

그런데 폐교에 쌓인 가구들이 점점 줄어들 무렵, 엄청난 사건이 일어났다. 강 사장님이 교통사고로 갑자기 돌아가신 것이다.

가구점을 차린 지 불과 몇 개월만의 일이었다. 내 곁에 강 사장님 같은 든든한 분이 있다는 건 나로서는 아주 큰 행운이었다. 그런데 뜻하지 않은 변고變故를 당해 유명을 달리하고 말았다. 참으로 어처구니가 없었다. 그때 강 사장님의 나이가 겨우 마흔 중반이었다.

그의 장례식을 치르는 날 나는 하늘이 무너지는 것 같았다. 그까짓 돈이 뭐라고 여기저기 아등바등 뛰어다니던 분이 이렇게 허무하게 세상을 떠나버리다니 만감이 교차했다.

그의 죽음은 내 삶의 지표를 완전히 바꾸어 놓았다. 나에게 큰형님 같은 분, 내가 절망하고 있을 때 큰 용기를 주셨던 분, 부자이면서도 검소하게 사는 법을 가르쳐 주셨던 분, 흠이 있다면 그의 어릴 적 삶이 워낙 가난했기 때문에 오직 돈을 벌어서 성공하겠다는 것이었다.

강 사장님이 돌아가시자 나는 더 이상 그 자리에 머물 수 없었다. 월세로 사용하던 학원 건물은 강 사장님의 사망 이후 소유관계가 복잡하게 얽히며 불안정해졌다. 한마디로 전전세였던 나의 처지는 애매해졌고 살아 있을 때와 죽음 이후의 현실은 그렇게도 달랐다. 상황은 녹록지 않았고, 결국 당장 이전을 고민해야 했다. 물론 건물을 비워 달라며 당시 건물주와 장기

임대자 강사장님과의 불편한 관계가 지속되고 있어서 나는 더 이상 그곳에 머물 이유도 의미도 느껴지지 않았다.

그러나 학원 이전은 결코 간단한 문제가 아니었다. 수강생들의 교통 편의를 고려하지 않을 수 없었고, 섣불리 결정을 내렸다가 자칫 모든 수강생을 잃을 수도 있었다. 앞날은 안개처럼 흐릿했다. 불안감은 수강생들 사이에도 고스란히 번져 갔다. 그럼에도 '열심히 살면 길이 열린다'는 말처럼 지인의 도움으로 뜻밖에도 새로운 건물을 비교적 수월하게 구할 수 있었다.

강 사장님의 갑작스러운 죽음은 그렇게 내 삶의 한복판을 가로지르는 커다란 사건이었다. 그 일은 인생의 무상함과 인간의 연약함을 깊이 새기게 했고, 동시에 나로 하여금 또 다른 출발을 결심하게 만든 큰 계기가 되었다.

   시처럼 걷고, 숲처럼 머물다 ———

새로운 인생에 도전하다

나는 우여곡절 끝에 혼란과 어지러움 속에서, 결혼조차 하지 않은 채 모든 결정을 홀로 내려야 하는 상황에 놓였다. 답답함은 날마다 가슴을 짓눌렀고, 새로운 환경에 적응하는 일 역시 오롯이 내 몫이었다. 마침 그 무렵, 인근 색동유치원이 신축건물로 이전하면서 비워진 공간이 있었고, 나는 그곳으로 학원을 옮길 계획을 세우며 이전을 구체화하던 시기에 접어들고 있었다.

당시 내 수중에 남은 전 재산은 먹지 않고 쓰지 않으며 모아온 통장 속 1억 원이 전부였다. 이자까지 포함된 금액이었지만, 적지 않은 수강생을 수용할 만한 건물을 구하기에는 턱없이 부족했다. 기존 학원 건물을 비워줘야 할 날은 다가오고, 고민은 날로 깊어졌다.

그러던 중 뜻밖에도 한 선배가 기존 건물과 거의 같은 규모의 신축건물을 권유했다. 인근에서 대체할 만한 건물을 찾기 어려웠던 상황에서 유치원이 이전하며 공실이 된 그 공간은 내게 한 줄기 희망처럼 다가왔다. 그러나 지인의 또 다른 제안은 나를 다시 깊은 고심 속으로 몰아넣었다.

"계약금으로 1억 원을 지급하고, 매달 200만 원씩 10년 동안 상환해 총 2억 4천만 원을 갚는 조건으로 건물 가격을 3억 4천만 원으로 정하면 어떻겠느냐"는 제안이었다. 선택의 폭이 거의 없던 내게 그것은 사실상 피할 수 없는 현실이었고, 절박한 순간의 결정이었다.

상환 기간은 10년, 120개월로 길었고 당시 시세보다 결코 싼 가격도 아니었다. 그러나 당장 자금 여력이 없었던 내 처지와 학원의 성장 가능성, 그리고 장기적인 투자 가치를 생각하면 다른 선택지는 없었다. 나는 그 제안을 받아들였고, 지금까지도 그 결정은 큰 고마움으로 남아 있다.

그러나 시련은 거기서 끝나지 않았다. 2005년 만기가 되는 시점, 부동산거래에 익숙하지 않았던 나는 뜻하지 않게 소송에 휘말렸다. 3년이 넘도록 이어진 이해관계자들과의 법정 다툼은 내 인생에서 가장 힘들고 고통스러운 시간이었다.

결국 소송을 통해 정당한 권리를 되찾았지만, 그 과정에서 입은 마음의 상처는 너무도 깊었다. 그 일은 커다란 시련이었

 시처럼 걷고, 숲처럼 머물다 ───────

고 동시에 나를 단단하게 만든 성장의 밑거름이 되었다. 사람의 소중함과 인간관계의 비애를 절절히 깨달은 시간이었으며, 그 과정에서 가까운 지인들에게 남긴 아픔을 떠올리면 지금도 마음이 무겁다. 당시 옥천의 부동산 사정을 아는 사람이라면 그 현실을 모를 리 없을 것이다.

학원을 이전한 이후에도 나는 초·중·고 학생들에게 주산, 컴퓨터, 피아노를 가르쳤고 수강생은 수백 명에 이르렀다. 그러나 2005년 무렵, 가족에게 또 다른 시련이 닥쳤다. 작은형의 경제적 어려움으로 어머니가 살고 계시던 이원 집이 경매에 넘어갈 위기에 처한 것이다. 이 일은 소송과 겹치며 새로운 고통으로 다가왔고, 이를 버텨내기 위해 나는 건축 골재 사업까지 병행해야 했다.

그 외중에도 삶은 조금씩 나아졌다. 1999년 1월, 학원은 안정기에 접어들었고 생활에도 여유가 생기기 시작했다. 그때 나는 오랫동안 가슴에 품어 왔던 대학의 꿈을 이루기 위해, 서른두 살의 나이에 다시 공부를 시작했다.

수능 시험을 준비하며 깨달은 사실은 공부에도 때가 있다는 것이었다. 나이가 들수록 기억력은 예전 같지 않았고, 공부는 결코 쉽지 않았다. 그럼에도 포기하지 않았다. 학원을 운영하기 위해서도 대학 졸업장은 필요했다.

'대학도 나오지 않은 사람이 학원장을 한다'는 말이 학부모를 통해 전해질 때마다 마음이 아팠다. 배우지 못한 사람이 겪는 설움처럼 자존심이 무너졌다. 고등학교 졸업장만으로는 앞으로 더 큰 일을 하는 데 분명한 한계가 있을 것이라 느꼈다.

그러나 내가 대학을 원했던 이유는 그것만은 아니었다.

초등학교 시절, 선생님의 가정 방문을 앞두고 가정환경조사서를 작성하던 날의 기억이 아직도 선명하다. 부모님의 최종학력란이 비어 있는 것을 보고 어린 마음에 깊은 상처를 받았다. 그 시절 많은 부모들이 형편 때문에 교육을 제대로 받지 못했지만, 그 공백은 오랫동안 내 마음속에 남았다. 무엇보다 내 아이들만큼은 부모의 학력란에 당당히 '대졸'이라고 적어주고 싶었다. 나의 학력 콤플렉스는 그렇게 깊어져 갔다.

학원 원장으로 일하며 다시 국어·영어·수학 교과서를 펼쳤다. 실업계 출신이었던 나는 특히 영어와 수학이 가장 큰 벽이었다. 하지만 '고진감래'라는 말처럼 반드시 합격하겠다는 각오로 공부에 매달렸다.

늦깎이 대학 진학을 결심했을 때 가장 큰 용기를 준 사람은 아내였다. 세 아이가 자라며 생활비 부담도 컸지만, 아내는 배움에 대한 나의 열망을 막지 않았다. 당시에는 꼭 대학을 나와야만 성공하는 시대는 아니었다. 옥천공업고등학교를 졸업한 친구들 중에는 대기업과 좋은 직장에 취업한 이들도 많았고, 대학에 진학한 친구는 오히려 소수였다. 대부분은 현장과 삶의 자리에서 묵묵히 길을 만들어 가고 있었다.

1년 남짓한 수능 준비 기간이었지만, 나이를 먹고 하는 공부

 시처럼 걷고, 숲처럼 머물다 ──────

는 훨씬 힘들었다. 낮에는 학원 수업을 하고, 밤에는 입시학원에서 공부하는 이중생활이 이어졌다. 그럼에도 학사모를 쓰고 싶다는 강렬한 열망이 나를 끝까지 버티게 했다.

수능시험을 마친 뒤, 학원과 사업을 체계적으로 운영하고 싶다는 생각으로 한남대학교 경영학과에 지원했고 합격했다. 그리고 4년 후, 마침내 꿈에 그리던 학사모를 머리에 썼다. 그날 가장 기뻐한 사람은 어머니였다. 졸업식장에 오신 어머니는 내 손을 꼭 잡고 말씀하셨다.

"무지랭이 우리 집안에 대학 나온 사람이 다 생기다니, 참 대견하네."

졸업식 날, 어머니와 아내는 눈물을 흘렸고 나 역시 눈가가 붉어졌다. 내 생애 최고의 순간이었다. 가난한 호떡집 아들이 대학 졸업장을 손에 쥔 날이었다. 경영학을 배워 사회에 봉사할 기회를 얻었다는 사실이 무엇보다 기뻤다.

학원 경영과 학업을 병행하며 몸과 마음은 무척 힘들었지만, 지금 돌아보면 참 잘한 선택이었다. 배우지 않았다면 평생 후회했을 것이다. 배움에 있어 나이는 중요하지 않다. 지금도 고향 옥천에는 글을 모르시는 어르신들이 많다. 내가 노인 문해 학교를 세우고 싶다고 생각하게 된 이유도 바로 여기에 있다.

대학 생활과 함께 나는 옥천의 사회교육기관인 주식회사 '파랑새문화원'을 설립해 2015년까지 운영했고, JCI 한국청년회의소 충북지구 옥천청년회의소 부회장을 맡아 활동했다. 또한 법무부 범죄예방위원, 민주평화통일자문회의 위원, 청소년 방과 후 아카데미 운영, 청주지방법원 선도위원, 주민자치위원회 위원, 음성 꽃동네 운영위원 등 다양한 공적 역할을 맡았다. 그 공로로 옥천군 모범 군민상을 받았고, 사회공로로 충북교육청 표창장, 청소년 선도 활동으로 법무부 장관상, 통일사업 분야 공로로 대통령 표창장을 받았다. 이 모든 경험은 훗날 내가 국회의원 수석보좌관으로 정치에 입문하는 중요한 계기가 되었다.

 시처럼 걷고, 숲처럼 머물다 ————

인연이란 무엇인가

평소 잘 지내며 함께해 왔다고 믿었던 지인과의 지루한 소송은 내 삶을 송두리째 흔들어 놓았다. 살이 찢기고 가슴이 파이는 듯한 아픔을 겪어야 했다. 잘 나가던 학원은 망하기 직전까지 몰렸고, 선생님들 월급을 주지 못해 결국 자동차를 팔아 급여를 마련해야 했다. 학원의 형편이 어려워지자 능력 있는 선생님들마저 하나둘 떠날 수밖에 없는 현실이 되었고, 나를 신뢰해 주던 학부모님들 역시 불안한 교육기관을 끝까지 믿어주기에는 역부족이었다. 그분들이 학원을 옮길 수밖에 없었던 상황을 원망할 수도 없었고, 그로 인한 추락의 아픔은 지금도 뼈저리게 남아 있다.

긴 소송 끝에 나의 권리를 되찾았을 때의 기쁨은 잠시였다.

그 당시 살고 있던 장야주공 2단지는 정부가 추진한 서민주택 아파트로 일정 소득과 재산 기준을 넘기면 퇴거 대상이 되었다. 한 달 남짓한 시간 만에 퇴거명령이 내려왔고, 암울한 시간은 다시 밀려왔다. 실상가상으로 형의 경제적·사업적 어려움으로 어머니가 살고 계시던 연립주택마저 경매에 넘어갔다. 가족들은 연대보증이라는 책임 앞에서 모두 지쳐 있었고, 금융권의 압박 속에 서로를 돌볼 여력조차 없는 상황이었다.

어머니를 모셔야 했고, 나는 24평 장야주공 2단지에서 나와야 했다. 마땅한 방안이 없던 우리는 식솔 다섯 명과 어머니를 함께 모실 수 있는 집을 찾아야만 했다. 하늘빛아파트 같은 비교적 큰 평수를 전세로 알아보았지만, 전세금은 2억 원 이상이 필요했다.

나는 부동산에서 그 말을 듣고도 아무 말도 하지 못한 채, 깊은 고민 속으로 빠져들었다. 시간은 없고, 돈도 없고, 내 손에 남은 것은 긴 소송의 후유증과 가슴에 가득 찬 멍뿐이었다. 절망의 무게가 너무 커, 어느 순간부터 원망이라는 감정이 마음속을 차지하기 시작했다. 현실은 점점 더 어두워졌고, 나 자신마저 의기소침해졌다. 가족들 사이에는 서서히 불협화음이 생기기 시작했지만, 서로에게 부담을 주지 않으려 애써 참는 모습이 눈에 선했다.

그때 마음속에서 하나의 답이 떠올랐다.

'뛰어보자. 달려보자.'

 시처럼 걷고, 숲처럼 머물다 ──────

나의 선택은 오직 마라톤뿐이었다.

인생을 가르며 추위를 가르며, 이제는 가난마저 갈아야겠다는 마음으로 무작정 집을 나섰다. 수북리 대청호의 맑은 공기와 풍경을 마주하고 동이면 지양리를 지나 금강유원지, 청성 양저리 엘도라도까지 쉬임이 달렸다. 다리에 아픔조차 느끼지 못한 채 달리면서 나는 내 인생을 다시 뒤돌아보았다. 저물어가는 햇살과 추위는 내 갈 길을 재촉했고, 장야주공까지 돌아왔을 때 땀이 말라 소금기가 내 온몸에 배어 있었다. 그날 나는 약 30킬로미터를 뛰었던 것으로 기억한다.

그제야 다리에 통증이 몰려왔다. 터질 듯 뻣뻣해진 다리와 육체적 피로가 한꺼번에 몰려왔지만, 이상하게도 마음은 오히려 후련했다.

이 고통스러운 시간은 나에게 서원건설 이철순 회장님과의 또 다른 인연으로 이어졌다. 내가 가진 생각과 고민을 지인에게 털어놓자, 직접 찾아가 상의해 보라는 말을 들었고 그 한마디에 용기를 얻었다.

당시 나는 학원 옆에 울며 겨자 먹기로 경매로 사두었던 작은 토지가 하나 있었는데, 이를 바탕으로 건축설계사에게 가상 건물을 설계하고, 가상 대출과 공사비를 추정했다. 그 자료를 가지고 이철순 회장님과 상의한 끝에 건물을 신축하고 이후 상환하는 방식으로 신관동이 탄생했다.

그 덕분에 어머니를 모실 수 있었고 때를 맞춰 장야주공 2단지에서도 이사 나올 수 있었다. 지금 생각해도 아찔한 순간이었지만, 내 마음과 계획을 믿어주신 이철순 회장님께 깊은 감사를 드린다.

당시 내가 너무나 황당한 모습이었음에도, 그분의 확신이 없었다면 지금의 나는 어디에 있었을까 스스로에게 묻게 된다. 소송의 잔재가 그만큼 깊게 남아 있던 시간이었다.

2010년 11월, 준공과 함께 또 하나의 새로운 인연이 시작되었다. 그곳은 내 삶이 다시 출발한 지점이었다.

2장

정치에 입문入門하다

뜻밖의 제안

나는 소송과 집안의 어려움을 겪고 난 뒤 생활이 어느 정도 안정되고부터 자연스럽게 청소년교육에 관심을 두게 되었다. 가난했던 어린 시절을 떠올리면, 나와 비슷한 환경의 아이들에게 작은 힘이라도 보태고 싶었다. 더 나은 사회를 만들기 위해서는 정치뿐 아니라 청소년교육 역시 안정되어야 한다는 생각을 나는 늘 마음속에 품고 있었다. 그러던 중, 내 인생의 방향을 바꾸는 뜻밖의 계기가 찾아왔다.

2011년, 나는 옥천중학교 총동문회 사무총장을 맡고 있었다. 그 무렵 건설업에 종사하던 박덕흠 선배님을 알게 되었다. 그는 옥천 안내초등학교와 옥천중학교를 졸업한 뒤 서울과학기술대학교와 연세대학교에서 토목공학을 전공하고, 한양대학교에서 박사 학위까지 받은 인재였다. 1994년에는 원화코퍼레이션을 창립해 고향 옥천을 기반으로 사업을 이어오고 있었고 무엇보다 옥천 토박이라는 점에 큰 자부심을 가진 사람이었다.

박 선배는 "옥천이 잘되려면 결국 사람이 나와야 한다"는 소신을 늘 강조했다. 공부는 잘하지만, 형편이 어려운 옥천 출신 학생이 있으면 조용히 도움을 주었다. 타지 대학에 입학한 학생에게는 기숙사를 알아봐 주거나 학비를 보태주었고, 지역 내 초·중등학교에도 장학금을 꾸준히 후원했다. 그의 고향 사랑은 말이 아니라 행동으로 드러나 있었다.

이런 선배의 국회의원 출마설이 돌자, 자연스럽게 옥천중학교 동문 사이에서 관심이 모였다. 그의 진심을 알고 있던 동문들은 자발적으로 힘을 보태기로 했고, 당시 사무총장이었던 나는 선거 사무장을 맡아 선거를 도왔다.

결과는 모두가 알다시피였다. 박 선배는 2012년 제19대 국회의원 선거에서 충북 보은·옥천·영동, 이른바 남부 3군 지역에서 당선되었고 이후 네 차례 연속 국회의원에 당선되었다.

초선 국회의원이 된 어느 날, 박 선배는 나를 조용히 불렀다. 그동안 선거를 도와준 데 대한 고마움을 전하기 위한 자리라고 했다. 그런데 뜻밖에도 그는 내 생년월일과 태어난 시각을 물었다.

"그건 왜요?"

 시처럼 걷고, 숲처럼 머물다 ──────

"쓸 데가 있어서 그래. 하하."

나는 고개를 갸웃했지만, 더 묻지는 않았다. 잠시 후 그는 이렇게 말했다.

"내일 시간 되면 보은에 가서 인사를 드려야겠네. 특히 불교계 쪽에 인사를 해야 해서 말이야. 나와 함께 모 주지 스님을 찾아뵈어야겠는데, 같이 가겠나."

다음 날 우리는 작은 암자를 찾았다. 나는 주지 스님께 인사를 드리고 간단한 차담을 나눈 뒤 밖으로 나왔지만, 박 선배는 스님과 한참 동안 이야기를 나누고 나왔다.

집으로 돌아오는 길, 선배가 먼저 입을 열었다.

"스님께 자네와 내가 함께 일해도 괜찮은지 여쭤봤네. 사람 사이에도 궁합 같은 기운이 있지 않나."

솔직히 조금 당황스러웠다. 당시 정치권에서는 이런 이야기를 은근히 맹신하는 분위기가 있었지만, 그보다 더 궁금했던 것은 선배가 왜 나에 대해 그런 질문을 했느냐는 점이었다.

선배는 잠시 침묵하다가 조심스럽게 말을 이었다.

"국회의원이 되면 함께 일할 보좌관들이 꼭 필요하네. 특히 수석보좌관은 나를 가장 가까이에서 보좌할 사람이야. 그래서 자네를 그 자리에 생각하고 있었네."

나는 아무 말도 하지 못한 채 그의 이야기를 들었다.

그는 잠시 숨을 고른 뒤, 정중하게 말했다.

"그동안 정말 고마웠네. 내가 국회에 들어올 수 있었던 건 동문의 힘 덕분이었고, 그중에서도 자네의 역할이 아주 컸네. 그래서 부탁하고 싶네. 나와 함께 일해보지 않겠나. 수석보좌관을 맡아주게.”

그 순간, 머릿속이 복잡해졌다. 나는 정치에 큰 관심이 있던 사람도 아니었고, 어떤 대가를 바라며 선거를 도운 것도 아니었다. 그저 옥천을 위해 헌신해온 선배의 진심이 당선으로 이어졌다고 믿었을 뿐이다.

‘정치를 하라고? 그것도 수석보좌관으로?’

가슴이 두근거렸고, 묘한 감정이 일순간 밀려왔다.

“선배님, 제가 자격이 되겠습니까? 저는 정치의 ‘정’자도 모릅니다. 더 유능한 분들이 많을 텐데, 왜 하필 저입니까.”

나는 그 당시 국회에서 일하고 있던 친구를 추천했다.

그러자 선배는 단호하면서도 따뜻한 목소리로 말했다.

“나는 내 일을 자기 일처럼 여기는 사람이 필요하네. 자네는 이 지역에서 평생 살 사람이잖나. 어린 시절 신문 배달하며 힘들게 살아온 것도 다 알고 있네. 나와 비슷한 국밥집 아들 같은 마음가짐을 가진 사람이, 내게는 꼭 필요하네.”

그 말은 훗날, 내 삶의 방향을 완전히 바꾸어 놓는 시작이 되었다.

 시처럼 걷고, 숲처럼 머물다 ──────

국회의원 수석보좌관이 되다

그날 집으로 돌아와 혼자 오랜 생각에 빠져 있었다.

'국회의원 수석보좌관이라니….'

정치를 전혀 모르는 내가 과연 그 자리를 감당할 수 있을까. 생각은 꼬리를 물었고, 마음은 갈수록 어지러워졌다. 혼자서는 답을 찾을 수 없을 것 같아서 평소 알고 지내던 충북도립대학교 함승덕 교수님, 그리고 오랜 친구 박용수에게 차례로 전화를 걸었다.

"교수님, 박 선배가 제게 수석보좌관직을 맡아 달라고 합니다. 아시다시피 저는 정치에 문외한 아닙니까. 어떻게 생각하십니까."

교수님은 잠시의 망설임도 없었다.

"뭘 그렇게 복잡하게 생각하나. 자네는 원래 어떤 일이든 끝까지 해내는 불도저 같은 사람 아닌가. 해보면 길이 보이게 돼. 이번 기회에 자네가 늘 관심 두던 청소년교육에도 힘을 보탤 수 있을 테고."

전화기를 내려놓자 잠시 힘이 솟는 듯했지만, 마음 한구석의 불안은 쉽게 가라앉지 않았다. 그래서 다시 박용수에게 전화를 걸었다.

"박 선배가 날 더러 수석보좌관을 맡으라는데, 내가 그럴 깜냥이 되겠나."

잠시 침묵 뒤, 전화기 너머로 단호한 목소리가 들려왔다.

"이 자식아, 그게 무슨 소리여. 옥천에 전상인만 한 사람이 어디 있다고. 정치가 별거냐. 네 별명이 뭐여, 잡상인이잖아. 지금처럼 발로 뛰면 다 된다. 그리고 너는 옥천에서 잔뼈 굵은 놈이야. 이번 기회에 옥천을 위해 제대로 한번 일해봐."

그 말은 오래도록 가슴에 남았다. 마치 등을 떠미는 한마디 같았다.

'그래, 한번 해보자.'

나는 곧바로 박 선배에게 전화를 걸었다.

"선배님, 잘할 수 있을지는 모르겠습니다. 그래도 최선을 다해보겠습니다. 부족한 점은 많이 가르쳐 주십시오."

"잘 생각했네."

그날 밤, 전화를 끊고도 한참을 뒤척였다. 가슴이 두근거려 쉽게 잠들 수 없었다.

그리고 나는 2011년 6월 1일, 제19대 박덕흠 국회의원의 수석보좌관이 되었다.

사실 국회는 처음이 아니었다. 1997년쯤, 학원생들과 함께 어준선 의원실을 방문한 적이 있었다. 그때 내가 잘 알던 청성 출신 김영수 형이 그곳에 계셨고, 국회를 둘러보며 그저 "와, 좋다"하며 지금의 분수대 옆 소나무에서 함께 사진을 찍고 본회장을 바라보며 감탄했던 기억이 남아 있다.

그러나 첫 출근 날 아침, 국회는 전혀 다른 얼굴로 다가왔다. 건물은 생각보다 차가웠고, 복도는 길고 분주했다. 사람들은 모두 자기 일에 바빠 보였고, 그 누구도 나를 기다려주지 않았다.

그 순간 깨달았다.

이곳에서는 스스로 배워야 하고, 책임은 스스로 감당해야 한다. 특히 수석보좌관은 겉으로는 화려해 보이지만 실상은 늘 뒤에서 움직여야 하는 자리였다.

국회의원의 말 한마디가 정책이 되었고, 작은 판단 하나가 누군가의 삶을 바꾸기도 했다. 실수는 변명이 될 수 없었고, 무지는 결코 용서받지 못했다. 박 선배는 일의 방향을 제시해 줄 수는 있지만, 대신 고민해 줄 수는 없었다. 결정은 언제나 내 몫이었고, 그 결과 역시 온전히 내가 감당해야 했다.

그제야 나는 이 길이 나를 단단하게 빚어 갈 길임을 알았다. 동시에, 그 단단함은 누군가의 손을 붙잡아서는 결코 얻을 수 없다는 사실을 비로소 깨달았다.

돌이켜보면 그날의 수석 보좌관직 수락은 단순히 하나의 직책을 받아들인 선택이 아니었다. 그것은 책임지는 자리로 올라서겠다는 결심이었다. 정치의 '정'자도 몰랐던 나는 그렇게 배움보다 먼저 책임감을 배웠다. 비록 서툴렀지만, 정치라는 세계 속으로 발을 들여 혼자 걷기 시작한 순간부터 그 길은 생각보다 훨씬 길고 외로웠다. 그러나 이 한 가지 사실만은 분명했다. 그날의 선택이 오늘의 나를 만들었다는 것은 의심하지 않는다.

이후 나는 정치의 세계에 본격적으로 발을 들였다. 박근혜 대선 후보 캠프에서 특보로 일했고, 건설산업 분야에서도 역할을 맡았다. 2014년 지방선거에서는 윤진식 충북지사 후보의 충북상황실장을 맡았으며, 반기문 유엔 사무총장이 잠시 대선에 나섰을 때도 짧지만 의미 있는 시간을 참모로 함께했다.

그리고 2016년 3월, 새누리당 충북도당 대변인을 맡으며 정치라는 세계에서 조금씩 나만의 무게를 키워나갔다.

   시처럼 걷고, 숲처럼 머물다 ───────

정치인의 길

국회의원 수석보좌관이라는 자리는 겉으로 드러나지 않는다. 이름도 얼굴도 공적 기록의 중심에도 남지 않는다. 그러나 그 조용한 자리에서 국회의 하루는 움직인다. 회의실 불이 꺼진 뒤에도 서류 더미 사이에서 다음 날의 질문과 문장이 만들어진다. 보좌관의 일은 늘 그늘에 있지만, 그 책임만큼은 언제나 밝은 곳을 향해 있다.

보좌관직은 실수할 수 없는 자리이다. 말 한 줄, 자료 한 장이 곧 국회의원의 판단으로 이어지고, 그 판단은 다시 정책이 된다. 그래서 우리는 늘 자신을 드러내지 않는 법부터 배운다. 존재감을 줄이는 대신 정확함을 택하고, 속도를 늦추는 대신 방향을 점검한다. 철저함은 선택이 아니라 생존의 조건이다.

그리고 국정감사를 앞둔 국회의 밤은 항상 길다. 불이 꺼지지 않는 회관에서 시간은 종종 의미를 잃는다. 자료를 모으고, 숫자를 확인하고, 질문의 맥락을 다시 고친다. 정부 부처의 설명을 읽고 또 읽으며, 그 이면에 숨은 구조를 파악하고 짐작한다. 충분히 이해하지 못한 질문은 언제든지 되돌아와 우리를 곤란하게 만든다. 그래서 보좌관의 밤은 늘 치열하다. 더구나 국민의 세금으로 급여를 받는 자리이기에 늘 신중하게 일해야 한다는 사실을 우리는 스스로 잘 알고 있다.

그렇게 보낸 오랜 시간은 나에게 정치의 본질을 가르쳐 주었다. 정치란 말의 기술이 아니라 책임의 무게이며 권력은 소유가 아니라 위임이라는 사실을 조금씩 깨닫게 했다. 결국 모든 판단의 출발점은 국민이어야 한다는 사실을, 그것만은 흔들리지 않는 기준으로 남았다.

그리고 보좌관으로서 일을 제대로 하려면 헌법을 읽지 않을 수 없다. 헌법은 단순한 법조문이 아니다. 국가가 어디에서 출발했고 어디까지 가야 하는지를 담은 약속이다. 전문에 담긴 문장들은 선언이자 다짐이었고 각 장과 절은 권력의 범위를 제한하는 울타리이다.

나는 헌법을 읽고 배우면서 나는 비로소 '국민이 곧 법'이라는 말의 의미를 이해하게 되었다.

대한민국 헌법은 전문을 시작으로 국민의 권리와 의무, 국회와 정부, 사법기관과 지방자치, 그리고 경제 질서에 이르기까

 시처럼 걷고, 숲처럼 머물다 ──────

지 국가 운영의 기본 틀을 차분히 펼쳐 놓고 있다. 그 문장들은 화려하지 않지만 단정하고, 강하지 않지만 분명하다. 오히려 그 절제된 문체 속에서 국가가 지켜야 할 최소한의 품격이 드러난다.

나는 10여 년 동안 보좌관으로 일하며 정치와 사회를 바라보는 시선도 많이 달라졌다. 정책은 종이 위에 머무르지 않고, 결국 사람의 삶으로 흘러간다는 사실을 체감하게 되었다. 특히 내가 살아온 지역을 떠올릴 때마다 행정의 결정 하나가 일상에 미치는 영향은 더욱 또렷해졌다. 그때부터 나는 '어떻게 말할 것인가'보다 '어떤 구조를 만들 것인가'를 더 오래 고민하게 되었다.

한편 오랜 시간 교육 현장에 몸담으며 청소년 문제에도 자연스럽게 시선이 머물렀다. 사회의 미래는 제도 이전에 사람에게 달려 있고 사람은 결국 교육을 통해 만들어진다. 가정과 학교에서 형성된 가치관은 시간이 흘러도 쉽게 바뀌지 않는다. 윤리 의식과 공공의식이 함께 자라날 때, 사회는 비로소 지속 가능한 방향으로 나아갈 수 있다.

청소년들이 겉모습의 경쟁에 매몰되지 않고, 각자의 가능성을 발견하며 성장할 수 있도록 돕는 일은 단순한 교육 정책의 문제가 아니다. 그것은 사회 전체가 다음 세대에게 건네는 메시지이기도 하다. 양심과 공익을 우선하는 태도가 자연스럽게 존중받는 사회, 그 토대 위에서만 공동체는 오래 버틸 수 있다.

돌이켜보면 그 시간들은 언제나 조용한 자리에서 흘러왔다. 앞에 서기보다는 뒤에서 살폈고 드러내기보다는 정리하는 역할에 익숙했다. 그러나 그 과정에서 분명히 배운 것이 하나가 있다. 정치는 결국 사람을 향해야 하며, 품격은 소리의 크기가 아니라 태도의 깊이에서 드러난다는 사실이다. 그것이 내가 이 길에서 얻은 가장 큰 배움이다.

주민 앞에 선 국회보좌관

한번은 국회보좌관으로서 지역에 내려가 주민들과 마주 앉아 대화를 나눈 적이 있다. 회의실이 아닌 마을회관, 정해진 발언 시간도, 공식적인 사회자도 없는 느슨한 오후였다. 형식보다는 분위기가 먼저 자리를 채우고 있었고, 나는 통상적인 업무의 연장선에서 지역 현황을 파악하고 의견을 듣기 위해 그 자리에 참석했다. 자료와 메모를 미리 준비했지만, 문을 열고 들어서는 순간 그날의 대화는 문서보다 사람의 말에서 수치보다 표정에서 시작되리라는 것을 직감했다.

주민들은 법안의 조문이나 예산 항목보다 일상의 불편함을 먼저 꺼냈다. 병원을 가기 위해 몇 번이나 버스를 갈아타야 하는 문제, 점점 줄어드는 대중교통 노선, 이웃이 떠난 뒤 혼자 남은 하루의 적막함 같은 이야기들이 이어졌다. 그 말들은 무언가를 요구하기 위한 주장이라기보다 오래 쌓여온 생활의 풍경을 조용히 보여주는 이야기였다. 설명을 기대하기보다는 그저 누군가가 들어주길 바라는 마음에 가까워 보였다.

나는 그 자리에서 판단이나 평가를 앞세우기보다 있는 그대로의 이야기를 끝까지 듣는 데 집중했다. 고개를 끄덕이며 말을 끊지 않는 일, 섣불리 해답을 제시하지 않는 태도는 공적인 역할을 수행하는 사람에게 가장 기본적인 자세라고 생각했기 때문이다. 수치와 지표로 정리되기 이전의 목소리, 제도에 담기기 전의 경험들은 그 자체로 기록될 충분한 가치가 있었다.

대화가 이어지자 주민들은 정치 전반에 대한 인상도 조심스럽게 꺼내놓았다. 특정 인물이나 사건을 지칭하기보다는 제도와 현장 사이에 느껴지는 거리감에 대한 이야기였다. 나는 그 말들이 어디에서 비롯되는지 어떤 경험이 그런 인식을 만들었는지 마음속으로 정리해 보았다. 정책의 언어와 생활의 언어 사이에는 여전히 설명되지 않은 간극이 존재하고, 그 간극은 숫자가 아닌 체감의 문제라는 사실을 다시 확인하는 시간이었다.

그날 이후 나는 국회에서 수행하는 보좌관의 역할을 조금 다른 시선으로 바라보게 되었다. 보좌관의 일은 단순히 문서를 작성하고 보고하는 데서 끝나는 것이 아니라 현장에서 들은 이야기가 왜곡되지 않도록 전달하고 맥락을 보존하는 과정까지 포함된다는 점을 새삼 실감했다. 감정을 배제하는 것이 아니라 감정이 깃든 사실을 정확히 정리하는 태도가 중요하다는 생각도 들었다.

공적 영역에서의 신뢰는 선언이나 구호가 아니라 일관된 절차와 태도에서 비롯된다. 즉각적인 해결이 어려운 사안이 많다는 현실을 솔직하게 인정하고 가능한 범위와 한계를 분명히 설명하는 것 역시 정치와 행정의 중요한 책임이라고 생각한다. 그날 주민들이 바랐던 것은 빠른 답변이 아니었다. 자신들의 이야기가 기록되고 잊히지 않을 것이라는 확신이었다.

그 이후로 지역을 대하는 나의 태도는 이전보다 한결 느려졌다. 성과나 평가를 염두에 두기보다는 현황을 정확히 이해하는 데 더 많은 시간을 쓰게 되었다. 정책은 결국 사람의 삶을 전제로 만들어진다는 점을 그날의 대화는 조용하지만 분명하게 일깨워 주었다.

이렇듯 국회보좌관으로 일하며 다양한 경험을 했지만, 주민들과 마주 앉아 나눈 그 하루의 대화는 오래도록 기억에 남아 있다. 공적인 역할은 말하는 자리보다 듣는 자리에서 더 또렷해질 수 있다는 것, 그리고 그 태도가 유지될 때 제도와 현장 사이의 거리는 조금씩 좁혀질 수 있다는 사실을 나는 지금도 믿고 있다. 여전히 기억 속에 남아 있는 그 마을회관의 낮은 목소리와 차분한 공기는 내가 이 일을 대하는 기준이 지금도 되어 주고 있다.

정치와 나

나는 정치를 떠올릴 때마다 스스로에게 질문을 던진다.

권력은 어떤 마음으로 마주해야 하는 것일까. 정치의 문제는 흔히 제도나 정책의 한계로 설명된다. 그러나 시간이 흐를수록 나는 그보다 더 근본적인 지점에 시선이 머문다. 정치에 참여하는 사람의 태도와 그 마음가짐 말이다. 많은 불신은 능력의 부족보다 태도의 결핍에서 시작된다는 생각을 자주 하게 된다.

내가 정치라는 영역을 바라보며 가장 먼저 떠올리게 된 마음은 겸허함이다. 권한이 커질수록 스스로를 낮출 줄 아는 태도가 얼마나 어려운지, 그리고 얼마나 중요한지 주변의 여러 장면을 통해 배워왔다.

권력은 개인이 소유하는 것이 아니라 공동체로부터 잠시 맡겨진 것이라는 사실을 잊지 않을 때, 판단과 말은 한결 조심스러워진다. 다른 의견을 마주했을 때도 방어보다 경청을 먼저 떠올리게 된다.

또 하나는 공감하려는 자세다. 나는 정치가 숫자와 문서만으로 이루어진 세계라고 생각해 본 적이 없다. 통계의 뒤편에는 언제나 사람의 삶이 있고 제도의 바깥에는 쉽게 드러나지 않는 목소리들이 존재한다. 그 삶을 상상하려는 노력이 멈출 때, 정책과 현실 사이의 거리는 더 멀어진다. 공감은 감정에 휩쓸리는 일이 아니라 타인의 처지를 이해하려 애쓰는 성실한 태도에 가깝다고 느낀다.

이렇듯 나는 수석보좌관직을 맡으면서 책임을 감당하는 자세의 무게도 점점 또렷해졌다. 공적인 결정에는 언제나 결과가 뒤따른다. 기대와 다른 결과 앞에서 변명보다 설명이 필요하다는 것, 회피보다 점검이 신뢰를 지킨다는 것을 나는 여러 경험을 통해 배웠다. 잘못을 인정하는 태도는 약함이 아니라 공동체를 지탱하는 최소한의 윤리라는 생각에 이르렀다.

원칙과 유연성의 균형에 대해서도 자주 고민하게 된다. 원칙 없는 선택은 신뢰를 잃기 쉽고 유연함이 부족한 태도는 갈등을 키운다. 현실 속에서 이해관계의 충돌은 피할 수 없고 조정과 타협은 그 과정의 일부가 된다. 다만 그 기준이 개인의 이해가 아니라 공공의 이익에 놓여 있을 때만, 그 선택은 의미를 가진다고 나는 믿게 되었다.

정치가 단기적인 평가에만 매달리지 않기를 바라는 마음도 크다. 오늘의 편의보다 시간이 지난 뒤 남을 결과를 함께 고민하는 태도, 현재의 불편함을 미래의 관점에서 설명하려는 정직함이 필요하다고 느낀다. 공동체는 오늘만을 위해 존재하지 않는다. 다음 세대를 함께 떠올릴 수 있을 때, 방향은 조금 덜 흔들린다.

마지막으로 나는 말을 아낄 줄 아는 태도의 중요성을 자주 떠올린다. 말은 생각을 드러내는 동시에 사회의 분위기를 바꾸는 힘을 지닌다. 순간의 주목을 얻는 언어보다, 사실에 기초한 말과 존중을 담은 표현이 관계를 오래 남긴다는 것을 경험을 통해 배워왔다. 불확실함을 인정하는 솔직함 역시 정치의 품격을 지탱하는 요소라고 생각한다.

결국 내가 정치에서 중요하다고 느끼게 된 마음가짐은 특별한 것이 아니다. 권한 앞에서도 공동체를 먼저 떠올리는 태도, 이기기보다 책임을 고민하는 자세, 말보다 삶의 무게를 헤아리려는 감각이다. 그런 마음이 차곡차곡 쌓여갈 때, 정치 역시 다시 신뢰를 회복할 수 있으리라 나는 조심스럽게 믿고 있다.

 시처럼 걷고, 숲처럼 머물다 ——————

대한민국에서 청년으로 산다는 것은

　대한민국에서 청년으로 산다는 것은 늘 과도기 속에 머무는 일과 닮아 있다. 제도적으로는 성인이지만, 사회적으로는 여전히 '준비 중'인 존재로 취급된다. 스스로 선택하고 책임져야 할 자유는 주어졌지만, 그 선택의 결과를 감당할 수 있을 만큼의 자원과 안전망은 충분히 제공되지 않는다. 그 결과 청년기는 독립과 도약의 시기라기보다, 불안이 장기화되는 시간으로 경험되기 쉽다.

　청년이 가장 먼저 마주하는 현실은 경제적 불안정이다. 학업을 마치고 노동시장에 진입하는 순간, 청년은 곧바로 경쟁의 한복판에 놓인다. 정규직과 비정규직, 대기업과 중소기업, 수도권과 비수도권이라는 이분법은 단순한 직업 구분을 넘어 삶의 질과 미래 전망을 가른다. 노력하면 보상받을 수 있다는 말은 여전히 유효한 신념처럼 유통되지만, 실제로는 노력의 총량보다 출발선의 차이와 운의 요소가 더 크게 작용하는 경우가 많다. 이 간극 속에서 청년은 좌절하거나, 구조의 문제를 개인의 부족함으로 오인하며 스스로를 과도하게 탓하게 된다.

주거 문제 역시 청년의 삶을 지속적으로 압박한다. '내 집 마련'은 이미 먼 미래의 이야기로 밀려났고, 안정적인 임대조차 쉽게 보장되지 않는다. 월세와 보증금, 대출 이자는 매달의 삶을 잠식하며, 독립은 자립의 상징이 아니라 감당해야 할 위험으로 인식된다. 이로 인해 많은 청년들이 부모 세대와의 동거를 이어가거나 최소한의 공간에서 삶을 임시로 유예한다. 공간의 불안정은 곧 삶의 계획을 세우기 어렵게 만들고, 이는 다시 미래 전반에 대한 불안으로 되돌아온다.

여기에 더해 청년들은 끊임없는 비교와 성과 압박 속에 놓여 있다. 사회관계망서비스SNS를 통해 타인의 성공이 실시간으로 노출되면서 자신의 속도와 선택은 쉽게 초라해진다. 불안과 우울, 번아웃은 개인의 심리 문제로 치부되기 쉽지만, 이는 구조적 불안정이 개인의 내면으로 전이된 결과이기도 하다. 청년의 정신 건강 문제가 개인의 나약함이 아니라 사회적 신호로 읽혀야 하는 이유가 여기에 있다.

그럼에도 한국의 청년을 단지 피해자나 수동적인 존재로만 바라보는 시선은 현실을 충분히 설명하지 못한다. 많은 청년들

 시처럼 걷고, 숲처럼 머물다 ──────

은 제한된 조건 속에서도 나름의 방식으로 삶을 재구성한다. 안정 대신 의미를 선택하거나, 전통적인 성공 경로에서 벗어나 새로운 일을 시도하기도 한다. 연대와 공감을 통해 서로의 불안을 나누고, 작지만 확실한 행복을 발견하려 애쓴다. 이는 체념이 아니라 주어진 구조 속에서 가능한 최선의 전략이자, 존엄을 지키기 위한 생존 방식이다.

다만 개인의 적응만으로 해결할 수 없는 문제들이 분명히 존재한다. 청년의 어려움을 개인의 능력이나 태도의 문제로 환원하는 사회는 동일한 불안을 반복 생산할 뿐이다. 청년 정책이 일회성 지원이나 상징적 제스처에 머무르지 않고, 노동·주거·교육 전반의 구조를 함께 다루어야 하는 이유도 여기에 있다. 청년의 삶은 특정 세대의 문제가 아니라, 사회 전체의 지속가능성과 직결된 문제이기 때문이다.

결국 한국에서 청년으로 산다는 것은 불안정한 현실을 견디면서도, 완전히 포기하지 않는 상태를 유지하는 일이다. 오늘의 선택이 내일을 보장하지는 않지만, 그럼에도 불구하고 살아낸다는 것. 어쩌면 지금의 청년들은 성공보다는 자존감을, 속도보다는 방향을 고민하는 세대일지도 모른다. 이들의 삶을 이해하는 일은 곧 한국 사회가 어떤 미래를 선택할 것인가를 묻는 질문과 다르지 않다.

지역에서 정치가 가진 의미

나는 이웃들과 이야기를 나눌 때마다 정치라는 것이 얼마나 일상 가까이에 있는지 새삼 느낀다. 중앙의 큰 뉴스 속에서 다뤄지는 이야기와 달리, 이곳에서 정치는 오늘 장에 나갈 수 있는지 아이가 다니는 학교가 계속 유지될 수 있는지, 아플 때 병원까지 얼마나 걸리는지와 같은 문제로 다가온다. 지역에서는 정치가 특별한 단어가 아니라, 하루의 삶과 자연스럽게 맞닿아 있다.

길에서 한 어르신을 만난 적이 있다.

"우리 마을 일 맡아서 한다는 사람들이 우리 얼굴은 아는지 모르겠네."

그 말은 불만이라기보다 서운함에 가까워 보였다. 누군가 멀어졌다는 느낌, 관계가 끊어진 데서 오는 허전함 같은 것이 묻어 있었다. 그 말을 들으며 나는 작은 지역일수록 관계의 거리감이 더 크게 느껴진다는 사실을 떠올렸다. 사람 사이의 간격이 곧 공동체의 온도라는 생각도 함께 들었다.

농사를 짓는 분과 나눈 대화에서도 비슷한 감정을 느꼈다.

"말은 많은데, 우리 사는 거랑은 좀 다른 이야기 같아."

그 말은 공감이 얼마나 중요한지를 다시 생각하게 했다. 숫자와 계획보다 먼저 와야 할 것은 생활에 대한 이해일지도 모른다. 하루의 리듬과 계절의 변화, 몸으로 겪는 수고를 모르면 아무리 좋은 말도 멀게 들릴 수밖에 없다.

청년들과의 대화는 또 다른 고민을 안겨주었다.

"여기서 계속 살아도 괜찮을지 잘 모르겠어요."

이 말에는 불안과 망설임이 함께 담겨 있었다. 한 지역이 사람에게 줄 수 있는 것이 무엇인지, 그리고 그 지역이 앞으로 어떤 모습을 그릴 수 있는지에 대한 질문처럼 들렸다. 누군가 머무를 수 있는 곳이 되려면 단순한 정서나 추억만으로는 부족하다는 생각이 들었다.

사람들은 말에 대해서도 예민했다.

"때가 되면 다 잘해줄 것처럼 말하잖아."

작은 공동체에서는 말이 오래 남는다. 내뱉은 말은 쉽게 잊히지 않고, 지켜지지 않은 약속은 관계를 무겁게 만든다. 그래서인지 화려한 표현보다 솔직한 설명이 더 신뢰를 얻는다는 사실을 나는 지역에서 자주 확인하게 된다.

또 하나 자주 들은 이야기는 편을 가르는 분위기에 대한 피로감이었다.

"왜 그렇게 나뉘어야 하는지 모르겠어."

서로 얼굴을 아는 사이에서 갈등은 더 깊게 남는다. 그래서 지역에서는 이기는 것보다 함께 버티는 선택이 더 중요해 보였다. 타협과 조율은 약함이 아니라 공동체를 지켜내는 방식일지도 모른다.

이웃들과의 이런 대화를 통해 나는 한 가지를 분명히 느끼게 되었다. 이곳에서 중요한 것은 높은 자리에 오르는 일이 아니라 낮은 자리에서 오래 머무는 태도라는 점이다. 누군가를 설득의 대상으로 보기보다 대화의 상대로 대하고 성과를 말하기보다 삶의 무게를 함께 나누려는 자세 말이다.

이처럼 지역의 삶은 거창할 필요가 없다. 얼굴을 알고, 목소리를 기억하며, 결정의 결과를 다시 설명할 수 있는 용기만 있으면 된다. 그런 태도가 쌓일 때, 공동체는 조금씩 단단해진다. 나는 지역에서의 삶이 바로 그런 관계 위에서 이어지고 있다고 믿게 되었다.

 시처럼 걷고, 숲처럼 머물다 ————

열린 정치가 진정한 정치다

　나는 공설시장을 찾을 때마다 정치가 어디에서 시작되는지 다시 생각하게 된다. 정치란 회의실이나 연단 위에서만 만들어지는 것이 아니라 비닐 천막 아래에서 오가는 짧은 인사와 푸념 속에서 이미 모습을 드러내고 있다는 사실을 이곳에서는 어렵지 않게 느낄 수 있다. 특별한 목적 없이 시장을 한 바퀴 도는 일은 그 자체로 삶의 결을 가까이에서 들여다보는 시간이 된다.

　그날도 늘 그렇듯 물가 이야기와 장사가 쉽지 않다는 하소연이 오갔다. 채소를 정리하던 한 상인은 한숨처럼 말을 꺼냈다. 요즘은 벌이보다도 내년이 더 걱정이라는 이야기였다. 그의 말에는 당장의 어려움보다 앞날에 대한 불안감이 더 짙게 배어 있었다. 이어서 그는 그저 이 자리에서 계속 장사를 이어갈 수 있으면 좋겠다고 덧붙였다.

그 순간, 사람들의 바람이 언제나 더 큰 변화나 눈에 띄는 성과에 있는 것은 아니라는 생각이 들었다. 많은 이들이 원하는 것은 지금의 삶이 갑작스럽게 무너지지 않도록 지켜지는 일이었다.

시장 안쪽에서 만난 한 어르신의 말도 오래 남았다. 몸이 불편해도 병원에 가는 일은 하루를 통째로 써야 하기에 참고 지낸다는 이야기였다. 그 말에는 생활의 불편함이 담겨 있었지만, 그보다 더 크게 느껴진 것은 자신의 어려움이 충분히 들리지 않고 있다는 감정이었다. 이럴 때 필요한 것은 복잡한 설명이나 대답이 아니라, 그 말이 제대로 받아들여졌다는 작은 확신일지도 모른다.

청년들과의 대화는 또 다른 결을 지니고 있었다. 분식집 앞에서 마주친 한 청년은 이곳에서 계속 살고 싶지만, 점점 떠나야 할 이유만 늘어나는 것 같다고 말했다. 그 말은 단순히 일자리나 주거 환경에 대한 질문을 넘어, 이 지역이 자신을 필요로 하는지에 대한 물음처럼 들렸다. 떠나지 않아도 괜찮다는 신호, 여기서 살아도 된다는 인정이 얼마나 중요한지 새삼 느끼게 되는 순간이었다.

시장을 한 바퀴 도는 동안 분명해진 것이 있었다. 사람들은 더 많은 말이나 계획을 요구하고 있지 않았다. 자신의 이야기

 시처럼 걷고, 숲처럼 머물다 ──────

가 사라지지 않기를 삶의 불편이 당연한 것으로 치부되지 않기를 바라고 있었다. 결정의 바깥으로 밀려나지 않고 존중받고 있다는 감각을 잃지 않는 것. 그것이 많은 이들이 공유하는 바람이었다.

나는 시장을 나서며 이런 생각이 들었다. 정치가 해야 할 일은 삶을 단번에 바꾸는 데 앞서, 삶을 제대로 이해하는 데서 시작되어야 한다는 것. 오늘의 이야기를 흘려보내지 않고 내일로 이어지게 만드는 일, 그것이야말로 열린 정치의 출발점일지 모른다. 화려하지 않지만 지속되는 관심, 빠르지 않지만 사라지지 않는 경청. 어쩌면 사람들은 바로 그런 태도를 통해 정치의 진정성을 느끼는 것은 아닐까.

나는 공설시장에 들어설 때마다 정치가 어디에서 시작되는지 다시 생각하게 된다. 회의실이나 연단이 아니라 사람들과 오가는 짧은 인사와 푸념 속에 정치의 본심이 숨어 있다는 걸 이곳에서는 쉽게 느낄 수 있었기 때문이다.

정치는 삶의 반경 안에 있다

　지역 정치가 어떤 모습으로 인식되는지는 거창한 구호나 중앙정치의 언어보다는 일상의 경험을 통해 드러나는 경우가 많다. 장이 서는 날의 표정, 버스 시간표의 변화, 문을 닫는 학교의 소식, 병원 진료를 위해 하루를 비워야 하는 불편함 속에서 주민들은 정치의 결과를 체감한다. 이러한 일상적 장면들은 정책이라는 이름으로 결정된 선택들이 삶의 구체적인 조건으로 전환되는 순간들이기도 하다. 이런 맥락에서 볼 때, 지역 정치는 추상적인 가치의 나열이 아니라 현실을 어떻게 바라보고 어떤 선택을 해왔는지를 통해 평가된다.

　옥천의 경우, 일상과 밀접한 영역에서 행정과 정책의 영향이 나타나는 사례들이 적지 않다. 대중교통의 연결 여부, 의료 접근성, 돌봄과 교육 환경의 유지 여부는 주민 생활과 직접적으로 맞닿아 있는 요소들이다. 이러한 사안들은 단기간 눈에 띄는 성과로 드러나지 않더라도, 시간이 지남에 따라 삶의 안정성과 선택의 폭에 영향을 미친다. 특히 이동과 돌봄의 문제는 노년층과 취약계층에게 더욱 크게 체감되며, 지역 사회의 포용성을 가늠하는 기준이 되기도 한다.

인구 감소와 고령화 역시 지역 사회가 직면한 중요한 변화다. 통계로 확인되는 인구 구조의 변화는 단순한 숫자의 문제가 아니라 지역의 기능과 역할에 대한 고민으로 이어질 수밖에 없다. 모든 공간과 기능을 과거와 동일하게 유지하는 것이 현실적으로 어려운 상황에서 무엇을 유지하고 무엇을 조정할 것인지에 대한 선택이 요구된다. 이 과정에서 행정의 판단뿐 아니라 주민들의 이해와 공감이 함께 형성되는지가 중요한 과제로 떠오른다.

청년 인구의 이동 또한 지역 사회에서 반복적으로 관찰되는 현상이다. 일자리, 주거 환경, 문화적 기반, 사회적 관계망 등 다양한 조건이 복합적으로 작용하며 단일한 요인만으로 설명하기는 어렵다. 더 나아가 청년을 단순히 유출의 대상으로만 바라볼 것인지, 지역 사회의 한 구성원으로서 어떤 역할과 가능성을 부여할 것인지에 대한 인식 역시 중요한 논점이 된다. 이러한 시각의 차이는 정책 방향과 우선순위 설정에 영향을 미친다.

옥천은 비교적 규모가 작은 공동체라는 특성을 지닌다. 이러

한 환경에서는 개인의 말과 행동이 오래 기억되고 관계의 축
적이 지역 사회 전반에 영향을 미치는 경우가 많다. 갈등이 발
생했을 때 이를 어떻게 조정하고 합의로 이끌어 가는지에 따
라 공동체의 신뢰 수준이 달라질 수 있다. 정치 역시 이러한 관
계의 맥락 속에서 이해될 필요가 있다.

또한 지역 주민들은 정책이나 사업 그 자체보다, 그 배경과
한계에 대한 설명 과정에 주목하는 경향을 보이기도 한다. 무
엇이 가능하고 무엇이 어려운지, 왜 특정한 선택이 이루어졌는
지에 대한 정보 공유는 행정과 주민 간 신뢰 형성에 일정한 역
할을 한다는 분석도 있다. 결정 이후의 소통 방식은 정책의 수
용성과 지속 가능성에 영향을 미친다.

지역에서 이루어지는 결정은 공식적인 절차를 거쳐 진행되
지만, 그 결과는 다시 주민들의 일상 공간에서 체감된다. 따라
서 정책 결정 이후의 설명과 대화, 그리고 피드백 과정은 지역
정치에서 중요한 의미를 갖는다. 이처럼 옥천의 정치는 특정한
이념이나 구호보다는 현재의 삶과 구조를 어떻게 인식하고 대
응해 왔는지를 통해 이해될 수 있다. 지역 사회의 변화는 단기
간에 완성되기보다는, 누적된 선택과 경험 속에서 점진적으로
형성되어 간다.

 시처럼 걷고, 숲처럼 머물다 ————

3장

다시 일어설 용기

아쉬운 패배에 대한 기억

2018년 6월 13일 밤 8시. 개표가 시작되자 나는 선대본 사무실 의자에 앉아 개표 상황을 주시했다. 그 순간 초등학교 시절, 차디찬 칼바람 속에서 무거운 신문 뭉치를 들고 옥천의 향수 길을 내달렸던 그 기억들이 주마등처럼 스쳐 지나갔다.

그리고 자유한국당 군수 후보가 되어 개표를 기다리던 내 심장은 조금씩 더 빠르게 뛰기 시작했다. 이 한순간을 위해 쌓아 온 시간과 노력은 결코 헛된 것이 아님을 알았다.

사무실 내부는 숨소리조차 아껴야 할 만큼 팽팽한 긴장감으로 차올랐다. 참모들은 말을 줄였고, 지지자들은 의자 끝에 걸터앉은 채 TV 화면을 응시했다.

첫 개표가 열렸다. 군북, 안내, 이원. 개표가 차례로 시작되자

빨간색 그래프는 화면을 따라 곧게 치솟았다.

"후보님 우리가 우세입니다… 계속 올라갑니다."

TV 자막에 '전상인 우세'라는 글자가 반복해서 뜨는 것을 바라보던 참모들과 지지사들은 두 주먹을 불끈 쥔 채로 환호성을 질렀다.

하지만 나는 초조함도 기대도 드러내지 않은 채 말없이 팔짱을 끼고 앉아 조용히 응시했다. 바깥에서는 군민들이 환호했고, 누군가는 울먹이며 말했다.

"이대로만 가면… 후보님 당선이 틀림없습니다."

그러나 나는 속으로만 대답했다.

'아직은 아니다. 선거는 끝까지 열어봐야 한다.'

밤 11시를 넘기면서 득표 그래프는 냉혹하게 파란색으로 바뀌기 시작했다.

격차는 900표, 650표, 480표, 320표로 점점 줄어들기 시작했다.

손에 든 커피를 마시는 소리가 침묵을 깨뜨릴 만큼 크게 느껴졌다.

나는 숨을 크게 들이쉬고 낮은 목소리로 말했다.

"괜찮습니다. 원래 이런 흐름입니다."

말은 담담했지만, 내 마음은 마치 토네이도처럼 휘몰아치고 있었다.

'멈춰라. 제발 여기서 멈춰라.'

   시처럼 걷고, 숲처럼 머물다 ────

그러나 선거는 그런 기도만으로 이루어지는 것이 아니었다.

옥천읍 개표가 본격적으로 집계되는 순간, 사무실 안 공기는 냉기를 품기 시작했다. 환호 대신 침묵만이 계속되었다.

"역전… 됐습니다."

예상했던 결과였지만, 그 한마디는 나에게 내리는 형벌과도 같았다.

지지자들은 웅성거리기 시작했다.

"남은 표 얼마나 됩니까?"

"뒤집을 가능성이 남아 있습니까?"

그러나 다급함은 끝내 운명을 바꾸지 못했다. 각자 체념과 싸우고 있었지만, 패배의 기류는 이미 사무실 내부를 가득 채우고 있었다.

새벽 3시가 되자 결정적인 문장이 화면 아래 떠올랐다.

'김재종 후보 당선 유력.'

그리고 이어진 확정 자막 8백여 표의 차.

불과 종이 한 장보다 얇은 차이였지만, 그 숫자는 몇 년 동안의 나를 송두리째 갈아 삼키는 깊은 골짜기였다.

나는 천천히 고개를 끄덕였다. 눈물도 나지 않았다. 패배의 아픔이 너무 커서 감정조차 걸음을 멈춘 듯했다.

그동안 나를 위해 함께 뛰었던 참모가 조심스럽게 물었다.

"괜찮으십니까… 후보님."

나는 웃으면서 대답했다.

“이 정도면 잘 싸웠습니다.”

그러나 그 누구도 그 말을 곧이곧대로 받아들이진 않았다. 이미 지독한 아쉬움과 아픔을 다 함께 느끼고 있었기 때문일 것이다.

지지자들은 쉽사리 자리를 뜨지 못했다.

“우리는 전상인 후보님을 믿습니다!”

어떤 이들은 조용히 박수를 보냈다.

그 박수는 기대가 아니라 위로였고, 질책이 아니라 격려였다.

 시처럼 걷고, 숲처럼 머물다 ─────

졌지만 아름다운 패배

　패배가 확정된 순간, 나는 참모진과 지지자들 앞에 조용히 섰다.

　몇 시간 전만 해도 사람들로 가득 차 숨쉬기조차 벅찼던 공간은, 마치 다른 곳처럼 텅 비어 있었다.

　탁자 위엔 채 비우지 못한 종이컵들이 포개져 있었고, 화이트보드에는 지우지 못한 공약과 메모가 공중에 부유하듯 희미하게 남아 있었다.

　함께 뛰어준 자원봉사자들과 청년들은 나보다 더 깊은 한숨을 품고 있었다.

　그들의 어깨는 같은 순간에 툭 내려앉았다.

　패배의 아쉬움보다 '우리가 더 열심히 하지 못했다'는 미안함이 그 표정에 그대로 걸려 있는 듯했다. 나는 그 순간, 후보가 아닌 군민으로 돌아가기로 마음을 정했다.

울먹이는 지지자들을 향해 천천히 입을 열었다.

"부족한 저에게 무한한 사랑을 주서서 감사힙니다. 이제 선거는 끝났습니다. 옥천은 하나가 되어야 합니다."

그 말은 그들을 향한 감사이자, 분열 앞에 서지 않겠다는 나 자신을 향한 약속이었다.

곧 나는 조광휘 선대본부장과 협의해 상대측 선거대책본부장에게 연락을 취했다. 이제는 승패를 떠나 협력하고 존중해야 할 김재종 군수님을 위해, 내가 먼저 찾아가는 것이 옳다고 판단했기 때문이다. 일부의 만류도 있었지만, 옥천의 성장을 위해 우리는 함께 상대 캠프를 찾았다.

그곳은 축제의 열기로 환했지만, 우리가 들어서자 잠시 정적이 스쳤다.

그러고 나서, 박수가 터졌다.

나는 그 박수가 승자의 여유가 아니라 상대에 대한 존중이길 바랐다.

"이제 옥천은 하나입니다. 당선자를 중심으로 지역을 위해 힘을 보태겠습니다."

나는 형식적인 인사가 아니라 진심을 담아 말했다. 선거는 끝나도 사람과 마을은 남고, 우리는 같은 학교, 같은 시장, 같은 길 위를 함께 살아가야 하기 때문이다.

 시처럼 걷고, 숲처럼 머물다 ───────

사무실로 돌아오는 길은 이상할 만큼 짧았다. 도로 한쪽에서는 환호가 튀어 올랐고 다른 쪽에서는 고개를 떨군 발걸음이 어둠 속으로 스며들었다. 불과 몇 미터 사이였지만, 공기의 온도가 뚜렷하게 달랐다.

그때 나는 깨달았다. 정치는 사람을 갈라놓아서는 안 된다고. 선거는 승자만 웃는 전장이 아니라, 모두가 내일을 향해 걸어가는 축제가 되어야 한다고. 결국 정치는 사람이 하고, 정치가 떠난 자리에 남는 것도 사람이라는 것을.

그러나 나를 향한 패배의 그림자는 거기서 끝나지 않았다. 얼마 지나지 않아 또 다른 벼랑이 눈앞을 가로막았다.

공직선거법 위반.

그 글자가 내 이름 앞에 붙는 순간, 정치라는 세계가 얼마나 냉혹한지 뼈속 깊이 깨닫게 되었다.

지방선거 과정에서, 나는 충북도 선거관리위원회에 의해 공직선거법 위반 혐의로 검찰에 고발되었다.

돌이켜보면, 무지와 순진함이 불러온 일이었다.

나는 예비후보들에게 "함께 깨끗하게 경쟁하자"는 뜻으로 화분을 보냈다. 실명을 적지 않았고, 응원 문구만 썼으니 법적으로 문제 없을 것이라 생각했던 것이 실수였다.

그러나 그것은 선거법이 금지하는 기부행위로 판단되었고, 상대 후보 지지자의 신고로 사건이 수면 위로 떠올랐다.

출판기념회에서 참석자들에게 무료로 책 다섯 권을 나눠준

일 또한 선거 관련 기부행위 의혹으로 번졌다.

나는 줄곧 "화합을 위한 행동이었다"고 주장했지만, 사건은 검찰로 넘어갔고 결국 벌금형이 확정되었다. 그리고 그 순간, 피선거권 5년 박탈이라는 가혹한 현실이 나를 덮쳤다.

그때 비로소 알았다. 정치는 마음만으로 되는 일이 아니며, 조금의 실수도 허용하지 않는 잔인할 만큼 냉정한 세계라는 것을 깨달았다.

   시처럼 걷고, 숲처럼 머물다 ———

또 다른 반성

선거가 끝난 후, 나는 휴대전화를 꺼둔 채 고향 옥천의 강가를 걸었다. 전날까지 쉴 새 없이 울리던 전화기와 메시지 알림 대신, 이제는 강물 흐르는 소리만이 귓가에 남아 있었다.

강물은 언제나 그랬듯 묵묵히 흘렀고, 세상은 아무 일도 없었던 듯 고요했다. 물 위에 퍼지는 얇은 금빛 햇살을 바라보며 나는 천천히 걸음을 옮겼다.

그 길 위에서 스스로에게 물었다.

'나는 왜 정치를 시작했을까.'

권력도 명예도 아닌 다른 이유가 분명히 있었는데, 그동안 너무 멀리 밀어두고 살았던 질문이었다. 답은 단순했다. 옥천은 내 고향이고, 이곳을 조금 더 나은 곳으로 만들고 싶었다.

어린 시절을 품어준 골목과 사람들, 비가 오면 흙냄새가 먼저 올라오던 이 땅이 나를 정치의 자리로 불러냈다. 그 마음 하나로 시작했던 도전이었고 패배하고서야 그 마음을 다시 또렷하게 확인했다.

선거는 끝났지만, 고향을 향한 애정까지 끝난 것은 아니었다. 그래서 나는 정치인이기 이전에, 한 사람의 고향 사람으로서 다시 걸을 수 있었다.

패배 이후, 고향 사람들의 얼굴이 오히려 더 선명하게 떠올랐다. 유세장에서 스쳐 지나간 눈빛, 악수 속 담긴 짧은 응원, 고개를 한번 끄덕이던 어르신들의 표정. 어떤 결과는 지나가지만, 함께했던 시간과 마음은 쉽게 사라지지 않았다. 그것들은 승패라는 단어로 설명할 수 없는 값진 것이었다.

그래서 패배라는 말은 아직도 쓰라린 것인지도 모른다. 그러나 이상하게도 그 안에는 온기가 있다. 멈춰 서서 나를 되돌아볼 수 있게 해준 여백의 시간, 숨을 고르고 삶의 방향을 다시 가다듬게 해준 여백 덕분에 나는 스스로에게 조금 더 솔직해졌다. 고향을 위해 내가 무엇을 했고, 무엇을 놓치지 말아야 하는지 비로소 알게 되었다.

그래서 서두르지 않기로 했다. 걷는 속도를 늦추고 말의 무게를 가볍게 하고, 사람들의 얼굴을 더 오래 바라보기로 했다. 앞으로 어떤 길을 걷게 될지는 모르지만, 분명한 사실 하나는 있다. 결과가 나를 규정하지 못한다는 것, 그리고 고향 사람들

 시처럼 걷고, 숲처럼 머물다 ————

과 함께한 시간이 끝까지 나를 지탱해 줄 것이라는 믿음이다.

패배했던 그날 새벽의 아픔은 아직도 기억 속에 남아 있다. 하지만 그 아픔은 끝이 아니라 다음 장을 열어주는 문장 같았다.

그날, 집에 돌아오자 아내가 말없이 내 손을 잡았다. 말 한마디 없었지만, 그 손은 수없이 많은 말을 대신했다. 따뜻한 손의 온기 속에서 나는 마음의 평정을 되찾았다. 비록 졌지만 부끄럽지 않다는 사실이 나를 위로했다. 결과는 나를 심판했지만, 삶까지 부정할 수는 없었다.

이상하게도 선거가 끝난 뒤 아내는 나보다 더 차분했다. 늘 그렇듯 부엌에서는 된장찌개가 끓고 있었고, 집안엔 익숙하고 흔한 냄새가 퍼졌다.

"왔어요? 식사하세요."

그 한마디엔 승패도 위로나 평가도 없었다. 다만 남편이 일상으로 돌아왔다는 확실한 환영이 담겨 있을 뿐이었다. 밥을 먹던 중 아내가 조용히 말했다.

"중요한 건 당신 건강이에요."

담담하면서도 깊은 그 말에 결국 울컥하고 말았다.

쉼 없는 시간 속에서 나 자신을 돌보지 못한 채 이곳저곳 다니며 인사에 매달리다 결국 건강을 잃고 병원으로 후송되었던 그날의 마음을, 이제야 글로써 미안하다고 전하고 싶다. 그리고 말없이 나를 믿고 묵묵히 따라와 준 아내에게 한 사람의 남편이자 아이들의 아버지로서 그저 미안한 마음뿐이다.

그리고 지금 나는 다시 걷고 있다. 소리를 내지 않고 천천히, 그러나 한층 단단한 걸음으로. 옥천의 흙냄새는 여전히 나를 부르고 있다. 그 냄새는 나에게 내가 어디서 왔는지, 무엇을 잊지 말아야 하는지를 일깨운다.

졌지만 잃지 말아야 할 것들을 품은 채, 나는 오늘도 걷는다. 멈추었던 시간 덕분에 다시 걷는 법을 배웠기 때문이다. 그리고 그 배움은 어떤 승리보다도 오래 나를 지탱하는 힘이 되어 주었다.

 시처럼 걷고, 숲처럼 머물다 ————

낙선 인사, 그리고 눈물

선거에서 패배한 다음 날부터 나는 새벽이면 어김없이 마르지 않은 눈물을 손바닥으로 누른 채 거리로 나섰다. 옥천군민께 감사 인사를 전해야 한다는 마음 하나로 시작된 두 달간의 '거리 인사'였다.

신호등 앞에서 허리를 90도로 굽혀 인사할 때마다, 바쁜 출근길에도 버스 안에서 많은 분들이 "파이팅!"을 외치며 손을 흔들어 주었다. 경적을 울려 응원을 보내는 분들도 있었다. 그 따뜻한 손길 속에서 나는 패배의 쓰라림보다 옥천 주민들의 정을 더 깊게 느꼈다.

가장 잊히지 않는 장면은 향수 타운 사거리였다. 버스 창문 너머로 손을 흔들던 그 분은 삼양리에서 일부러 내려 음료를 들고 뛰어와서 말없이 나를 끌어안고 울었다. 참고 있던 내 눈물도 그 자리에서 터져 나왔다.

그 순간 나는 결코 혼자가 아니라는 사실을 온몸으로 느꼈다. 안남에 사시는 김선희 여사님. 지금도 커피를 나누며 마음을 기대는 누님 같은 분이다.

비록 아깝게 졌지만, 옥천 곳곳을 다닐 때마다 이렇게 나를 반겨주시는 분들이 있었기에 나는 지금까지 버틸 수 있었다.

그러나 따뜻한 격려만 계속되지는 않았다. 여성회관 행사에 서였다. 평소처럼 인사를 나누던 중 사람들의 시선이 미묘하게 달라졌음을 느꼈다. 눈을 마주치던 이들이 조용히 자리를 피했고, 당선자의 눈치를 보는 듯한 기류가 흘렀다.

'아, 이제 견제가 시작되는구나.'

그날 밤, 잠을 이루지 못했다. 낙선자에게 찾아오는 냉혹한 현실. 겨울이 갑자기 닥친 듯한 느낌. 근소한 차이가 정치에서 얼마나 무거운 의미인지 그제야 실감했다.

가장 미안했던 사람은 사실 아내와 가족이었다. 평소 건강이 좋지 않았던 아내는 유세 중 쓰러져 응급실에서 링거를 몇 번 맞았다. 집은 엉망이었고 공과금은 쌓여 있었다. 나는 가장으로서 해야 할 일을 제대로 하지 못했다는 죄책감이 선거 내내 가슴을 짓눌렀다.

어느 모임에서 누군가는 이렇게 말했다.

"패자는 잠시 자리를 비워주는 것도 화합입니다."

 시처럼 걷고, 숲처럼 머물다 ──────

맞다. 그렇다. 그 말이 곧장 내 가슴을 때렸다. 내가 움직이는 것만으로도 근소한 차이로 이긴 당선자와 그 지지자들에게 큰 부담으로 작용할 수 있다는 속내였다.

'그래, 드디어 떠날 때가 왔구나.'

당시 두 딸은 지방대 기숙사에 있었고, 아내와 아들은 옥천에 있었다. 더 이상 가족에게 짐을 얹어 줄 수 없었다. 중학생인 아들은 깊은 사정도 모른 채, "아빠는 능력이 없는 게 아니라 돈이 없어서 그렇다."는 말을 들었다고 했다. 어느 늦은 저녁, 우리 집에 돈이 많은데도 '동네 아저씨들이 돈이 없어 떨어졌다.'는 말이 돌고 있다는 이야기를 하며 조심스럽게 질문하던 그 모습이 지금도 내 머리를 아프게 한다. 그때 나는 아이에게 깊은 상처를 주고 있다는 사실을 미처 깨닫지 못했다.

청소년 시기, 바쁜 국회 일정 속에서 가정을 제대로 돌보지 못했고, 사춘기를 겪던 아들에게 아버지로서 따뜻한 사랑과 충분한 대화를 건네지 못했다. 말로 드러나지 않았지만, 그 부족함으로 힘들어하는 아이의 모습이 보여 안타까움이 밀려왔다.

가장으로서 해야 할 일과 사회적 교육에 대한 책임, 그리고 공직자로서 지켜야 할 가정에 대한 책임 사이에서 나는 커다란 공백을 느꼈고, 그 허전함은 나를 깊은 고민으로 몰아넣었다. 이대로 가다가는 가족 모두가 선거의 후유증에서 벗어나지 못할지도 모른다는 생각이 점점 더 깊어졌다. 그 당시 나는 박덕흠 국회의원 수석보좌관으로 일하며 줄곧 서울의 작은 원룸에서 홀로 지냈다. 일요일 저녁 옥천을 떠나 금요일 밤 옥천으로 돌아오는 생활. 몸과 마음은 이미 지쳐 있었다.

결국 나는 결심했다.

"이제는 가족과 함께 살자. 가족을 먼저 챙기자."

이사하는 날, 아내와 아이들은 먼저 출발했고 나는 조금 늦게 옥천을 떠났다. 배웅 나온 분들에게 인사하고 운전대를 잡자 갑자기 가슴이 뜨겁게 저렸다.

경부고속도로 달리는 중 라디오에서 금잔디의 '서울 가 살자'가 흘러나왔다. 하지만 차 안에서 울려 퍼진 건 노래가 아니라, 울음을 참지 못한 아내의 흐느낌이었다. 마치 우리 가족의 현실을 노래로 들려주는 듯했다.

지금도 이 노래를 들을 때면 그때의 감정이 가슴 깊이 되살아나, 마음속 가장 깊은 곳을 휘젓는 듯 견딜 수 없이 아프다.

얼마 지나지 않아 세간에서는 이렇게 말했다.

'8백여 표 차로 석패한 자유한국당 전상인 후보가 선거가 끝난 지 두 달 만에 서울로 이사하며 지역 민심으로부터 무책임하다는 지적을 받고 있다.'

보좌관 복귀도, 주소 이전도 비판의 대상이 됐다. 누군가는 나를 도망자라 했고, 누군가는 배신자라고까지 했다.

사실 나는 도망친 게 아니었다. 가족과 함께 살아야 했고, 당선자를 위해 잠시 지역과 거리를 둬야 했다. 그것은 당선자에 대한 예의였고, 가족에겐 가정으로서의 책임감이었다.

그렇지만 모든 이가 그렇게 보지는 않았다. 나는 말하고 싶었다.

"고향을 떠난 것이 아니라, 잠시 물러난 것뿐입니다."

옥천은 내 고향이다. 떠났다고 마음까지 떠난 건 아니다. 나는 단 한 순간도 옥천을 잊은 적이 없다. 주소를 그대로 둔 것도 그 때문이었다.

이렇듯 좌절의 순간은 인간의 마음을 깊이 흔들고 근본적인 질문을 꺼내게 한다.

'나는 누구인가. 무엇을 위해 달려왔는가. 이제 어디로 향할 것인가.'

그 질문 앞에서 나는 울었고 한없이 흔들렸지만, 결국 다시 일어섰다.

그 두 달의 시간은 패배가 아니라 내 삶을 정리하는 시간이었다.

패배는 나를 더욱 단단하게 만든다

나는 지금도 팔 년 전의 아쉬운 패배를 잊지 못한다. 그러나 기억 속에 더 선명하게 남아 있는 것은 그 패배의 밤 사무실 책상 위에 놓여 있던 한 봉지의 과일과 한 장의 편지였다.

"우리는 그래도 후보님을 사랑합니다."

짧은 문장의 편지였지만, 그 안엔 나에게 보내준 한 표의 진심이 그대로 담겨 있었다. 그래서 더 마음이 아팠다. 그런 분들의 기대에 온전히 보답하지 못했다는 사실이 팔 년의 긴 세월이 지난 지금에도 가슴 깊은 곳을 찌른다.

나는 그때 단 한 번의 선거 패배가 내 인생의 실패가 될 수는 없다는 사실을 깨달았다. '패배'라는 단어는 가혹했고 내 감정과도 어울리지 않았다. 그 '패배'는 끝이 아니라 다시 숨을 고르고 멈춰 서서 나 자신을 들여다볼 수 있게 한 '쉼표'였다.

소란스러운 분주함이 사라지자 마음속 깊은 곳에 쌓여 있던 질문들이 조용히 떠올랐다. 나는 무엇이 부족했는가. 그리고 나는 왜 정치의 길을 선택했는가. 그 질문들은 당장 답을 요구하지 않았다. 대신 묵묵히 그리고 집요하게 내 곁을 지켰다.

선거 끝난 후 일주일 동안 나는 다시 사람들을 만났다. 약속도 잡지 않은 채 길에서 우연히 마주친 이들도 많았다. 그분들의 위로는 따뜻하면서도 동시에 냉정했다.

"선거 결과가 다는 아니죠."

"우리 옥천에는 여전히 상인 씨가 필요합니다."

위로였고, 부탁이었고, 또 한편으로는 옥천이 아직도 나를 필요로 한다는 말처럼 들렸다.

그때 나는 비로소 깨달았다. 아름다운 패배는 패배가 아니라는 것을. 고향 사람들과 나눈 말, 서로를 바라보던 눈빛, 그 모든 관계의 온기가 결과보다 훨씬 더 귀중한 가치라는 것을. 그 깨달음은 나를 겸손하게 만들었다.

나를 뒤돌아보게 했고, 관계의 본질에 대해 질문하게 만들었다. 무엇보다도 '떳떳함'이라는 용기가 다시 싹트기 시작했다. 승리는 사람을 높이 올려놓지만 패배는 사람을 땅 위에 단단히 세운다. 나는 그 단단함이 무엇인지 조금은 이해하게 되었다.

많은 이들이 내게 조언을 건넸다.

"이제는 좀 더 영리하게 움직여야지. 너무 곧기만 해서 버티기 힘들어."

그 말들이 틀렸다고 생각하지는 않는다. 세상은 타협과 계산을 요구한다. 그러나 그 속에서도 나는 한 가지 원칙만은 놓치고 싶지 않았다.

'사람을 이용하고 속이지 말 것.'

기회 앞에서 가장 먼저 흔들리는 것은 양심이었다. 눈앞의 이익이 손짓할 때 마음속 작은 불편함을 외면하는 일은 생각보다 쉽다. 그러나 그 불편함을 무시하는 순간 사람을 잃는다. 패배를 겪으며 나는 오히려 더 확신하게 되었다. 어떤 선택을 하든, 그 선택 앞에서 나 스스로 고개를 끄덕일 수 있어야 한다는 것을. 시간이 흐른 뒤 나는 또 한 가지를 깨달았다.

나는 비록 졌지만, 생각보다 많은 것을 잃지 않았다는 것, 아니 오히려 더 많은 것을 얻었다는 사실을 알았다. 사람들의 손을 잡을 때 전해지던 따뜻한 온기, 눈빛으로 나누던 믿음, 함께한 시간들이 진짜였다. 그 감정들은 오래 남았다.

사람들은 자주 물었다.

"다시 도전하실 건가요?"

나는 쉽게 답하지 않았다. 재도전은 욕심으로 결정할 일이 아니라고 느꼈기 때문이다. 책임에 가까운 선택이어야 했다. 그래서 나는 서두르지 않기로 했다. 걷는 속도를 늦추고, 생각의 깊이를 더하는 시간을 스스로에게 허락했다.

내가 군수 후보로 출마한 계기

나는 2018년 지방선거 당시까지 정치에 그다지 관심이 없었다. 2014년, 모 국회의원 여덟 분과 함께한 자리에서 "저 친구 같은 사람을 키워야 한다."는 말을 빈말처럼 들은 적도 있었다. 지역에서 사람을 키우지 않으면 국가의 존재가치가 없다는 정치 이야기를 원로 정치인들로부터 자주 접했지만, 그때의 나는 그저 귀를 즐겁게 하는 말 한마디쯤으로 여기며 농담처럼 흘려보냈다.

정책은 국회의원이 최종 결정자였고, 나는 단지 그 결정을 정리하거나 보조하는 보좌관일 뿐이었다.

그러던 어느 날이었다.

회의를 마치고 의원실에서 자료를 정리하고 있을 때, 박덕흠 의원님이 갑자기 내게 말을 건넸다.

"전상인, 자네는 어떻게 생각하나? 왜 지역 행정이 주민 목소리를 제대로 못 담아내는지?"

나는 준비해둔 말처럼 답했다.

"공무원 조직이 너무 절차 중심이라 그렇지요. 현실은 속도가 필요한데 정책은 늘 뒤를 쫓습니다."

의원님은 한동안 조용히 나를 보다가, 마치 결심한 듯한 표정으로 말을 이어갔다.

"그렇다면 자네가 한 번 해보는 건 어때?"

나는 '핏'하고 웃다가 농담이라고 생각했다.

"제가요? 제가 군수를요?"

"그렇지. 자네라면 할 수 있을 것 같네."

나는 허공을 바라봤다.

그 말이 농담인지 진담인지 분간조차 되지 않았다.

의원님은 말을 멈추지 않았다.

"우리가 옥천 사람이잖아. 고향을 아는 사람만이 고향을 바꿀 수 있어."

그 말을 듣는 순간, 마음 한구석이 이상하게 뜨거워졌다.

그날 밤 집으로 돌아가는 길, 혼잣말처럼 중얼거렸다.

"내가… 군수? 진짜 내가 하면 우리 옥천이 나아질 수도 있을까?"

어처구니없는 생각이었지만 생각은 멈추지 않았다.

며칠 뒤, 고민 끝에 나는 아내에게 말을 꺼냈다.

"여보, 나… 이번 지방선거에 군수 후보로 출마하면 안 될까."

아내는 내가 농담하는 줄만 알았다.

"뭐라고? 당신이 군수에 출마한다고… 지금 농담해요?"

나는 고개를 끄덕였다.

"진심으로 생각 중이야. 누군가는 이 옥천을 바꿔야 하는데, 내가 그 '누군가'가 돼야 할 것 같아."

아내의 표정이 단숨에 굳었다.

"군수에 출마하려면 이혼하고 하세요!"

나는 말문이 막혔다.

"아니, 그 정도는 아니고"

"아니라고? 당신이 정치에 대해 뭘 알아요?"

그 시절, 나는 학원 운영으로 쌓인 짜증과 어려움 속에서 아내를 돕지 못했고, 오히려 거들먹거리는 내 모습이 미웠다고 아내는 훗날 털어놓았다. 아내의 목소리에는 가시가 담겨 있었다. 그럼에도 이상하게도 그 말은 나를 멈추게 하지 못했다.

나는 조심스럽게 입을 열었다.

"그래도… 나 아니면 누가 해?"

그 질문에 아내는 한참 동안 말을 멈췄다가 다시 이어갔다.

"당신이 왜 그런 생각을 하는지는 알겠어요."

그 한마디에 잠시 숨을 돌릴 수 있었다.

하지만 곧 이어진 말은 훨씬 더 현실적이었다.

"그런데 그 길이 당신만의 길은 아니잖아요. 우리 삶도 함께 바뀌는 거니까."

어려운 현실에 북받친 아내의 말은 결국 이렇게 모아졌다. 옥천은 다른 사람이 맡아도 얼마든지 잘 해낼 수 있으니, 지금은 현실에 전념해 달라는 따가운 핀잔이었다.

반박할 수 없는 지적이었다. 선거는 개인의 꿈만으로 치를 수 있는 일이 아니다. 가족의 일상과 아이들의 시선까지 함께 끌어안아야 하는 위험한 선택이었다. 그날 이후 내 고민은 깊어졌다. 당선이라는 그림보다도, 실패했을 때 감당해야 할 경제적 부담과 주변의 시선이 더 크게 다가왔기 때문이다.

그날 나는 아내와의 대화를 통해 정치라는 것이 얼마나 사적인 결단 위에 서 있는지 비로소 실감했다. 명함 한 장, 구호 한 줄 뒤에는 누군가의 가족이 있고, 그 가족이 늘 가장 먼저 흔들린다.

하지만 아내는 황소 같은 내 고집을 이길 수 없다는 것을 이미 잘 알고 있었다. 결국 나는 아내의 만류에도 불구하고 2018년 자유한국당 경선에 나갔다.

나는 미친 듯이 뛰었다. 그리고 당당하게 최종 후보자가 되었다.

하지만 결과는 냉혹했다. 선전했지만 아쉬운 패배였다. 더 가슴 아픈 것은 공직선거법 위반으로 인한 5년간의 선거권 박

　시처럼 걷고, 숲처럼 머물다 ───────

탈이었다. 그로 인해 나는 정치에서도, 사람들의 기억에서도 조용히 밀려났다.

하지만 한 가지 답만은 여전히 사라지지 않았다.

"전상인, 그래도 너는 다시 일어설 것이다."

그건 부정할 수 없는 사실이었다.

가슴이 뜨거운 사람

돌이켜보면, 나는 젊은 시절 누구보다 가슴이 뜨거운 사람이었다. 그때 나는 세상이 정해 준 길을 걷기보다는 내 손으로 길을 열어 가고 싶었다. 비록 집안은 찢어질 듯 가난했지만, 그것은 그 시대가 앓고 있었던 사회적 현상이었다.

하지만 나는 그 누구의 도움도 없이 나 스스로 미래를 개척할 수 있다는 자신감으로 가득했다. 그랬기에 세상 가장자리에서도 두려움 없이 세상에 뛰어들 수 있었다. 그리고 지금 나는 내가 되어 있다.

젊은 시절 내가 가진 가장 큰 장점은 도전정신이었다. 남들에게는 무모해 보였을지 모르지만, 새로운 길이 있다면 언제든지 그곳으로 가서 마음껏 꿈을 펼쳤다.

내가 고등학교를 졸업하고 16년의 세월이 지난 뒤에 대학을 진학한 것도 그 때문이었다. 당시 나는 아이 셋을 둔 가장이었다. 그러나 배움에 대한 꿈을 포기할 수 없었다. 그에 대한 갈증은 현실보다 더 강했다.

나는 무기력한 사람이 되고 싶지 않았다. 항상 머릿속에 미래를 설계했다. 그리고 계획을 실제 행동으로 옮기면서 살았다. 국회의원 수석보좌관으로 일할 때는 낮과 밤을 가리지 않고 정책자료를 모으기도 했다. 그리고 어려운 사람들을 만나 지역의 문제를 발로 뛰며 확인했다. 이것은 누가 시켜서가 아니라, 수석보좌관으로 책임지고 일을 해내야 한다는 강한 신념이 있었기 때문이다.

또한 나는 옥천 지역을 바라보는 방식도 달랐다. 단순히 눈에 보이는 행정적 문제만이 아니라 사람들의 목소리에 귀를 기울이고 싶었다. 경로당을 찾아 어르신들과 마주 앉아 이야기를 듣고 농촌 마을을 다니며 일손을 거들고, 때로는 청년들의 고민을 들으며 그 속에서 내가 해야 할 일에 대한 방향을 배웠다.

나는 그분들의 말속에 지역의 미래가 있다고 생각했다. 그 공감의 힘은 의외로 컸다. 하지만 장점이 강했던 만큼 나의 단점도 뚜렷했다. 변화를 이루고 싶다는 마음이 앞서다 보니, 때로는 주변을 설득하는 과정 없이 내 방식으로 밀어붙이려 했던 때도 있었다. 정답을 알고 있다고 착각했고, 선의라면 모두가 따라올 것이라고 믿었다. 그러나 현실은 그렇게 단순하지 않다는 것을 금세 깨달았다.

또 하나의 약점은 경험 부족이었다. 행정과 정치의 세계는 이상만으로는 움직이지 않는다. 예산 하나를 통과시키는 과정, 조례 하나를 만들기 위해 필요한 협의와 조정, 지역과 중앙 사이의 이해관계 등은 책으로 배울 수 없는 세계였다. 나는 그 세계의 복잡함 앞에서 종종 당황했고 때로는 좌절하기도 했다. 그러나 나는 10여 년 넘게 국회의원 수석보좌관 생활을 하면서 많은 것을 배웠다.

나는 늘 주어진 현실 앞에서 고민했다. 원칙을 철저하게 지키고 싶었지만, 언제나 현실은 타협을 요구했다. 나는 그 틈에서 종종 갈팡질팡했고, 생각과 현실이 부딪힐 때마다 나에게 실망하기도 했다. 열정이 곧 해결책이라고 믿었지만, 시간이 흐르며 열정은 도구일 뿐 방향은 경험이 잡아 주어야 한다는 사실을 알았다.

그 모든 것들을 뒤돌아보면 젊은 시절의 단점들은 시간이 지나면서 자연스레 장점으로 점점 변해 갔다. 나의 성급함은 결단력으로, 경험 부족은 배움의 자세로 바뀌었다. 많이 넘어지고 일어섰지만, 그 과정에서 깨달은 것은 단 하나였다. 인생은 완성된 상태가 아니라 단련되는 과정 그 자체라는 사실이다.

그리고 지금에 와서 돌아보면, 나의 단점은 장점을 끌어안으며 나를 더욱 성장시켜 주었다. 어떻게 보면 그때의 패배조차 고맙다. 오히려 그 실패를 통해 나는 새로운 가능성을 발견했

 시처럼 걷고, 숲처럼 머물다 ────────

다. 참 많은 사람을 만났고, 낙선이 안겨준 시간은 보약처럼 나를 단단하게 만들었다. 그 시간은 내 인생을 다시 그려보게 한 값진 시간이었고, 잠자고 있던 나를 움직이게 했다. 그렇게 나는 스스로도 모르는 사이, 여전히 꿈을 향해 한 걸음씩 걸어가고 있다.

사람이 가장 소중한 가치다

지난 선거의 패배를 뒤돌아볼 때마다 아직도 내 가슴에 또렷하게 남아 있는 것이 있다. 그것은 화려한 구호도, 학문적인 개념도 아니다. 오히려 너무 익숙해 자주 잊고 지나치기 쉬운 '사람'에 대한 소중한 가치다.

비록 그 누군가가 내가 아닌 다른 후보를 지지했을지라도, 그분 역시 내게는 소중한 옥천 사람이다. 나를 부정하는 말속에 정치적 환경과 오해가 섞여 있을 수는 있어도 그 따가운 목소리에 의도적으로 귀를 닫아서는 안 된다고 생각한다.

우리가 정치라는 험한 길을 선택한 이유 또한 결국 사람의 가치를 발견하는 데에 있다. 정치의 출발점은 바로 여기에 있다. 말하자면 한 표는 우리가 상상하는 것 이상으로 큰 가치를 지니고 있다.

지지리도 가난했던 시절, 나는 힘겨운 현실을 원망하기도 했다. 하지만 돌이켜보면 그것은 세상에 대한 분노가 아니라 나 자신을 향한 자책이었다. '왜 나는 잘사는 집안에 태어나지 못했을까.' 한겨울 신문 배달을 하며, 때로는 대청호 강가를 따라 마라톤을 하다 주저앉아 한없이 울기도 했다. 그러나 분명한 사실 하나는 나는 좌절하지 않았다는 것이다. 그리고 그 가난을 스스로 극복해냈다는 점이다. 그렇기에 지난 지방선거의 패배는 어쩌면 내 인생 전체로 보면 아무것도 아닌 일일지도 모른다.

나는 힘든 삶을 살아오면서 가진 것은 없었지만 내 인생을 조금씩 바꾸고 싶었다. 때로는 이상을 품기도 했고, 좌절의 눈물을 흘리기도 했다. 그러나 그 과정에서 깨달은 것은 세상을 바꾸는 일은 곧 사람을 이해하는 일이란 사실을 일찍 깨달았다.

세상은 관계의 밀접한 끈으로 이루어져 있다. 정책이 아무리 좋아도 사람이 없으면 의미가 없고 제도가 아무리 정교해도 사람이 움직이지 않으면 작동하지 않는다. 사람을 귀하게 여긴다는 말은 단순히 따뜻하고 좋게 대해 준다는 의미가 아니다.

그 안에는 경청이 있고, 책임이 있고, 나와 다른 삶을 인정하려는 노력까지 포함된다. 이러한 사람의 가치를 내 안에 세우기까지는 많은 시간이 필요했다. 그리고 나는 사회에서 만난 사람들을 통해 많은 것을 배워 나갔다. 시장 바닥에서 허름한 공장 안에서 농부의 굳은 손바닥에서, 그리고 아이를 키우는 어머니들의 한숨 속에서 나는 세상을 배웠다.

나는 정치의 본령 또한 사람에게 있다고 믿는다. 정치가 권력을 향하는 길이 아니라 사람의 삶을 돌보는 과정일 때 비로소 그 가치가 생긴다. 권력은 잠시지만 사람의 삶은 오늘도 흐르고 기쁨과 고통은 매일 반복된다.

그래서 정치는 거대한 담론이 아니라 작은 목소리로부터 시작해야 한다고. 거창한 도시계획도 필요하지만, 당장 난방비가 없어 추위에 떠는 노인을 그냥 지나칠 수 없는 것이 정치라 믿는다.

사람을 가장 중요하게 여긴다는 가치는 스스로가 빚지지 않는 삶을 살려는 마음과도 이어진다. 누군가를 돕고, 대신 싸우고, 권익을 지키는 일은 단순한 호의가 아니라 책임의 문제다.

누가 나에게 도움을 요청하면 나는 그에 응답해야 하고 누군가가 나를 지지했었다면 당연히 그 신뢰에 보답해야 한다. 그래서 나는 늘 스스로에게 묻는다. 나는 지금 사람을 위한 일을 하고 있는가 아니면 나를 위한 일을 하고 있는가.

무엇보다 소중한 것은 사람이라는 가치를 잊지 않을 때 삶이 흔들리지 않는다는 사실이다. 누구든 잘못된 길로 들어서는 순간도 있고, 유혹에 흔들릴 때도 있다. 그러나 목표가 있다면 다시 바로 설 수 있다. 나에게 그 기준은 사람의 가치를 생각하는 일이다.

지역은 쇠퇴하고 청년들은 떠나지만, 그래도 아름다운 사람이 남아 있다는 사실만큼은 변하지 않는다. 마을회관에서 어르신들이 나누는 소박한 인사말, 주말이면 축구장으로 모이는 청소년들의 웃음소리, 그것이 지역을 살리고 공동체를 잇는다. 그래서 나는 내 고향 옥천을 떠날 수 없다.

다시 말하지만 내가 가장 소중히 여기는 가치는 사람이다. 사람에 대한 존중, 신뢰, 책임, 배려 그리고 나눔. 이 가치를 지키는 일은 힘들지만, 그 어떤 가치보다도 생명력을 가진다. 정책은 바뀌고 제도는 사라져도 사람은 남는다. 그리고 내 꿈 또한 그들과 함께 남아야 한다.

나는 정치인으로 살면서도 한 사람의 이웃, 한 지역의 아들, 한 공동체의 구성원이라는 사실을 잊지 않으려 한다. 사람을 위해 일하는 것이야말로 진짜 소중한 가치이다. 앞으로도 나는 이러한 마음을 품고 살아갈 것이다.

공직선거법 위반

선거가 끝난 뒤, 패배의 상처가 채 아물기도 전에 나는 무겁고도 떼어낼 수 없는 꼬리표를 붙잡고 5년을 살아야 했다.

공직선거법 위반 후보.

그 글자가 내 이름 뒤에 따라붙었고, 그것은 패배 그 자체보다 더 깊게 나를 흔들었다.

그때 나는 비로소 정치라는 세계가 얼마나 비감하고 냉혹한지 배웠다. 낙선의 아픔은 시간이 지나면 옅어질 수 있었다. 그러나 길에서 스치듯 들려오는 사람들의 목소리는 나를 매일 다시 상처 입혔다.

"저 사람 전상인 맞제? 공직선거법 위반으로 곤란해졌다더라."

그 한마디는 내가 침착하게 딛고 있던 발자국을 무너뜨렸다. 등 뒤에서 들리는 속삭임은 때로는 비웃음처럼 들렸고, 스쳐 가는 시선 하나하나가 나를 향한 비난처럼 느껴졌다.

어느 날, 집에 돌아와 결국 아내에게 털어놓고 말았다.

"길을 걸으면 사람들이 나를 보며 수군대는 것 같아… 나도 모르게 작아지네."

아내는 잠시의 망설임도 없이 말했다.

"당신이 부끄러워하면, 사람들도 끝내 당신의 결백을 믿어주지 않을 거예요."

짧고 단단한 그 한마디는 흔들리던 내 마음을 다시 붙잡아 주었다. 위로이자 꾸짖음이었다. 맞는 말이었다. 내가 움츠리고 피하면, 사람들은 내 실수를 내가 인정한 죄처럼 받아들일 것이다.

사실 그 사건은 법에 대한 나의 부족한 인식에서 비롯된 실수였다. 지금도 나는 표심을 자극하려는 의도가 아니라 서로에 대한 존중의 마음으로 개소식을 축하하기 위해 리본에 이름조차 적지 않고 '필승을 기원합니다'라는 문구를 담았던 일이라고 자신 있게 말할 수 있다. 8년이 지난 지금도 그 마음만큼은 변함이 없다.

나는 다른 후보에게 다섯 개의 화분을 전달했다. 경쟁자에게도 예의를 갖추고 싶었고, 패배하더라도 서로 손을 잡을 수 있는 선거 풍토를 만들고 싶었다. 출판기념회에서 지인들에게 몇

권의 책을 건넨 것 역시 계산하지 못한 소소한 실수였다.

그러나 법 앞에서는 작은 실수도 그대로 법이었다. 감정과 의도는 고려되지 않았다.

판결은 냉정했다. 벌금형, 그리고 5년간의 선거권 박탈. 그 말의 무게는 시간이 지날수록 더 크게 다가왔다.

"당분간, 당신은 국민 앞에 설 자격이 없다."

정치로부터의 거리는 멀어졌고, 단절된 시간은 끝없이 길어 보였다. 침묵만이 허락된 터널 속에서 나는 내 존재가 서서히 희미해지는 감각을 견뎌야 했다. 어쩌면 아내의 그 한마디가 없었다면, 나는 끝내 그 터널을 빠져나오지 못했을지도 모른다.

나는 다시 국회의원 수석보좌관 자리로 돌아갔다. 선거의 전면에서 물러난 대신, 서류와 민원, 정책과 현실 속으로 몸을 던졌다. 그것이 내가 할 수 있는 유일한 길이었고, 무엇보다 마음의 상처를 잊는 가장 현실적인 방법이었다.

비록 낙선했지만, 당선된 군수를 도와야 한다고 생각했다. 국회에서 오가는 소소한 이야기들, 예산과 부처의 현안 사업들이 실제로 옥천군에 도움이 될 수 있도록 살피고 챙기는 일에 마음을 쏟았다.

책상 위에는 매일 법안과 민원이 쌓였다.

"비만 오면 물이 차서 집 밖으로 못 나가겠어요."

"아이가 아픈데 차도 없고, 병원까지 길이 멉니다."

"도로 예산 잡는다더니 공사는 언제 시작됩니까?"

 시처럼 걷고, 숲처럼 머물다 ──────

나는 그저 이야기를 듣는 사람, 불편을 기록하는 사람일 뿐이었다. 그러나 이상하게도 그 일은 뼈를 깎는 시련 속에서도 나를 숨 쉬게 했다. 누군가의 삶에 아주 작은 변화라도 만들어 낼 수 있다는 사실이 기쁘고 벅찼다.

그러던 어느 날, 친구가 말했다.

"이제 다시 한번 도전해 보는 건 어때?"

나는 단번에 고개를 저었다.

"내가 다시 나서려면 8년을 기다려야 해. 그동안 세상이 어떻게 변할지 아무도 몰라. 지금은 주민들 곁에서 돕는 게 내 길 같아."

그 말속에는 포기와 체념이 섞여 있었다. 나는 이미 한 번 쓰러졌고, 다시 일어서기까지 적지 않은 시간이 필요했다. 실수였지만, 내게는 감당하기 버거운 시련이었다.

하지만 그 시련은 내 시선을 다른 방향으로 돌려주었다. 정치는 누군가를 넘어뜨리는 싸움이 아니라, 함께 살아갈 길을 모색하는 일이라는 사실을 뒤늦게 깨닫게 했다.

그래서 지금 나는 내 이름 석 자보다 더 중요한 것을 꿈꾼다. 바로 옥천의 내일이다.

그 길 위에 내가 서 있든 보이지 않는 곳에서 힘을 보태고 있든, 나는 여전히 그 길을 걷고 있다.

실패는 멈춤이 아니라 또 다른 시작

그 당시 나는 다시 국회 수석보좌관 자리로 복귀했고, 사무실 문 앞에서 한동안 멈춰 서 있었다. 손잡이를 잡고도 쉽게 열지 못한 채 문틈을 바라보니, 기억 속에 묻혀 있던 아쉬움과 좌절의 감정이 조용히 떠올랐다.

문을 열고 들어서자 익숙한 풍경이 나를 맞았다. 책상 위에 가지런히 정리된 서류, 모니터 불빛, 바쁜 손길로 자료를 넘기는 직원들. 오랫동안 함께했던 공간이 마치 오래된 친구처럼 느껴졌다.

동료들은 조심스레 나에게 말을 건넸다.

"잘 돌아오셨어요. 다시 마음을 다잡고 시작해요."

국회에서 나의 업무적 파트너인 최윤희 비서관은 항상 밝고

 시처럼 걷고, 숲처럼 머물다 ————

맑은 성격으로 지금까지 박덕흠 의원실을 지켜왔고, 그 존재 자체가 나에게 큰 응원의 원동력이 되었다.

결과의 무게는 가볍지 않았다. 적지 않은 시간과 노력을 들였기에 아쉬움이 남을 수밖에 없었다. 그러나 내가 기꺼이 받아들여야 할 결과였고, 그 책임 역시 나 스스로에게 있었다.

시간은 빠르게 흘렀다. 어느덧 8년. 나는 여전히 박덕흠 국회의원의 곁에서 보좌관으로 일하고 있다. 그동안 자리를 지킬 수 있었던 것은 맡은 직무에 대한 신뢰, 그리고 내가 몸담아 온 지역에 대한 책임감이 작게나마 그 안에 자리하고 있었기 때문일 것이다.

하지만 그 이유만으로는 충분하지 않았다. 더 깊은 곳에서 나를 움직이는 동력이 있었다. 넘어졌던 순간이 나를 무너뜨리지 않았고, 다시 일어설 수 있다는 사실을 스스로 확인한 경험이었다.

복귀 첫날 느꼈던 떨림은 곧 결심으로 바뀌었다. 그날 이후의 시간들은 또 다른 출발선에 서기 위한 준비 과정이었다. 자책과 후회는 조금씩 옅어졌고, 그 공간을 채운 것은 현장에서 만난 사람들의 목소리였다.

농사 문제로 힘들어하던 농민, 생업을 잇기 위해 묵묵히 버티던 상인, 반가움 속에 손을 내밀어 주던 어르신들. 현장에서 만난 이들의 인사는 짧았지만 오래 남았다.

"사람은 누구나 한 번쯤 넘어져요. 중요한 건 다시 일어나는 마음입니다.”

그 한마디는 오랫동안 가슴속에 남아 나를 다시 걸어가게 하는 힘이 되었다.

지난 8년은 더 넓은 세상을 배우고, 내가 서 있던 자리를 돌아보는 시간이기도 했다. 무너졌다고 생각했던 경험은 오히려 나를 다시 세우는 바탕이 되었다.

이제 나는 과거의 실패로 규정되는 사람이 아니다. 그때는 단지 한 번 멈추어 선 시간이었을 뿐, 다시 걸을 준비를 하는 과정이었다.

그리고 그 준비는 끝났다.

나는 알게 되었다.

실패는 종착점이 아니라 또 다른 시작이라는 사실을. 앞으로 펼쳐질 내 인생의 길의 모양이 어떻든, 멈추지 않고 그저 묵묵하게 앞으로 나아가면 된다는 사실을 깨달았다.

   시처럼 걷고, 숲처럼 머물다 —————

사면과 복권의 의미

　나는 지난 2023년 사면과 복권을 동시에 받았다. 그것은 정치적 이름을 되찾는 순간이었다. 사면과 복권은 단순한 행정 절차 이상의 의미를 지니고 있었다.

　법적으로 제한되었던 정치적 권리를 회복하는 것을 넘어, 나 자신을 되돌아보고 나의 정체성을 다시 정리하는 과정이었다. 그것은 내가 잠시 놓쳤던 길을 다시 바라보게 되는 계기가 되었으며 "나는 아직 이 길 위에 서 있다"는 사실을 조용히 확인하는 순간이었다.

　2018년 선거 이후 나는 세상을 바라보는 시선부터 바꾸어야 했다. 주변에서 사람들이 나를 부르는 이름도 달라졌다. 과거에는 정치인, 수석보좌관, 혹은 군수 후보 등 여러 역할로 불렸지만 어느 시점부터는 선거에 실패한 사람으로 남았다.

가장 힘들었던 것은 외부의 평가가 아니라, 나 스스로 던지는 질문이었다.

"이제 어떤 길을 걸어야 할 것인가."

그러나 그 잃어버린 시간들이 나에게 던져 준 것들이 있었다. 정치적 역할이 잠시 멈추어 있는 동안, 나는 국회 수석보좌관으로서 다시 지역 곳곳을 다니며 주민들을 만났다.

농업과 생계로 분주한 농민, 하루하루를 버티는 자영업자, 진로를 고민하는 학생, 은퇴하신 어르신들, 그리고 행정 절차 앞에서 막막해하던 이들. 그들을 위해 내가 해야 할 일들이 눈에 보였다.

삶은 누구의 사정도 기다려주지 않는다는 사실. 내가 머뭇거리는 동안에도 현실은 계속 이어졌고, 지역에는 여전히 누군가의 손길이 필요했다.

사면과 복권 소식을 처음 들었을 때, 기쁨보다 먼저 찾아온 것은 깊은 침묵이었다. 그렇다고 내 눈앞의 현실이 갑자기 달라지는 것은 아니었다. 아침에 일어나 하루의 일을 시작하고 지역 주민들과 만나며 필요한 도움을 이어가는 일상은 여전했다.

그러나 그 하루하루가 조금은 다른 의미로 다가왔다. 내 이름을 다시 확인한 만큼, 책임 또한 다시 마음에 새겨졌다. 나는 그 과정을 통해 중요한 교훈을 얻었다.

사람의 신뢰는 법보다 더 깊고, 명예는 직함보다 무겁다는

 시처럼 걷고, 숲처럼 머물다 ————————

것. 그리고 그것은 어떤 서류로 회복되는 것이 아니라, 오랜 행동으로 다시 쌓아가는 것이라는 점이었다.

나는 지금도 나를 지지해주었던 분들에게 보이지 않는 빚을 지고 있다고 느낀다. 정치적 이름을 되찾았으니, 그 이름이 의미하는 삶을 채우는 일은 나의 몫이다.

누군가에게 도움이 되고, 누군가의 어려움에 함께 귀 기울이며, 내가 서 있는 자리가 가진 무게를 잊지 않는 것. 그것이 내가 앞으로 해야 할 일이라고 믿는다.

물론 앞으로도 또 실수할 수 있다. 누구나 그렇듯 완전하지 않기 때문이다. 그러나 나는 확실히 깨달았다. 실수는 길에서 벗어나는 것이 아니라, 그 길의 의미를 더 깊게 배우는 과정이라는 것을.

사면과 복권은 나의 끝이 아니라 새로운 출발점이었다.

나는 지금도 걷고 있다. 잠시 길을 멈출지라도 결국 계속 나아가는 발걸음으로 그 길은 여전히 내 앞에 펼쳐져 있다. 그 길은 내가 선택하고 책임져야 할 나만의 여정이다. 비바람을 만날 수도 있지만 흔들림 없이 나아갈 것이다. 전상인 그리고 잡상인이라는 별명이 무색하지 않게 진정성 있는 삶을 살아내기 위해 노력할 것이다.

사면은 지나간 시간을 정리할 기회를 주었고, 복권은 앞으로의 시간을 준비할 책임감을 얹어 주었다. 나는 그 의미를 마음에 새기며 앞으로 묵묵히 걸어갈 것이다.

4장

아름다운 내 고향 옥천

길에서 만난 향수

고향으로 들어서는 길은 언제나 현재에서 과거로 스며드는 통로처럼 느껴진다. 가끔 옥천역에 내려 플랫폼을 벗어나면 나는 무의식적으로 지도 앞에서 걸음을 늦추는 버릇이 있다.

옥천은 동쪽으로 상주, 서쪽으로 대전, 남쪽으로 영동, 북쪽으로 보은을 둔 작은 마을이다. 지도 위에서는 분지 마을에 지나지 않지만, 내 어릴 적 기억 속의 옥천은 늘 산이 높고 하늘이 가까웠다. 마성산과 도덕봉, 용봉이 병풍처럼 둘러싼 풍경은 마치 이곳을 쉽게 떠나지 말라고 다짐하듯 묵묵히 자리를 지키고 있다.

내 발길은 어느새 금강 강변으로 향한다.

특히 동이면 용죽은 아버지의 고향이다. 상류로 올라서면 이

원면 지탄리의 금강 강변이 펼쳐지는데, 그곳에서는 천연의 돌 멩이와 함께 금강의 숨결이 고스란히 느껴진다. 용죽변 강가의 가장 높은 곳에 서면 나의 부모님이 지금도 나를 지켜보며 여전히 꼬마 아이 대하듯 훈시하고 있는 듯한 기분이 든다.

오늘따라 햇살을 머금은 모래알들이 강물 위에서 부서지듯 반짝인다. 여름이면 신발을 벗어 던지고 뛰어들던 곳이고, 겨울이면 얼음 아래로 지나가던 물고기를 한참이나 넋 놓고 바라보던 곳이다. 그 강은 아이였던 내 웃음과 땀을 말없이 받아주던 커다란 품이었다. 지금도 강변을 걷고 있노라면, 그 시절의 내가 강물 어딘가에 남아 여전히 발을 적시고 있는 듯한 착각에 빠진다.

옥천을 이야기하면서 정지용 시인을 떠올리지 않는 것은 거의 불가능하다. 그는 한국 문학사에서 가장 서정적인 언어로 고향을 노래한 시인이었고, 옥천은 그 서정의 뿌리가 된 장소였다. 하계리에 자리한 정지용 생가와 문학관으로 향하는 길은 단순한 방문이 아니라 한 시인의 시간속으로 들어가는 순례에 가깝다. 생가 옆으로 흐르는 실개천은 수십 년의 세월을 아무 말 없이 건너온 듯, 여전히 낮고 느린 호흡으로 흐르고 있다.

문학관 안에는 그의 육필 원고와 사진, 그리고 납북 이전의 삶이 차분히 놓여 있다. 전시실 한쪽에 놓인 낡은 책상 앞에서 나는 한동안 발을 떼지 못한다. 그는 이 책상 앞에서 무엇을 떠올렸을까. 일본 유학 시절의 타향살이였을까, 아니면 파아란 하늘과 실개천, 초라한 초가집이 늘어서 있던 고향의 풍경이었을까. 어쩌면 그는 고향을 떠나있었기에 누구보다 또렷하게 고향을 마음속에 불러낼 수 있었는지도 모른다. 그 생각 앞에서 공간은 작았지만, 울림은 더욱 깊어지는 것 같다.

문학관을 나서면 곧바로 '향수길'이다. 길 위에는 그의 시구들이 점처럼 놓여 있어 걷는 이의 발걸음을 자연스럽게 붙잡는다. 늦가을의 산자락은 붉게 물들어 있고, 발밑에서는 마른 잎이 바스락거린다. 골짜기를 타고 내려오는 찬 바람 사이로 문득 한 문장이 마음속을 스친다.

'그곳이 차마 꿈엔들 잊힐 리야.'

그것은 시 속의 문장이기보다, 이 길을 걷는 모든 이가 저마다 품고 있는 고백처럼 들린다. 길의 끝자락에서 나는 잠시 걸음을 멈추고 고향을 돌아본다.

금강 강변에서 뛰놀던 아이, 얼룩백이 황소를 멀찍이 바라보며 흙길을 걷던 소년, 초가집 사이로 부는 바람을 맞으며 파아란 하늘을 올려다보던 그 시간들. 그것들은 과거가 아니라, 지금도 내 안에서 조용히 숨 쉬는 현재다.

이 여정을 통해 나는 알게 되었다. 고향은 떠나온 장소가 아니라 평생을 따라다니는 시간이라는 것을. 정지용이 평생 품고 살았던 향수처럼, 나 역시 그 마음의 결에서 끝내 벗어나지 못한 채 살아가고 있다는 것을 깨닫는다. 이런 고향을 내가 어찌, 떠날 수 있겠는가.

옥천의 문화유산을 따라 걷다

금강을 따라 차를 몰아 고향 옥천으로 들어선다. 강물은 예나 지금이나 느린 호흡으로 마을을 휘감고 있다. 계절마다 옅은 빛을 달리하는 금강을 바라보고 있노라면, 이 물길을 따라 수많은 시간이 흘러갔음을 새삼 실감하게 된다. 차창 너머로 보이는 마성산과 도덕봉, 용봉은 높지 않지만 든든하게 마을을 감싸고 서 있다.

산과 강이 함께 만든 이 작은 분지 안에서 옥천은 오랫동안 사람을 품어 온 고장이었다. 어린 시절 기억 속의 옥천은 정갈한 도시라기보다 넉넉하고 투박한 농촌의 얼굴에 가까웠다.

비옥한 들판과 강변의 물 덕분에 농사는 늘 사람의 손길에 응답했고 농사만으로도 한 가정의 삶을 가난하지만, 행복하게

 시처럼 걷고, 숲처럼 머물다 ————

꾸려 갈 수 있었다. 그 시절을 떠올리며 마을 길을 걷다 보니 논두렁 사이로 불어오는 바람마저도 오래된 기억을 흔들어 깨우는 듯했다.

옥천의 골목을 천천히 지나며 나는 내 고향이 겪어 온 변화의 흔적도 자연스레 떠올린다. 1960년대 말 이후, 새마을운동의 바람이 불면서 마을풍경은 빠르게 달라졌다. 초가지붕이 슬레이트로 바뀌고 돌담은 허물어져 반듯한 담장이 세워졌다. 마을 어귀마다 꽂힌 새마을 깃발은 당시의 열기를 말없이 증언하고 있다. 그 변화의 한복판에 서 있던 옥천은 한때 '잘살아보자'는 구호 아래 힘차게 움직이던 농촌의 얼굴을 고스란히 간직한 곳이기도 하다.

그리고 길 위에서 마주한 빈집과 조용한 마을회관은 또 다른 시간을 이야기한다. 산업화가 가속되던 1980년대, 많은 젊은 이들이 도시로 떠났고 들판은 점차 사람의 손길을 잃었다. 오늘날 인구소멸지역이라는 이름으로 불리는 내 고향 옥천의 현실은 이 길 위에 겹겹이 쌓인 시간의 결과처럼 느껴진다.

조선시대의 옥천은 또 다른 얼굴을 하고 있다. 옥천향교와 청산향교를 차례로 둘러보며, 이 고장이 유교적 질서와 학문의 중심지였음을 확인할 수 있다. 백촌 김문기와 우암 송시열의 흔적이 남은 공간에 서 있노라면, 과거를 준비하던 선비들의 발걸음 소리가 아직도 마루 아래에 남아 있는 듯했다. 이지당과 양신정, 옥주사마소에 깃든 문서와 유물들은 조선시대 옥천 사람들의 일상과 정신세계를 조용히 전해 준다.

해가 기울 무렵 다시 금강 강가에 섰다. 강물 위로 노을이 번지자, 태곳적 인류의 삶에서 삼국과 고려, 조선을 거쳐 오늘에 이르기까지의 시간이 한 겹의 결처럼 이어져 보였다. 옥천은 단지 지나온 과거가 아니라, 지금도 계속 쓰이고 있는 시간의 책 한 권 같다.

이렇듯 고향을 떠올릴 때마다 느끼는 감정은 늘 비슷하다. 이곳은 내가 살아온 시간과 이 땅을 스쳐 간 수많은 사람들의 기억이 함께 잠들어 있는 자리다. 그래서 옥천은 나에게 하나의 장소가 아니라, 수천 년의 문화와 삶이 겹쳐진 하나의 이야기다. 문화유산이 가득한 고향 옥천의 진짜 얼굴은 이렇게 길 위를 걸을 때 비로소 또렷하게 드러난다.

세상에서 가장 작은 예배당
—수생식물원에서

어떤 장소는 이름을 듣는 순간, 아직 가보지 않았음에도 마음속에 먼저 풍경을 펼쳐 놓는다.

옥천 수생식물원이 그랬다.

'천상의 정원'이라는 말이 결코 과장이 아님을 알게 된다, 그곳의 문을 넘는 순간 알게 된다. 대청호를 품은 자리에서 자연은 자신을 앞세우지 않는다. 말없이 서 있으되, 오래 바라볼수록 더 깊어지는 얼굴로 마치 오래전부터 우리를 기다렸다는 듯 나를 맞는 것 같다.

아침 햇살이 대청호 수면 위에 천천히 내려앉을 즈음, 수생식물원으로 향하는 길은 이미 일상의 속도를 벗어난다. 자동차의 속도, 일정표의 압박, 휴대전화 알림의 진동이 하나둘씩 사라진다. 하루 방문객 500명 제한. 이곳에서는 그것이 불편이 아니라 배려로 느껴진다. 자연을 지키기 위한 규칙이자, 사람에게 허락된 고요의 선택이다. 쉽게 닿을 수 없기에, 이 공간은 더 귀해진다.

바위정원으로 들어서자 한 문장이 먼저 걸음을 멈추게 한다.

"침묵하면 들을 수 있습니다. 꽃과 나무들의 소곤거림을."

그 문장을 읽는 순간, 말은 저절로 낮아진다. 아니, 사라진다. 말이 빠져나간 자리로 바람이 스며들고, 잎사귀가 그 바람에 응답한다. 극색 황강리층 변성퇴적암 사이를 지나는 동안 발걸음은 느려지고, 마음은 비워진다. 비워진 자리에 자연이 들어온다.

그때였다. 길 가장자리, 사람의 시선에서 살짝 비켜 난 곳에서 작은 예배당 하나가 모습을 드러낸다. 문이라기엔 아주 작고 소박한 문, 종이라기엔 숨결 같은 작은 종. 그 앞에서 한 사람이 조용히 서 있었다. 검소한 옷차림의 목사님이었다.

"여기가 세상에서 가장 작은 예배당입니다."

그의 말투는 설명이라기보다 고백에 가까웠다. 이 예배당에는 정해진 시간표도 확성기도 없다. 비가 오면 빗소리가 설교가 되고, 바람이 불면 찬송가가 된다. 사람보다 자연이 먼저 예배드리는 곳이라고 말한다. 그래서 인간은 그저 잠시 동참할 뿐이라고 했다.

목사님은 이곳에서 기도를 '말'로 하지 않는 법을 배웠다고 했다.

"자연 앞에서는 하나님도 크게 말씀하시지 않는 것 같더군요."

그 말이 이상하게 오래 가슴에 남았다. 우리는 너무 큰 목소리로만 신을 찾고, 너무 많은 말로만 마음을 증명하려 했던 건 아닐까.

예배당 안은 한 사람이 겨우 앉을 만큼 작았다. 그러나 그 안에서 느껴지는 고요는 넓은 성당보다 깊었다. 벽 너머로 스며드는 햇살, 바람에 흔들리는 나뭇잎의 그림자, 멀리서 들려오는 물소리. 그 모든 것이 하나의 기도가 되어 천천히 흐르고 있었다.

예배당을 나서자, 갑자기 탄성이 터졌다.

"와—."

의식적으로 꺼낸 감탄이 아니라, 몸이 먼저 반응한 소리였다. 눈앞에 펼쳐진 천상의 바람길. 넓게 열린 잔디밭과 투명한 하늘, 그리고 그 모든 풍경을 품고 흐르는 대청호. 이곳에서는 풍경이 '보인다'가 아니라 '느껴진다'에 가깝다. 자연이 숨 쉬고 있다는 사실이 이렇게 분명하게 전해지는 곳이 또 있을까.

꽃산 아래 벼랑길로 들어서면 또 하나의 세계가 열린다. 물과 꽃, 바위와 바람이 서로의 경계를 허물며 하나의 장면이 된다. 이 길 위에서 사람은 비로소 작아진다. 작아진다는 것은 초라해진다는 뜻이 아니라 불필요한 무게를 내려놓는다는 의미다. 그만큼 마음은 가벼워지고, 고요는 깊어진다.

목사님은 이 길을 '묵상의 길'이라 불렀다. 설교보다 침묵이 길어야 하는 길, 질문보다 기다림이 필요한 길이라고 했다. 우리는 잠시 말을 멈춘 채 함께 걸었다. 말이 없어도 어색하지 않은 동행, 같은 풍경을 바라보는 것만으로 충분한 시간이었다.

요즘은 휴대전화 하나면 무엇이든 기록할 수 있다. 그러나 이곳에서는 문득 카메라를 내려놓고 싶어진다. 찍기 위해서가 아니라, 오래 기억하기 위해서다. 셔터 소리조차 조심스러워지는 풍경 앞에서 사람은 추억을 대하는 태도를 배운다. 순간을 소유하려 들기보다, 마음속에 잠시 머물게 하는 법을 배운다.

이렇듯 옥천 수생식물원은 단순한 관광지가 아니다. 사람을 끌어들이는 장소이기 이전에 사람이 스스로를 낮추는 공간이다. 자연이 이 모습으로 우리 앞에 서기까지 얼마나 오랜 시간을 견뎌왔는지, 그 시간 앞에서 우리는 겸손해진다. 인간의 시간이 아닌, 자연의 시간에 발걸음을 맞출 때 비로소 보이는 것들이 있다.

죽기 전에 한 번은 가보아야 할 곳이 있다면, 나는 주저 없이 이곳을 말하겠다. 많은 것을 보았다고 생각하는 사람일수록, 더더욱 그래야 한다. 화려한 풍경보다 조용한 진심이 그리워질 때, 기도가 말보다 깊어져야 할 때, 그 답은 이미 대청호 곁에 있다.

대청호의 가장 아름다운 곳! 옥천 천상의 정원 수생식물원.

세상에서 가장 작은 예배당이 있는 곳. 그곳에서 우리는 자연을 보는 것이 아니라, 자연 속에 잠시 머문다. 그리고 돌아오는 길, 세상은 조금, 아니 분명히 달라 보인다.

풍미당, 말을 건네는 한 그릇

나는 가끔 옥천역 옆을 스칠 때마다 자연스레 몸이 먼저 기억하는 곳이 있다. 발길이 따로 방향을 정하지 않아도 경찰서 앞 골목 안으로 접어들면 있는 곳. 다름 아닌 풍미당이다. 해묵은 간판과는 달리, 그곳은 늘 따뜻한 현재형으로 나를 맞는다.

문을 여는 순간 국물 냄새가 먼저 말을 건다. 면이 끓는 소리, 김이 오르는 숨결, 주인장의 손놀림은 쉼 없이 이어지는 오래된 노래처럼 일정한 박자를 지닌다. 처음 온 손님에게도 이 집은 묘하게 친절하다. 자리를 안내받는 순간, 그들은 여행자가 아니라 오래된 단골이 된다.

"물쫄면으로 드릴까요?"

주인장은 묻기보다 확인하듯 말한다. 다들 고개를 끄덕인다.

　　　시처럼 걷고, 숲처럼 머물다 ──────

“여긴 다들 그거 먹지요?”

“그래도요, 다른 것도 있긴 한데… 결국엔 다시 이걸로 돌아와요.”

그 말투엔 자랑도 전략도 없다. 다만 수십 년을 지켜본 사람만이 가질 수 있는 확신 같은 것이 배어 있다.

말없이 면을 기다리는 동안 시간은 잠시 느슨해진다. 면을 삼키는 소리, 두런두런 오가는 충청도 말씨, 벽에 걸린 방송 사진들이 천천히 속을 데운다. 마침내 쫄면 한 그릇이 놓인다. 고추장 빛이 은근히 번진 면발은 차갑지만 이상하게 따뜻하다. 젓가락을 드는 순간, 쫀득한 면과 깊은 육수가 여행길에 쌓인 피로를 말없이 덜어낸다.

“이 맛은 참 안 변했네요.”

“변하면 안 되지요. 변하면 그건 다른 집이잖아요.”

짧은 대화였지만, 그 한마디에 이 집의 철학이 담겨 있다. 풍미당의 맛은 새로움을 좇지 않는다. 대신 어제를 그대로 오늘로 옮겨온다.

사실 이 집은 내게 단순한 맛집이 아니다. 오래전 나는 풍미당 윗층에서 학원을 운영하며 살던 이웃이었다. 밤늦게 창문을 열면, 가게는 문을 닫았어도 부엌의 불은 좀처럼 꺼지지 않았다. 다음 날을 준비하는 손길은 느렸고, 그 느림 속엔 쉼이 없었다. 불을 끄지 않는 손, 말없이 움직이는 어깨, 등을 보인 채 묵묵히 일하던 주인장의 뒷모습. 그 풍경이야말로 이 집의 진짜 레시피였다.

"그땐 참 바빴지요."

"그래도 그때가 좋았어요. 사람이 많든 적든, 할 일은 늘 같았으니까."

그제야 나는 알았다. 음식의 맛은 재료에서 오지만, 풍미는 사람의 삶에서 비롯된다는 것을.

이후 나는 학원을 다른 사람에게 넘기게 되었고, 풍미당은 사람들의 입소문을 타고 어느새 옥천의 명물이 되었다. 시간이 흐를수록 가게는 더 알려졌지만, 가게 안의 속도는 달라지지 않았다. 사진이 늘고 글이 붙어도 면은 같은 리듬으로 삶아지고, 국물은 어제의 맛을 닮은 오늘을 준비한다.

도시의 정체성은 번쩍이는 건물에 있는 것이 아니라 새벽을 여는 불빛과 오래된 간판, 그리고 손끝으로 이어지는 노동에 있다는 사실을 나는 이곳에서 배웠다. 풍미당, 그곳을 지켜온 두 분의 열정과 깊이를 나는 잘 안다.

가끔 출출할 때면 나는 여전히 이곳을 찾는다. 그리고 그때마다 풍미당에 대한 기억은 마음속에 알알이 박혀 다시 살아난다. 학교에 다니던 시절, 친구들과 수업료를 서무과에 납부하고 남은 잔돈으로 배를 채우던 곳. 그 시간을 기다리기라도 한 듯 친구들과 소박하지만 멋들어진 학생 회식이 만들어지던 곳이었고, 여자 동기들과 정담을 나누던 곳이기도 했다. 풍미당은 그런 장소였다.

 시처럼 걷고, 숲처럼 머물다 ——————

식당을 나서자 햇빛이 비스듬히 가게 앞을 비추고 있었다. 길은 여전히 길었고, 나는 다시 여행자가 된다. 하지만 속은 묘하게 든든하다. 풍미당의 맛은 찰진 고구마 면발과 묘한 고추 양념장, 매움을 달래주는 육수로 아직도 군침을 돌게 한다. 진짜 허기진 배를 채워주는 김밥, 그리고 사장님 부부와 아는 사람들만 안다는 '풍쫄정식'은 쫄면에 김밥인데 이 집의 대표 메뉴다. 그 맛은 오늘의 만족감이 아니라 앞으로의 시간을 천천히 채워 넣는 약속처럼 느껴진다.

사람들은 여행이 장소가 아니라 순간을 기억한다고 말한다. 그렇다면 나의 옥천은 분명 이 골목, 이 냄새, 이 한 그릇에 있다. 오래된 것의 가치는 낡아서가 아니라 사라지지 않고 거기 있기 때문이라는 사실을 풍미당은 오늘도 조용히 증명한다.

풍미당은 지금도 옥천의 시간을 끓인다. 한 그릇마다 깊게. 그리고 나는 그 시간을 다시 삼킨다. 그 기행의 끝에서, 왜 우리는 오래된 것에 마음을 주는지, 그 해답을 이 그릇 앞에서 비로소 알게 된다.

용암사, 운무에 머무는 법

나는 얼마 전, 흰 눈이 소리 없이 내려앉은 용암사를 찾았다. 주지 스님과 마주 앉아 따뜻한 차를 나누며 이런저런 이야기를 건네고 덕담을 주고받는 시간이었다.

어릴 적 기억 속의 용암사는 그저 이름 없는 작은 절에 지나지 않았다. 봄가을이면 소풍이라는 이름으로 찾았고 나이가 든 뒤에는 일출을 보기 위해 다시 이 산길을 올랐다. 그때마다 용암사는 언제나 '도착해야 할 장소'로만 존재했다. 그러나 시간이 흐른 뒤에야 비로소 알게 되었다. 용암사가 내게 가르쳐 준 것은 도착이 아니라 머무름이었다는 것을.

사실 나는 어릴 때 운무대를 그다지 좋아하지 않았다. 안개가 끼면 아무것도 보이지 않았고 '전망대'라는 이름은 그때마다 무색해졌다. 그 시절의 나는 보이지 않음을 실패로 여겼다. 눈으로 확인해야 안심했고 보여야 믿을 수 있었다.

그러나 나이가 들어 다시 오른 운무대는 전혀 다른 얼굴로 나를 맞이했다. 국회에서의 시간과 여러 경험을 거치며 나 역시 조금은 스님처럼 내공이 쌓였기 때문일까. 보이지 않음 속에서도 의미를 읽어내는 법을 배우며 세상을 바라보는 나의 눈이 한층 넓어졌음을 느끼는 순간이었다.

지금도 새벽의 용암사는 여전히 말이 없다. 해가 들기 전 사찰 마당에서는 발소리마저 낮아지고 사람의 숨결보다 먼저 차 향이 번졌다. 그 시간, 스님은 늘 같은 자리에 서 계신다. 우리는 인사를 나누고 차를 마신다. 굳이 결론에 이르지 않는 이야기가 오간다.

스님은 질문을 던지지 않고, 대답을 서두르지도 않는다. 말보다 침묵이 먼저 자리를 잡는다.

"안 보이는 게 꼭 나쁜 건 아니에요."

스님의 말에는 앞뒤 설명이 없다. 인생이 그렇듯, 운무대도 기다리지 않으면 아무것도 보여주지 않는다. 조급한 눈에는 그저 안개만 남고, 머무는 사람에게만 길이 열린다. 그 길은 눈앞에 펼쳐지는 풍경이 아니라 스스로를 바라보는 방향이다.

운무대에 서면, 산은 잠기고 마을은 사라진다. 그 순간 비로소 나는 나 자신을 본다. 놓쳐버린 시간들도 잠시 걸음을 멈춘다. 해야 할 일과 증명해야 할 것들이 모두 안개 속으로 가라앉고 오직 숨 쉬는 일만 남는다. 용암사는 그렇게 삶에서 불필요한 것들을 하나씩 덜어낸다.

해가 떠오르고 안개가 걷히면 사람들은 산길을 따라 내려간다. 그러나 내게 가장 오래 남는 풍경은 언제나 그 이전의 시간이다. 아무것도 보이지 않던 순간, 길이 보이지 않아도 이미 길 위에 서 있다는 사실을 깨닫는 시간이다.

긴 세월이 흐르는 동안 용암사는 크게 변하지 않았다. 변한 것은 바로 나였다. 산에서 뛰어놀던 아이는 산을 오르는 어른이 되었고, 같은 장소는 전혀 다른 의미로 다가왔다. 같은 풍경이 다르게 읽힌다는 것은 그만큼 시간이 내 안에 쌓였다는 증거일 것이다.

"사람들은 다들 앞만 보려고 하지만, 인생은 앞이 안 보일 때가 더 많지요."

용암사에서의 차담은 질문으로 시작되지 않는다. 차가 먼저 식고, 말은 그 뒤를 따른다. 운무대 이야기가 나왔을 때도 그랬다. 새벽마다 사람들이 몰려와 일출을 기다리는 풍경을 두고, 스님은 오히려 그 이전의 시간을 이야기했다.

"안개는 걷히려고 있는 거지, 없애려고 있는 게 아니에요. 우리 인생도 안 보일 때가 훨씬 더 많지요. 문제는 어떻게 그것을 헤쳐 나가는가에 달려 있어요."

운무대는 보이는 곳이 아니다. 아무것도 보이지 않는 시간을 가만히 견디는 자리다. 스님은 그것을 굳이 수행이라고 부르지

 시처럼 걷고, 숲처럼 머물다 ──────

않았다.

대신 "가만히 있는 연습"이라고 했다.

그 말은 위로처럼 들리지 않았다. 사실에 가까웠다. 용암사의 안개는 늘 같은 방식으로 왔다가 같은 방식으로 사라질 뿐이다. 기다리는 것 외에 사람이 개입할 여지는 없다. 인간의 조급함만이 그저 풍경을 망칠 뿐이다.

그날 이후 나는 운무대를 다시 생각하게 되었다. 전망을 얻기 위해 오르는 곳이 아니라 조급함을 내려놓기 위해 서는 자리라는 것을 깨달았다. 보여야만 믿으려 했던 나의 삶이 얼마나 피곤했는지도 함께 알게 되었다.

어릴 적의 나는 용암사에서 뛰어다녔고 지금의 나는 용암사에서 길을 멈춘다. 같은 길을 오르지만, 목적은 달라졌다.

스님은 그 변화를 굳이 말하지 않는다. 다만 차를 한 잔 더 따를 뿐이다.

운무대에 서면, 나는 더 이상 무엇을 보려고 애쓰지 않는다. 보이지 않는 시간 또한 삶의 일부라는 것을 이미 충분히 배웠기 때문이다. 용암사는 오늘도 그 자리에 서 있다. 말없이, 서두르지 않고 마치 인생이 그러해야 한다는 듯이.

물 위의 섬, 부소담악

　강은 말이 없다. 그러나 어떤 강은 오래 바라볼수록 이야기를 건넨다. 옥천의 부소담악이 그렇다. 대청호 물길을 따라가다 보면, 어느 순간 시야가 열리고 절벽 같은 바위들이 물 위로 고개를 내민다. 그 풍경 앞에 서면, 사람은 자연스레 말을 아끼게 된다. 부소담악은 설명보다 침묵이 먼저인 곳이다.

　부소담악은 물에 잠긴 조용한 산의 얼굴이다. 대청댐이 들어서면서 수면 아래로 사라졌던 산줄기 중, 일부가 물 위로 남아 기암처럼 떠 있다. 그래서 이곳의 바위들은 온전히 서 있지도, 완전히 잠기지도 않은 채 경계에 머문다. 그 애매한 자세가 오히려 부소담악을 특별하게 만든다. 마치 시간의 틈새에서 잠시 모습을 드러낸 기억처럼 말이다.

　시처럼 걷고, 숲처럼 머물다 ──────

멀리서 바라보면 바위들은 섬처럼 흩어져 있다. 가까이 다가 갈수록 그 결이 드러난다. 오랜 세월 물에 씻기며 다듬어진 표면, 날카로움보다 부드러움이 먼저 느껴진다. 물결이 바위에 부딪혀 만들어내는 소리는 크지 않다. 철썩이는 대신 스며들 듯 닿는다. 부소담악의 풍경은 그래서 격렬하지 않다. 잔잔한 호흡으로 사람을 끌어당긴다.

이곳에 서 있으면 시간의 방향이 흐트러진다. 과거와 현재가 물 위에서 겹쳐진다. 물 아래에는 한때 사람들이 살았을 마을 과 길이 있고, 물 위에는 바위와 하늘이 있다. 보이지 않는 것 과 보이는 것이 한 화면 안에 공존한다. 부소담악은 풍경이면 서 동시에 상실의 자리다. 사라진 것 위에 남은 것들이 이렇게 아름다울 수 있다는 사실이, 때로는 마음을 서늘하게 만든다.

그래서인지 부소담악을 걷는 발걸음은 자연스레 느려진다. 빠르게 지나칠 수 없는 풍경이기 때문이다. 사진을 찍다가도, 어느 순간 카메라를 내려놓게 된다. 렌즈에 담기지 않는 여백 이 더 많다는 걸 알게 된다. 물 위로 길게 늘어진 산 그림자, 하 늘빛이 바위 사이로 스며드는 순간은 기억으로만 남겨야 온전 히 느껴진다.

부소담악의 이름에는 부드러움이 담겨 있다. '부소'라는 말 은 품고, 감싸고, 안아준다는 느낌을 준다. 실제로 이곳의 풍경 은 공격적이지 않다. 절벽처럼 보이지만 위협적이지 않고, 바 위가 드러나 있지만 거칠지 않다. 물이 그 모든 각을 지워주었기 때문이다. 자연은 이렇듯 오랜 시간을 들여 상처를 둥글게 만든다.

계절마다 부소담악은 다른 얼굴을 보여준다. 봄에는 연한 빛이 물 위에 얹히고, 여름에는 녹음이 바위에 그림자를 드리운다. 가을이면 단풍이 물에 비쳐 또 하나의 산을 만들고, 겨울에는 고요가 가장 깊다. 그러나 어느 계절에도 이곳은 요란하지 않다. 항상 한 박자 느린 리듬으로, 사람의 마음을 따라온다.

부소담악을 바라보며 문득 내 고향 옥천을 떠올린다. 옥천은 늘 크게 말하지 않는 고장이다. 드러내기보다 품고, 앞서기보다 기다린다. 부소담악의 풍경은 그런 옥천의 성정을 닮았다. 한때는 물 아래로 가라앉았지만, 완전히 사라지지 않고 이렇게 남아 사람들을 부른다. 잊힌 듯 보이지만, 여전히 숨 쉬고 있다.

이곳을 떠나며 뒤돌아보면, 바위들은 여전히 그 자리에 있다. 움직이지 않는 것 같지만, 물은 흐르고 빛은 변한다. 부소담악은 고정된 풍경이 아니라, 매 순간 새로워지는 장면이다. 그래서 다시 찾게 된다. 같은 자리에 서도 같은 마음으로 볼 수 없기 때문이다.

부소담악을 다녀오는 길, 마음 한 켠이 조금 가벼워진다. 설명하지 않아도 되는 감정을 맡기고 왔기 때문일 것이다. 물 위에 남은 바위들처럼, 우리 삶에도 그렇게 남아 있는 것들이 있다. 사라지지 않고, 완전히 드러나지도 않은 채, 조용히 버티는 기억들. 부소담악은 그 기억들을 떠올리게 하는 장소다.

 시처럼 걷고, 숲처럼 머물다

물 위에 남은 말
−수몰민

내가 대청호를 제대로 보고 싶다고 하자, 막지리 출신 어부는 말없이 배의 시동을 걸었다. 금강 물길을 따라 배가 나아가자 수면 위로 하늘과 바위가 겹쳐졌다. 부소담악이었다.

"보기엔 참 곱지요."

어부가 먼저 말을 꺼냈다.

"사진으로는 많이 봤습니다."

"사진엔 물 아래가 안 나오지요."

그는 그렇게 말하고 배를 몰았다. 배가 바위를 스칠 듯 지나가자 수면 아래 어둠이 갑자기 깊어졌다.

"저 아래가 다 마을이었습니까?"

"예. 논도 있었고, 학교도 있었고, 제 집도 있었지요."

나는 물을 내려다보았다. 맑아 보이지만 바닥은 보이지 않았다.

"댐 만든다고 했을 때는 반대 없으셨어요?"

그는 잠시 웃었다.

"반대요? 나라가 한다는데 누가 반대합니까. 국가가 필요하다는데요."

그 말에는 체념보다 오래된 습관 같은 것이 묻어 있었다.

"전력도 필요하고, 물도 필요하다고 했지요. 우리가 조금만 참으면 다 잘된다고요."

"보상은 충분했나요?"

어부는 노를 멈췄다.

"집값은 줬습니다. 땅값도 줬고요. 그런데 삶값은 안 줬습니다."

나는 아무 말도 하지 못했다.

"논 팔고 밭 팔면 끝인 줄 알았나 봅니다. 사람은 그다음에 뭘 먹고 사는지는 생각을 안 한 거지요."

그는 다시 배를 몰았다.

"댐 생기고 나서 여긴 수질 보호 구역이 됐습니다. 보호는 됐지요. 대신 우리는 묶였습니다."

"묶였다고요?"

"집도 고치지 못하고, 장사도 마음대로 할 수 없고, 땅이 있어도 쓸 수가 없습니다. 개발을 하면 물이 더러워진다며 막아

놓았지요. 물은 국가의 것이라며 우리는 그저 지켜보기만 해야 했습니다. 그런데 대전과 청주는 오래전부터 그 물을 상수도로 사용해 왔으면서도, 이곳에 상수도가 연결된 것은 불과 얼마 전의 일이라고 합니다. 참으로 기가 찰 노릇이지요."

그의 말투는 격앙되지 않았지만, 말끝마다 날이 서 있었다.

"그럼, 국가는 뭘 했습니까?"

내 질문에 그는 바로 대답하지 않았다. 잠시 후, 물 위의 바위를 가리켰다.

"저걸 관광지로 만들었습니다. 사진 찍는 명소로요."

부소담악 위로 관광객의 카메라 셔터 소리가 겹쳐지는 듯했다.

"사람들은 섬 같다고 합니다. 아름답다고 하지요. 그런데 아무도 묻지 않습니다. 왜 이 섬이 생겼는지를."

나는 부소담악을 다시 보았다. 아름다웠다. 그러나 그 아름다움은 누군가의 집 위에 놓여 있었다.

"그래도 국가에서 지원은…"

"지원이요?"

그는 짧게 웃었다.

"일회성 지원은 있었지요. 그런데 평생 묶어 놓고, 평생 책임지겠다는 말은 들어본 적은 없습니다."

배가 잠시 흔들렸다. 물결이 부소담악의 그림자를 일그러뜨렸다.

“우리는 선택한 적이 없습니다. 떠날지 말지, 잠길지 말지. 그런데 결과는 평생 우리가 감당합니다.”

그의 목소리가 낮아졌다.

“국가는 필요할 때만 국민을 부르고, 일이 끝나면 풍경으로 만듭니다.”

나는 그 말에 고개를 숙였다.

“그래도 이곳을 떠나지 않으신 이유는…”

“떠났습니다. 그런데 다른 데서는 내가 왜 여기까지 떠내려 왔는지 설명해야 하더군요. 여긴 설명 안 해도 됩니다. 물이 다 알고 있으니까요.”

배는 천천히 방향을 틀었다. 물은 아무 말도 하지 않았다. 다만 모든 것을 덮고 있었다.

“이 물은 깨끗하다고 하지요.”

어부가 말했다.

“그런데 깨끗해지기 위해 무엇을 버렸는지는 아무도 말 안 합니다.”

나는 배에서 내리며 다시 부소담악을 보았다. 물 위에 남은 바위들. 그것은 자연의 조형이 아니라, 국가 정책의 흔적이었다. 말없이 남겨진 증거였다.

부소담악은 지금도 사람들을 부른다. 그러나 그 부름은 관광의 초대가 아니다.

“아름답다고 말하기 전에, 무엇이 잠겼는지 묻고 가라.”

 시처럼 걷고, 숲처럼 머물다 ─────

물 위에 남은 것은 바위가 아니라, 아직 끝나지 않은 책임이
었다.

약 40여 년 전부터 묶어 두었던 삶의 상처는 현실이 되어 겪
어보지 않으면 결코 알 수 없는 아픔이었다.

물이 시간을 품을 때
─옥천 대청호수

어느 오후 내 발길은 대청호수로 향했다. 길은 조용했고, 겨울 끝자락의 공기는 물처럼 차분했다. 호수에 다다르자, 먼저 말이 사라졌다. 대신 오래된 침묵이 나를 맞았다. 대청호수는 늘 그렇듯, 처음부터 이야기를 허락하지 않는다. 한참을 바라보고 나서야 비로소 마음속 어딘가에 문장이 떠오른다.

수면 위에 깔린 안개는 얇은 천처럼 느리게 흘렀다. 물결은 거의 움직이지 않았고, 호수는 숨을 참고 있는 사람처럼 고요했다. 나는 난간에 기대어 서서 그 고요를 오래 들여다보았다. 바람이 스치면 물 위에 작은 주름이 생겼다가 금세 사라졌다. 그 짧은 고요를 바라보는 동안, 내가 가져온 생각들도 하나씩 풀어졌다.

 시처럼 걷고, 숲처럼 머물다 ───────

대청호수는 자연이면서 동시에 인간의 흔적이다. 물은 산을 품고 있고, 산은 물을 내려다보고 있다. 이곳의 풍경은 늘 경계 위에 서 있다. 수면 위에는 하늘과 능선이 비치고, 그 아래에는 잠긴 마을과 길이 겹쳐 있다. 보이는 것과 보이지 않는 것이 겹쳐질 때, 풍경은 단순한 아름다움을 넘어 하나의 기억이 된다.

해가 떠오르자 빛이 조심스럽게 물 위에 내려앉았다. 반짝임은 요란하지 않았고, 오래된 사람의 눈빛처럼 차분했다. 나는 그 빛을 따라 천천히 걸었다. 호숫가 산책로는 곡선을 그리며 이어졌고, 발걸음은 자연스럽게 느려졌다. 이곳에서는 속도를 유지하는 일이 오히려 어색했다.

한낮이 가까워질수록 호수는 다른 얼굴을 드러낸다. 햇살은 수면 위에서 부서지고, 바람은 잔잔한 파문을 만든다. 파문은 멀리 가지 않고 곧 사라진다. 생성과 소멸이 반복되는 그 리듬 속에서, 나는 붙잡고 있던 생각들이 하나씩 풀리는 것을 느꼈다. 오래 붙들 것이 없다는 사실이 이상하게도 마음을 가볍게 했다.

호수를 둘러싼 산들은 뾰족하지 않다. 완만한 능선이 이어지며 물을 감싸 안고 있다. 그 모습은 마치 어머니가 아기를 안고 있는 모습을 닮고 있다. 물이 차오르던 날, 사람들이 떠나던 날, 이 산들은 같은 자리에서 모든 순간을 바라보고 있었을 것이다. 그래서 이곳의 산은 웅장하기보다 다정하다.

나는 난간 아래를 내려다보며 잠긴 시간을 떠올렸다. 물 아래에는 사라진 마을의 터와 사람들이 오가던 길이 있다. 저녁 연기, 논두렁, 아이들의 웃음소리…. 그 모든 하루가 이 물속에 잠겨 있다. 대청호수는 그 기억들을 끌어올리지 않는다. 대신 조용히 덮어두고, 잊히지 않도록 보관한다. 그래서 이곳의 아름다움에는 설명하기 어려운 쓸쓸함이 섞여 있다.

해가 기울 무렵, 호수는 가장 많은 말을 건네는 것 같다. 산 뒤로 해가 넘어가자 수면 위에 붉은 길이 생겼다. 어디에도 닿지 않는 길이었지만, 시선은 자연스럽게 그 끝을 따라간다. 나는 그 길 위에 하루를 내려놓는다. 잘한 일과 잘하지 못한 일, 말하지 못한 감정들이 잠시 떠올랐다가 천천히 가라앉았다.

밤이 되자 경계는 사라졌다. 별빛이 수면에 닿으며 하늘과 물이 하나가 되었다. 위와 아래를 구분할 수 없는 세계 속에서 나는 조금씩 작아진다. 그것은 두려움이 아니라 안도였다. 내가 세상의 중심이 아니라는 사실이, 이곳에서는 오히려 위로가 되었다.

호수를 따라 걷다 보니 '옥천'이라는 이름이 이 풍경과 닮아 있다는 생각이 들었다. 앞서려 하지 않고, 과시하지 않는 자리. 대신 오래 머물 수 있는 여백을 내어주는 공간. 이 물 앞에서는 바쁜 마음도 자연스럽게 속도를 잃는다. 대청호수는 쉼을 강요하지 않는다. 그저 쉼이 가능하다는 사실을 보여줄 뿐이다.

돌아설 시간, 나는 마지막으로 호수를 뒤돌아보았다. 물은 그대로였지만, 같은 물은 아니었다. 이미 흘러갔고, 또 다른 물

 시처럼 걷고, 숲처럼 머물다 ————

이 그 자리를 채웠다. 머무는 것처럼 보이지만 모든 것은 흐르고 있다는 사실, 대청호수는 그렇게 말하고 있다.

옥천의 대청호수는 풍경이 아니라 수몰민의 아픔이었다. 바라보는 순간보다 돌아선 뒤에 더 오래 남았다. 마음 한가운데 잔잔한 물결을 남긴 채, 다시 일상으로 나를 밀어 보낸다. 그리고 언젠가, 아무 말 없이 다시 나를 불러낼 것만 같았다.

시가 길이 되는 치유의 숲
―장령산 휴양림

내 고향 옥천을 걷다 보면 이 고장은 자꾸만 말을 아낀다는 생각이 든다.

대청호의 물은 오래 침묵하고, 부소담악의 바위는 시선을 요구하지 않으며, 용암사의 새벽은 도착보다 머무름을 가르친다. 장령산 또한 그 연장선 위에 있다. 이 산은 오르라고 부르지 않고, 천천히 걷도록 허락하는 산이다.

가을의 장령산 휴양림은 풍경보다 먼저 소리로 사람을 맞는다. 낙엽이 제 몸을 내려놓는 소리, 바람이 잎을 넘기는 소리, 나무 사이로 스미는 햇살이 발걸음을 부르는 소리. 산에 오르기도 전에 이곳은 이미 걷는 이의 호흡을 느리게 만든다. 옥천의 자연이 늘 그렇듯, 이곳 역시 서두르지 않는다.

 시처럼 걷고, 숲처럼 머물다 ──────

장령산 치유의 숲으로 들어서는 순간, 나는 여행객이라기보다 한 편의 시 속으로 들어온 독자가 된 기분이었다. 이 길은 풍경을 보여주기보다 마음을 읽히는 길이었다.

나무 위에 놓인 데크 길은 문장처럼 이어진다. 발바닥으로 전해지는 나무의 결은 쉼표가 되고, 한 걸음 한 걸음은 자연스러운 행갈이가 된다. 길목마다 정지용의 시가 서 있다. 그러나 시는 이곳에서 안내문이 아니다. 읽으라고 재촉하지도, 감동을 강요하지도 않는다. 숲과 같은 높이로 서서 숲과 같은 속도로 그저 숨 쉬고 있을 뿐이다.

나는 「바다」라는 시 앞에서 오래 머물렀다. 짧은 문장 속에 깃든 고요가 가을 숲의 침묵과 묘하게 겹쳐졌다. 정지용의 시는 자연을 설명하기보다 자연이 되기를 선택한 언어처럼 느껴진다. 그래서 이곳에서는 의미를 해석하기보다 감각을 맡기게 된다. 낙엽이 지는 소리와 시의 여백이 서로를 침범하지 않고 공존한다.

데크 길을 따라 걷다 보면 숲은 자꾸만 표정을 바꾼다. 햇빛이 넓게 열리는 구간이 있는가 하면, 편백나무가 빽빽이 서서 빛을 가늘게 거르는 구간도 있다. 그 변화에 맞춰 시의 얼굴도 달라진다. 어떤 시 앞에서는 고개가 들리고, 어떤 시 앞에서는 발걸음이 멈춘다. 이 숲에서 시는 읽히는 대상이 아니라 숲처럼 그냥 지나쳐지는 존재다.

가을은 이 길에 시간을 남긴다. 초록에서 황금으로, 다시 갈

색으로 옮겨가는 잎들의 변화는 옥천의 계절이 흐르는 방식과 닮아있다. 걷다 보면 내가 어디쯤 와 있는지 자주 잊게 된다. 이 길은 시작과 끝을 강조하지 않는다. 되돌아오도록 설계된 순환의 길에서 목적은 희미해지고 과정만 또렷해진다. 그것이 이 고장이 사람에게 건네는 오래된 방식이다.

길의 끝에서 나는 숲속의 동굴로 향했다. 장령산이 마지막으로 숨겨둔 문장이 그 속에 숨어 있다. 몇 걸음 더 들어가자 어둠 속에서 소원 바위 하나가 모습을 드러낸다. 하지만 이곳에서의 소원은 이루어지기를 요구하지 않는다. 바위를 붙잡기보다 잠시 기대며 마음을 내려놓는 일에 가깝다.

동굴의 천장은 은은한 빛을 머금고 있다. 인공조명이지만 과하지 않고, 자연의 어둠과 조심스럽게 공존한다. 그 중심에는 달이 떠 있다. 밤하늘의 달처럼 또렷하지도 차갑지도 않은 달. 이 공간에 맞게 숨을 낮춘 달이다. 마치 숲이 낮 동안 품었다가 밤이 되어 조용히 꺼내 보이는 달이다.

그 달빛 아래에서 동굴은 더 이상 어둠의 공간이 아니다. 누군가는 속삭이듯 마음속 말을 꺼내고 누군가는 아무 말 없이 고개만 든다. 그 순간, 동굴은 숲의 깊은 밤이 된다. 그리고 나는 옥천이 사람에게 허락하는 '침묵의 한가운데'에 잠시 서 있게 된다.

장령산의 치유는 특별한 처방을 내리지 않는다. 다만 시처럼 걷게 하고 숲처럼 머물게 할 뿐이다. 옥천의 다른 장소들이 그

 시처럼 걷고, 숲처럼 머물다 ────

러하듯, 이곳 또한 치유를 설명하지 않는다. 대신 오래 남는다.

옥천이 품고 있고, 장령산이 말하며, 부소담악이 보여주고, 대청호가 자리하고, 용암사의 울림이 전해주는 모습 속에서 옥천이 꿈틀거리고 있음을 직감하게 된다.

돌아오는 길에 내 고향 옥천이 참으로 아름다운 곳이라는 생각이 깊이 스며든다.

옥천, 길이 되는 이야기

　나는 여행을 '많이 보는 일'이 아니라 '잘 잇는 일'이라고 믿는다. 점처럼 흩어진 장소들이 하나의 감정으로 이어질 때 비로소 그곳은 풍경을 넘어 길이 된다. 옥천은 이미 그 길의 재료를 충분히 갖춘 곳이다. 다만 아직, 그 가능성이 하나의 이야기로 정제되지 않았을 뿐이다.

　여정의 시작은 언제나 소박해야 한다. 옥천에 가면 대청호보다 먼저 음식이 떠오른다. 풍미당에서 마주한 한 그릇의 면은 음식이 아니라 시간이다. 1980년대의 허기와 오늘의 기다림이 함께 말아 올려진 풍미당의 그릇 앞에서 여행자는 잠시 이 마을의 사람이 된다. 세계적인 관광지는 거대한 랜드마크가 이런 일상의 문턱에서 시작된다.

　시처럼 걷고, 숲처럼 머물다 ——————

배를 채운 뒤 발걸음은 자연스럽게 정지용 문학관으로 이어진다. 음식에서 언어로, 감각에서 사유로 이동하는 짧은 동선. 정지용의 시는 옥천을 설명하지 않고, 옥천처럼 숨 쉰다. 이곳은 전시를 '보는' 공간이 아니라, 마음을 낮추는 장소다. 음식과 문학이 하나의 흐름으로 이어질 때, 도시는 단순한 방문지가 아니라 기억의 구조를 갖는다. 이것은 문화관광 정책의 핵심이기도 하다.

용암사 운무대에 오른다. 안개 속에서 마을풍경은 잠시 지워지고 세상의 모든 말들은 이곳에서 침묵으로 정리된다. 해가 떠오르는 순간, 설명은 필요 없다. 세계적 명소란 사진보다 오래 남는 경험을 주는 곳이다. 용암사의 새벽은 '속도를 늦추는 관광'이 무엇인지 몸으로 가르친다.

오후 해가 중천에 뜨면 천상의 정원이 기다린다. 수생식물과 빛, 물과 바람이 스스로 전시를 여는 아름다운 공간이 되는 듯하다. 이곳에서 중요한 것은 더 크게 만드는 개발이 아니라, 잘 보이게 하는 관리다. 느린 산책로, 최소한의 해설, 머물 수 있는 쉼. 자연을 과장하지 않는 태도야말로 지속 가능한 관광의 조건이다. 옥천은 이미 그 해답을 스스로 가지고 있다.

시선은 다시 바위와 물로 향한다. 부소담악과 대청호다. 물 위로 남은 바위들은 잠긴 산의 기억이고, 대청호는 사라진 마을과 현재의 풍경을 함께 품는다. 이곳은 전망대가 아니라 사유의 자리다. 인간의 선택과 자연의 인내가 만든 풍경 앞에서 여행자는 자연스레 말을 줄인다. 이러한 서사는 지역을 넘는다. 관광은 화려함보다 깊이에 반응한다.

장령산 휴양림에 이르면 여행은 쉼으로 닫힌다. 숲은 결론을 서두르지 않는다. 걷고, 숨 쉬고, 머무는 일. 옥천의 하루는 이렇게 완성된다. 아침의 맛, 낮의 언어, 새벽의 침묵, 오후의 생명, 저녁의 물. 옥천은 이미 하나의 완성된 하루를 갖고 있다.

천상의 정원, 부소담악, 정지용 문학관, 용암사 운무대, 장령산 휴양림. 이 점들은 단순한 관광코스가 아니다. 이것을 제대로 발전시키면 어쩌면 옥천은 한국을 넘어 세계의 관광지가 될 수 있다는 생각이 드는 것은 과한 것일까? 이것은 결코 과장된 것이 아니다.

관광개발은 더하는 일이 아니라 드러내는 일이다. 빠르게 소비되는 관광지가 아니라 다시 돌아오게 만드는 기억의 도시가 되어야 한다. 나는 내 고향 옥천이 언젠가 여행자들에게도 '머무르고 싶은 이야기'가 되기를 원한다.

길은 이미 열려 있다. 이제 그 길을 하나의 서사로 완성할 차례다.

 시처럼 걷고, 숲처럼 머물다 ——————

짝짜꿍의 성지, 옥천

　나는 얼마 전 조원경 선생님과 조정아, 정순철 기념사업회 사무국장을 만나서 정순철 선생님과 '짝짜궁'에 대해 차담을 나누었다.

　시는 어디에서 시작되는가. 우리는 흔히 시가 종이 위에서 태어난다고 생각하지만, 그보다 먼저 일어나는 순간이 있다. 몸이 먼저 반응하는 리듬, 말보다 앞선 감각의 떨림이다. 아이의 두 손바닥이 마주치며 만들어내는 짧은 울림, '짝짜꿍'. 그것은 원초적인 시의 흔적이다.

　그 원형적 리듬이 오늘 가장 또렷하게 살아 있는 곳이 바로 내 고향 옥천이다. 옥천의 '짝짜꿍 동요제'는 이름만 들어보면 소박한 음악 축제 같지만, 그 실체는 훨씬 더 깊다. 이 축제는 아이의 노랫소리와 손뼉의 박동 속에서 잊힌 공동체의 의식을 부활시키는 자리다. 종이 위 문장을 넘어서 일상 속으로 시를 되돌려놓는 문이자 우리가 세계를 처음 배우던 감각을 다시 꺼내는 의식이다.

'졸업식의 노래'와 '짝짜꿍'을 남긴 작곡가 정순철 선생을 기리는 뜻으로 시작된 옥천의 이 대표적인 축제는 단지 한 인물을 추모하는 데 머물지 않는다. 동요라는 장르가 품고 있던 질문을 다시 꺼내 세상 앞에 묻는다.

"노래는 누구의 것인가?"

이 축제의 답은 명확하다. 그 노래는 아이의 것이며, 공동체의 것이고, 삶 자체의 것이라는 것. 시가 오랫동안 책상 위에서 혼자 읽히는 문학으로 남아 있었다면 옥천의 '짝짜꿍'은 시의 뿌리를 제자리로 되돌린다. 원래 시는 노래였고, 그 노래는 이웃과 한자리에 모여 호흡을 맞추는 제의였다.

무대와 객석은 분리되지 않는다. 중요한 것은 누가 관객이고 누가 참가자인지가 아니라 누가 먼저 손바닥을 내밀고 그 손에 누가 응답하느냐다. 그래서 옥천은 자연스럽게 '짝짜꿍'의 성지가 되었다. 그리고 옥천에서 '짝짜꿍 동요제'를 추진해 온 주역이 이규선 건설공사 대표와 조원경 선생님, 조정아 사무국장임을 알 수 있다.

성지란 기적이 일어난 장소가 아니라 믿음이 반복되어 온 장소다. 이곳 옥천에서는 경쟁이 아니라 손뼉이 닿을 때마다 이

 시처럼 걷고, 숲처럼 머물다 ───────

어지는 리듬의 공감이다. 누군가는 상을 받지만, 누군가는 박수를 친다. 이는 시를 어떻게 평가해야 하는가에 대한 근본적 질문을 던진다. 시란 점수로 나뉘어지는 것이 아니라, 함께 체험하는 감동이다.

대도시의 축제는 때로 상업과 속도에 압도되지만, 옥천의 축제는 느린 호흡을 품고 있다. 아이가 노래를 부르면 어른이 손뼉을 맞추고, 어른의 박수는 곧 공동체의 심장 박동이 된다. 그 순간 시는 더 이상 종이에 갇히지 않고 공기 속에 퍼진다. 공연의 끝이 아니라 삶으로 흘러가는 출발점이 된다.

정순철과 최원경이 남긴 것은 단지 몇 편의 동요가 아니다. 그들은 시가 어떤 자리에서 살아야 하는지를 몸으로 보여주었다. 먼저 손을 내밀고, 상대가 따라오기를 기다리며, 박수가 하나의 리듬을 이루도록 하는 일. 이것이 시이며, 이것이 우리 옥천이 지켜 온 마음이다.

그래서 옥천은 오늘 단순한 지명이 아니라 '짝짜꿍'이 다시 태어나는 살아 있는 성지다. 여기서 시작된 리듬은 아이들의 음성에 머물지 않는다. 그것은 어른들의 기억을 흔들고, 지역의 시간을 엮고, 시가 다시 공동체의 언어로 살아갈 수 있다는 사실을 증명한다.

그렇기에 옥천의 '짝짜꿍'은 하나의 박수이자 하나의 선언이다. 시가 삶의 리듬으로 돌아오는 선언. 서로에게 손을 내밀 줄 아는 따뜻한 사람들 덕분에 오늘도 옥천은 살아 숨 쉰다.

지역 축제의 진정한 의미

　해마다 지역 곳곳에서는 수많은 축제가 열린다. 개막을 알리는 현수막과 화려한 무대, 대형 공연은 도시를 잠시 들뜨게 만든다. 그러나 행사가 끝난 뒤 남는 것이 무엇인지에 대해서는 좀처럼 묻지 않는다. 방문객 수와 예산 집행, 유명인의 참석 여부가 성과를 대신하는 사이, 축제의 본래 의미는 흐려져 왔다.

　지역 축제는 본래 공동체의 삶에서 출발했다. 농업과 어업, 노동의 한 주기를 마무리하며 서로의 안부를 확인하고, 함께 살아왔음을 확인하는 시간이 바로 축제였다. 그곳에는 무대보다 이야기가 있었고, 관객보다 이웃이 있었다. 축제는 보여주는 행사가 아니라 함께 나누는 삶의 방식이었다.

　그러나 오늘날 많은 축제는 관광 상품으로 변모했다. 지역

　　　　시처럼 걷고, 숲처럼 머물다 ──────

주민은 주체가 아니라 동원된 인력이 되었고 지역의 이야기는 배경으로 밀려났다. 축제는 열렸지만, 사람들의 마음은 열리지 않았다. 외형은 커졌으나 관계는 얕아졌고 남는 것은 소음과 쓰레기, 그리고 '또 하나의 행사'라는 피로감뿐이다.

이제 지역 축제는 방향을 다시 세워야 한다. 무엇을 보여줄 것인가보다 무엇을 함께 느낄 것인가를 물어야 한다. 오래된 전통을 전시하듯 재현하는 데 그칠 것이 아니라 지금 이곳에서 살아가는 주민의 삶과 언어, 일상이 자연스럽게 녹아들어야 한다. 할머니의 손맛, 아버지의 노동, 아이들의 웃음이 중심이 될 때 축제는 비로소 살아 움직인다.

속도 또한 달라져야 한다. 짧게 소비되는 볼거리 대신 천천히 걷고 오래 머무는 시간을 제공해야 한다. 작은 골목, 사소한 풍경, 지역의 말투와 냄새 같은 일상의 감각들이 축제의 주인공이 될 수 있어야 한다. 사람들이 사진보다 기억을 기념품보다 이야기를 가져가게 해야 한다.

무엇보다 중요한 원칙은 분명하다. 축제의 주체는 지역 주민이어야 한다는 점이다. 기획부터 운영, 마무리까지 주민의 삶이 존중받아야 한다. 성공의 기준도 바뀌어야 한다. 숫자 대신 표정, 매출 대신 관계, 홍보 대신 신뢰가 남는 축제가 되어야 한다. 외지인을 끌어들이기 전에 먼저 지역을 위로하고 단단하게 만드는 일이 우선이다.

축제는 도시의 얼굴이다. 어떤 축제를 여는지를 보면 그 공동체의 가치관이 드러난다. 다소 서툴더라도 진심이 보이는 얼굴이어야 한다. 비가 오고 일정이 어긋나더라도 함께 웃으며 넘길 수 있다면, 그 축제는 이미 성공이다.

지역 축제는 더 이상 일회성 행사가 되어서는 안 된다. 사람과 사람이 다시 연결되고, 삶 자체를 축하하는 시간이 될 때 비로소 축제는 그 이름에 걸맞은 의미를 갖는다. 여는 순간의 박수보다 닫힌 뒤의 여운이 오래 남는 축제, 그것이 우리가 지향해야 할 지역 축제의 올바른 방향이다.

 시처럼 걷고, 숲처럼 머물다 ——————

5장

나를 뒤돌아보는 시간

어머니의 죽음

어머니는 2017년 12월 말, 여든두 살의 연세로 눈을 감으셨다. 아버지를 먼저 떠나보내신 뒤, 어머니는 24년 동안 다섯 남매와 손주들을 품에 안고 외로운 시간을 견디며 살아오셨다. 그 세월은 누가 대신해 줄 수 없는 오롯이 당신만의 긴 겨울이었다.

지금쯤 어머니는 사랑하는 아버지와 함께 계실지도 모르겠다.

"내가 왔소. 우리 아이들 잘 지켜보소."

아마 웃으시며 말씀하실 것 같은 그 얼굴이 눈물보다 먼저 떠오른다.

어머니의 마지막 한마디는 지금도 내 가슴에 박혀 있다.

"애비야… 잘 살아라……."

나는 조금이라도 어머니의 따뜻한 체온을 더 붙잡고 싶었다. 그러나 어머니는 그 한마디로 이승을 정리하셨다. 남기고 싶은 말이 없어서가 아니라 이미 다 하셨기 때문이었을 것이다.

어머니의 투병은 길고 혹독했다.

신장이 나빠져 혈액투석에 의지해 살아야 했던 12년 동안 온 가족이 함께 버텼다. 서울에 있는 큰형님과 대전에 사는 누나 그리고 무엇보다 가장 힘들었던 사람은 아내였다. 어머니를 모시고 대전성모병원 투석실을 오르내리고, 집안을 지키고 밥을 하고 아이들을 돌보는 모든 일이 아내의 몫이었다.

나는 그런 아내의 등을 바라볼 때마다 늘 미안했다. 집안에 누군가 아프면, 그 가족의 삶도 함께 닳아간다. '미안하다'는 말로 대신하기엔 너무 가벼워 차마 입 밖으로 꺼내지 못했고, 그러는 사이 시간은 빠르게 어머니를 데려가 버렸다.

장례를 마친 날 밤, 나는 거실에 홀로 앉아 커피를 들고 있었다. 커피는 따뜻했지만, 마음은 몹시 차가웠다. 이 건물로 이사 오면서 거동이 불편한 어머니를 위해 엘리베이터를 설치했다. 평생 뜨끈한 방에서 제대로 살아보지 못한 어머니께 이제라도 편안함을 드리고 싶었다. 하지만 어머니는 늘 절약을 먼저 생각하셨다. 전기 스위치를 끄고, 불을 밝히는 일조차 아까워하시며 동굴처럼 어두운 방에서 지내셨다.

나는 스물다섯에 아버지를 떠나보냈고 오십이 되기 전에 어

   시처럼 걷고, 숲처럼 머물다 ————

머니까지 보내고 나니 마음 한가운데가 텅 비어버린 듯했다. 부모님을 모두 잃는다는 건, 나를 지탱하던 마지막 기둥이 빠져나가는 일이었다.

아버지는 월남전에 참전한 뒤 큰 꿈을 품고 돌아오셨다. 그동안 모은 전 재산으로 논을 샀지만, 한자를 몰랐던 탓에 사기를 당하셨다. 그날 이후 아버지의 삶에는 깊은 한이 눌어붙었고, 어머니는 하늘이 무너진 자리에서 우리를 다시 세우셨다.

가난은 손등처럼 일상이 되었다. 어머니는 품팔이를 나가고 산나물을 캐어 다섯 남매의 허기를 채우셨다. 우리가 배고프다는 말을 꺼내기 전에 어머니는 이미 밥을 짓고 계셨다.

우리 가족들은 '쌀독을 열어보는 버릇'이 있다. 쌀이 줄어드는 소리를 먼저 알아채는 습관. 그것은 어머니가 가난을 살아낸 방식이었고 내일을 미리 걱정해 두는 사랑법이었다.

투병 중 어머니는 같은 말을 수없이 되풀이하셨다.

"내가 빨리 죽어야 네가 편할 텐데……."

그 말은 지금도 내 가슴을 찌른다. 어머니는 마지막까지 자식의 짐이 되고 싶지 않으셨던 것이겠지만, 사실은 우리가 어머니의 짐이었다. 아픈 몸으로도 병원 갈 돈을 아껴 쌀을 사셨고, 자식의 입에 들어가는 밥 한 숟갈을 인생으로 여기셨다.

한 번은 꼬질한 검정 고무줄로 묶어둔 돈뭉치 하나를 내미셨다. 십만원씩 차곡차곡 묶여 있어 얼핏 보아도 삼백만원은 족히 되어 보였다. 내가 많이 어렵다고 느끼신 것일까.

"어렵고 힘들면 병원비나 아이들 대학 등록금에 보태거라."

형과 누나가 조금씩 드리고 간 용돈을 치마 속에 꼭꼭 숨겨 두었다가 내어주시던 어머니의 마음이, 지금도 내 눈가를 촉촉이 적신다.

어느 누구보다 차분하고 단아하며 남들에게 자신을 숨기면서 가난을 소리 없이 이겨내셨던 어머니는 세월이 흐르면서 살짝 찾아온 치매 때문인지 심리적으로 불안해서인지 나이가 들면서 욕을 입에 달고 사셨다. 동네 사람들은 어머니를 '욕쟁이 할머니'라 불렀다. 그러나 그 욕은 함부로 뱉는 말이 아니었다. 그 속에는 삶의 울분과 외로움, 가난에 대한 기억이 켜켜이 쌓여 있었다. 울지 않기 위해 욕을 하셨고, 무너지지 않기 위해 거칠게 웃으셨던 것이다. 그 욕은 어머니가 흘린 눈물의 다른 이름이었다.

나는 지금도 장례를 제대로 마무리하지 못했다는 미안함 속에 산다. 49재도 충분히 챙기지 못했다. 군수 출마를 준비하던 시기라 장례는 숨 가쁘게 흘러갔다. 하지만 어머니는 나를 원망하지 않으셨을 것이다. 오히려 특유의 투박한 말투로 이렇게 말씀하셨을지도 모른다.

"우리 상인이가 최고지. 아버지의 못 배운 한을 너는 풀 거다."

어머니는 내 직업을 세상에서 가장 높은 자리처럼 여기셨고, 나를 집안의 기둥이라 불러주셨다. 그러나 정작 내 가슴을 받쳐준 가장 큰 기둥은 어머니였다.

이제야 나는 깨닫는다. 어머니의 욕과 눈물, 그리고 작은 쌀 한 톨 한 톨이 결국 오늘의 나를 만들었다는 사실을. 어머니의 죽음 앞에서 나는 세 가지 가르침을 다시 얻었다.

첫째, 배움은 끝까지 이어가야 한다.
둘째, 노력하는 자에게 기회는 반드시 온다.
셋째, 내 이익을 위해 남에게 상처를 주지 않는다.
어머니와 아버지가 남겨준 유산은 돈이 아니었다.

그것은 살아 있는 철학이었고, 시간이 지나도 닳지 않는 삶의 기준이었다.

베푸는 삶 속에 행복이 있다

어머니의 장례를 마친 그날 밤, 나는 방안의 불을 끄고 문을 잠갔다. 눈을 감아도 떠올려도 어머니의 얼굴이 아른거렸다. 겨우 몇 시간 전까지 숨결을 나누었던 분이 이 세상 어디에도 없다는 사실이 도무지 믿기지 않았다. 누군가를 떠나보낸다는 일이 얼마나 가슴을 파고드는 아픔인지, 나는 그날 처음 알았다.

옛사람들은 부모가 돌아가시면 묘 옆에 천막을 치고, 3년 동안 아침저녁 공양을 올리며 묘를 지켰다. 그들이 말하는 효는 단순한 예법이 아니라 존재의 뿌리였다. 왜 3년일까. 인류학자들은 인간이 동물 중 가장 연약한 시기를 보내는 존재라고 말한다. 태어나서 3년 동안은 부모의 품이 아니면 살아남을 수 없다. 그 3년은 돌봄의 절정이자 생존의 시간이다. 부모의 무릎 위에서 울고 웃는 그 시기를 지나야 비로소 사람으로 자란다.

그래서였을까. 그들은 자식이 부모를 위해 3년 상을 치르는 것이 당연하다고 여겼다. 부모의 살뜰한 사랑을 그대로 쏟아내는 마지막 보답이라고 믿었다. 서양인들은 이런 한국의 장례문화를 보며 인간이 행할 수 있는 가장 숭고한 제례라고 부러워했다고 한다. 하지만 지금의 세상은 너무 바쁘다. 많은 것이 바뀌었고, 3년 상 대신 3일 장, 그리고 49재가 남았다. 예법은 간단해졌지만, 그 속에 담긴 마음까지 가벼워져서는 안 될 것이다.

어머니가 세상을 떠나셨을 때, 나는 그 마음을 모두 담아내지 못했다. 군수 출마 경선을 준비하던 시기였다. 장례도 허겁지겁 치르고 말았다. 어머니의 영정 앞에서 "죄송합니다"는 말이 목까지 차올랐지만 끝내 입 밖에 내지 못했다. 그 무거움은 지금도 내 안에 남아 있다.

그러나 한편으로 나는 알았다. 내가 지금 향하고 있는 길이 어머니가 바라던 길이라는 것을. 어머니는 늘 말했다. "번듯한 직장 하나 가져라. 사람답게 살아라."

아마도 어머니에게 공무원이 된다는 것은 자식이 홀로 설 수 있다는 증표였을 것이다. 만약 내가 그때 군수가 되어 지역을 위해 봉사했었다면, 어머니는 누구보다 환하게 웃으셨을 것 같다. 그 모습이 떠오를 때마다 나는 다시 힘이 난다.

삶의 이유는 사람마다 다르지만, 내가 선택한 이유는 분명했다. 단순히 살아지는 대로 사는 것이 아니라, 스스로 걸어가고 싶은 길을 향해 몸을 던지는 삶. 설령 실패하더라도 나의 의지로 한발 나아간 길이라면 후회가 남지 않는다. 어머니의 장례를 조금 더 정성스레 치르지 못한 죄송함은 지금도 남아 있다.

돌아보면 어머니야말로 베풀며 사신 분이었다. 가난했지만 없는 중에도 나누었다. 남은 밥 한 공기가 있으면 이웃에게 주었고, 자식이 먹는 모습을 보며 배고픔을 잊던 분이었다. 어머니의 말 없는 가르침은 결국 이것이었다.

가끔 한국과 미국을 오가며 지내는 친구 이정일은 내게 어머니가 해주시던 칼국수가 문득문득 생각난다고 말하곤 한다. 그리고 나는 제주에서 정일이 어머니를 만날 때마다 그 칼국수 이야기를 들으며 어머니의 따뜻한 이웃사랑을 느낀다.

"주는 삶이 결국 네 삶을 채워줄 것이다."

이제 나는 그 뜻을 조금은 알 것 같다. 누군가의 삶을 위해 온 마음을 다해 뛰는 일, 그것이 나에게 주어진 길이라면, 그 앞에서 머뭇거릴 이유는 없다. 어머니의 마지막 숨결 속에 담겨 있던 마음까지도 기억하며 오늘을 살아가고 싶다.

그리고 베푸는 삶 속에 진짜 행복이 있다는 것을. 그 가르침은 어머니가 남겨주신 마지막 선물임을 나는 안다.

   시처럼 걷고, 숲처럼 머물다 ───────

행복은 자신이 만든다

오래전부터 마음속에 품어 온 질문이 있다. 그것은 '어떻게 사는 것이 잘 사는 삶인가'라는 문제였다. 돈을 많이 벌어 부자가 되거나 명예를 얻거나, 권력을 쥐는 것이 과연 잘 사는 것일까. 이 질문 앞에서 나는 늘 고민해 왔다. 비록 돈도 명예도, 권력도 손에 쥐지는 못했지만, 나는 나름대로 분명한 삶의 목적을 가지고 살아왔다고 자부한다. 돌이켜보면 내 주변에는 돈이 많은 사람도 있었고, 권력을 지닌 이들과 함께한 시간도 있었다.

그건 바로 타인을 위한 삶을 살면서 그 안에서 행복을 느껴 왔다는 사실이다. 그렇다면 타인을 위한 삶이란 무엇일까. 바로 '베풂'이다.

어릴 때의 나는 유난히 남에게 지기 싫어했다. 돌이켜보면 그것은 나에 대한 자격지심과 열등감에서 비롯된 마음이었던 것 같다.

가난하다는 이유로 친구들에게 무시당할 때면, 나는 속으로 다짐하곤 했다.

"두고 봐라. 언젠가 내가 너희보다 더 훌륭한 사람이란 걸 눈으로 보여줄 거야."

하지만 세상은 만만하지 않았다. 이상하게도 하는 일마다 꼬이거나, 마음먹은 대로 풀리지 않는 것이 인생이라는 것을 확실히 깨달았다.

그런 생각을 바꾸어준 계기가 된 것은 바로 내가 국회의원 보좌관이 된 뒤였다. 이 자리는 나를 위한 삶이 아니라 누군가를 위해 헌신하는 자리였다. 남을 위해 무언가를 한다는 것보다 더 중요한 일이 없다는 걸 그제야 나는 깨닫게 되었다.

사람들은 무조건 일등을 강조하고 있다. 하지만 따지고 보면 영원한 일등은 없다. 아무리 똑똑하다고 해도 자기가 가진 그 재능을 남에게 도움을 주지 못한다면 그는 결코 인생에서 성공한 사람이 아니다. 명예를 얻는 것이나 권력을 얻는 것이나 돈을 버는 것도 마찬가지이다.

나는 국회 보좌관이 되면서 세상을 보는 눈을 다시 뜨게 된 것이나 다름없다. 고향 옥천을 걸을 때도 혹시 우리 주민들이 불편함이 없는지, 일일이 살펴보고 시정해야 할 것들이 있으면 의원이나 군수에게 건의하는 일도 일종의 '베품'이라는 생각을

 시처럼 걷고, 숲처럼 머물다 ————

했다.

돈을 버는 것도 그렇다. 옛날의 나는 오직 돈만을 생각해왔다. 하지만 요즘은 돈에 대한 미련은 손톱만큼도 없다. 돈에 집착하는 사람은 어느 정도 벌 지는 모르지만, 행복을 얻지 못한다. 삶의 진정한 행복은 물질에 있는 것이 아니라 마음의 행복에 있다.

성공한 사람들의 이야기를 듣다 보면 깨닫는 것이 많다. 그들은 돈을 벌기 위해서 일한 것이 아니라 일이 곧 행복임을 알고 열심히 일하다 보니 자신도 모르게 돈이 저절로 모여졌을 뿐이다.

이것은 누구보다도 정치인들이 깊이 새겨들어야 할 말이다. 태어나자마자 정치인이 되겠다는 사람은 없다. 그저 주어진 일을 열심히 하다가 보니 자신도 모르게 정치인이 되었다는 뜻이다.

사실은 나도 그렇다. 어릴 때부터 나는 내가 국회의원 보좌관이 되거나 군수가 되겠다는 생각을 한 번도 가져본 적이 없다. 그냥 국회의원에 출마한 선배를 돕다 보니 국회 보좌관이 되었고 정치의 길이 열려서 군수에 출마할 기회가 생겼을 뿐이고 출마했지만 실패했다.

대개 사람들은 '명예를 얻기 위해 정치'에 입문한다고 한다. 하지만 나에겐 용납되지 않는 말이다. 명예는 그냥 오는 게 아니라 헌신을 실천하지 않으면 오지 않는다. 열심히 살다 보면 저절로 따라오는 것이 명예다.

정치도 이와 같다. 지역 군민을 사랑하는 마음으로 열심히 일하다가 보면 자연스럽게 정치적 힘도 생기게 되는 것이다. 또한 남을 위해 베푸는 삶을 살다가 보면 자연스럽게 명예도 얻게 된다는 뜻이다. 나는 그런 생각으로 우리 옥천을 위해 열심히 최선을 다했던 것 뿐이다. 그렇다고 정치를 하고 싶어서 의도적으로 베푸는 삶을 살지는 않는다는 뜻이다.

 시처럼 걷고, 숲처럼 머물다 ————

훌륭한 정치인의 길이란

나는 오랫동안 마음속에 새기고 살아온 말이 있다.

"남에게 베풀고자 하는 마음을 가진 사람은 그 자체만으로도 이미 부자이며 훌륭한 사람이다."

정치는 결국 이 문장에서 출발한다. 세상 모든 위대한 발상은 개인의 욕심이 아니라, 세상을 더 이롭게 만들기 위한 마음에서 나왔다. 에디슨의 발명, 아인슈타인의 사유, 그리고 간디의 실천이 그렇다. 그들의 이력은 서로 달랐지만, 공통점은 자신을 위한 권력이나 편의를 좇지 않았다는 점이다. 그 희생과 헌신이 인류 발전을 가능하게 했다.

오늘날 우리가 사는 대한민국 역시 마찬가지다. 정치인이 자신의 권력을 위해 존재한다면 그 정치는 이미 실패한 정치다.

정치는 국민을 위해 쓰일 때 비로소 의미가 있다. 정책의 성패를 가르는 기준도 결국 국민의 삶에 도움이 되는가에 달려 있다. 그러므로 정치란 누군가에게 보탬이 되고자 하는 마음을 품은 사람이 맡아야 가능한 일이다.

이제는 정치의 방식 또한 달라져야 한다. 탁상에서 결정하던 시대는 끝났다. IT 강국 대한민국은 실시간으로 모든 정보가 공유되는 곳이 되었고, 누가 무엇을 하고 있는지 어린아이도 알 수 있는 사회에 우리는 살고 있다. 이 시대에 살아남는 정치는 공감과 공유, 개방과 소통이다.

국민의 목소리를 듣고 함께 정책을 만드는 정치, 열린 정치가 필요하다. 특히 지방자치는 더욱 그렇다. 지역단체는 더 이상 고립된 섬이 아니다. 도시와 농촌, 중심과 변방의 경계는 사라지고 있고, SNS를 통한 지역 간 정보 교류는 폭발적으로 확대되고 있다. 따라서 지방정부는 변화하는 환경을 읽고 능동적으로 대응해야 한다. 새로운 프로그램을 연구하고 정책을 실험하며, 지역의 삶을 바꾸는 경험을 주민과 공유해야 한다.

최근 일본에서 베스트셀러가 된 『가장 행복한 지역에 산다는 것』은 의미 있는 화두를 던진다. 스트레스가 적은 오키나와, 부채가 적은 히로시마, 장기근속 비율이 높은 야마가타, 교제비 지출이 가장 많은 나카노가 행복지수 상위 지역으로 꼽혔다.

여기서 주목해야 할 핵심은 GDP나 GNP 같은 규모 지표가 아니라 주민 스스로 느끼는 행복의 질이라는 점이다. 행복을

  시처럼 걷고, 숲처럼 머물다 ————

방해하는 요소를 분석한 결과는 더욱 명확하다. 과도한 스트레스, 가계 부채, 불안정한 일자리, 그리고 삶을 누릴 여유의 부족. 이 네 가지를 개선하면 지역의 행복도는 올라간다.

정책의 방향은 이미 제시되어 있는 셈이다. 이를 지역에 대입해 보면 분명한 과제가 보인다. 군민의 마음을 치유하는 힐링 공간, 농가 부채를 줄이는 지원정책, 안정적으로 일할 수 있는 산업기반, 그리고 원하는 일을 누릴 수 있는 문화 환경이다.

물론 이 모든 것을 단 한 번에 이룰 수는 없지만 우리 모두가 헤쳐나가야 할 일임은 분명하다.

행복한 지역은 행복한 가정에서 출발한다. 한 가정의 삶이 나아지면 지역의 경쟁력이 높아지고, 결국 국가는 더욱 튼튼해진다. 이제 우리가 추구해야 할 정치의 길은 분명하다. 권력을 향한 욕망이 아니라 국민 한 사람의 삶을 지키고 돌보는 일, 그것이 훌륭한 정치인이 걸어야 할 길이다.

점차 핵가족화되고 첨단화되는 사회 속에서 가정의 소중함과 사람 사이의 관계성은 더욱 절대적인 가치가 되고 있다. 특히 옥천이 살아남고 지속 가능한 지역으로 나아가기 위해서는 3대가 함께 살아갈 수 있는 전국 최고의 고장으로 변모해야 한다는 절실함 속에서 정책의 방향이 마련되어야 한다. 이는 행정의 과제가 아니라 지역과 함께 고민하고 만들어 가야 할 공동의 숙제다.

그래서 나는 군민 한 사람, 한 가정이 체감하는 행복의 온도가 곧 옥천의 경쟁력이라고 믿는다. 군민이 웃을 수 있는 도시, 작은 바람 하나도 정책으로 이어지는 도시, 삶이 존중받는 도시. 그것이야말로 훌륭한 정치인이 반드시 실현해야 할 가장 소중한 목표일 것이다.

거울과 나

나는 하루에도 몇 번씩 거울을 본다. 남자가 거울을 들여다보는 이유는 그리 특별하지 않다. 얼굴에 묻은 먼지를 털어내고, 흐트러진 머리를 바로잡고, 남들 앞에 설 때 흠이 보이지 않도록 살피기 위해서다.

하지만 내게 거울은 그보다 조금 더 깊은 의미로 다가온다. 단순히 외모를 정돈하는 시간을 넘어, 스스로의 마음을 가다듬는 순간이기 때문이다.

정장을 자주 입는 것도 같은 이유에서다. 단정함은 단순한 치장이 아니다. 어떤 일을 마주할 준비가 되어 있다는 조용한 다짐이 몸에 드러나는 모습이라고 생각한다. 사람들은 나에게 종종 "성실하게 생겼다."거나 "선량해 보인다."고 말한다.

솔직히 잘생겼다는 말을 듣는다면 기분 나쁠 이유는 없겠지만, 나는 그런 평가보다 다른 말들이 더 좋다. 특히 농부 같다는 이야기를 들을 때 가장 마음이 놓이고 기분이 좋아진다.

충청도 사투리, 그중에서도 옥천 사투리인 '그려, 할겨 말겨' 같은 촌스러운 말을 무심코 내뱉을 때면, 서울 친구들인 어광, 신중식, 윤광현 등은 호탕하게 웃으며 말한다.

"촌놈이네. 시골에서 태어나 자란 사람이라 자연스러운 거지."

그 말에 나는 변명하지 않는다. 그 말투와 웃음 속에 내가 살아온 시간이 그대로 담겨 있기 때문이다.

2018년 지방선거에 출마했던 때가 떠오른다. 나를 응원해주는 사람들이 많았다.

"옥천 사람은 옥천을 안다."

"보좌관 오래 했으니 군정을 잘할 거다."

격려는 한없이 따뜻했지만, 그만큼의 내 마음의 무게도 함께 실려 있었다. 하지만 결과는 낙선이었다. 나를 믿고 손잡아준 분들에게 미안한 마음이 들었다. 그러나 후회는 없었다. 할 수 있는 만큼 했고, 그 결과를 받아들이는 것 또한 나의 몫이었다.

민심은 천심이다. 선택의 주인은 군민이다. 길이 막히는 것처럼 보이는 순간에도 나는 방향을 잃지 않으려 애썼다. 다시 국회로 돌아가 보좌관 일을 이어 온 긴 시간 동안, 고향을 위해 할 수 있는 일을 묵묵히 해왔다. 그리고 그 시간은 내 마음의

 시처럼 걷고, 숲처럼 머물다 ───────

먼지를 털어내는 과정이기도 했다.

그래서 지금도 나는 거울 앞에 선다. 얼굴에 묻은 먼지는 물 티슈로도 지울 수 있지만 마음에 쌓이는 먼지는 그렇지 않다. 주민들을 만나고, 마을 곳곳을 걷고, 새벽마다 가끔 사찰을 찾는 이유도 같다. 마음이 괴롭거나 흔들릴 때 떠나온 초심을 다시 찾기 위한 길이다.

사람들은 여전히 나에 대해 이런저런 이야기를 한다.

"지역 사정을 잘 아는 사람이지."

칭찬도 있고, 우려도 있다. 하지만 나는 어느 쪽에도 머무르지 않으려 한다. 좋은 말은 격려로 듣고, 따가운 말은 점검의 기회로 삼는다. 결국 그것들은 같은 방향을 향해 있다. 지역과 사람들을 향한 더 나은 헌신을 요구하는 마음이다.

보좌관으로 일하며 나는 많은 것들을 내려놓았다. 지난 선거 과정에서 느꼈던 무력감, 감정의 갈등, 승부의 냉정함도 경험했다. 그 과정이 나를 더 단단하게 만들었고, 또한 나를 더 조심스럽게 만들었다. 정장을 껴입고 추운 바람 속으로 나설 때마다 아내는 외투 하나 더 걸치라며 웃곤 한다. 하지만 나는 그 웃음 속에 깊은 응원을 느낀다.

이렇듯 누구든지 말과 행동은 사람 앞에 서는 순간부터는 그 무게를 갖는다. 그래서 나는 불교에서 말하는 신구의 삼업을 잊지 않으려 한다. 몸과 입과 마음이 짓는 흔적을 조심해야 한다는 가르침이다.

한 스님께서 내게 이렇게 일러주었다.

"사람은 몸도 조심해야 하고, 마음도 조심해야 하고, 특히 입을 조심해야 하는 겨."

그 말은 지금도 내 안에서 오래 울린다. 상대를 깎아내리는 마음은 오래 가지 못하며 존중하지 않는 말투는 결코 사람의 마음에 닿지 않는다.

나는 늘 이런 마음으로 새벽마다 거울 앞에 선다. 먼저 내 얼굴을 보고, 마음을 본다. 오늘의 내가 무엇을 향하고 있는지 스스로에게 묻는다.

그러나 거울은 항상 같은 말을 내게 건넨다. 항상 겸손하고 초심을 잊지 말라고.

인연의 소중함

세상을 살아가는 일은 결국 수많은 인연 속을 걸어가는 한 여정이다. 우리는 매일 새로운 사람을 만나고, 작별하며 살아간다. 그러는 동안 마음속에 남는 인연도 있고 멀어지는 인연도 있다.

이상하게도 사람들은 자신에게 상처를 남긴 인연을 더 오래 기억한다. 이유는 알 수 없지만, 아픔이 기쁨보다 오래 흔적을 남기기 때문일 것이다. 그러나 돌이켜보면 내 삶을 빛낸 것은 악연보다 귀한 인연이었다.

사업을 시작할 때 힘이 되어주셨던 고故 강완식 사장님, JCI에서 만난 김남용 회장님, 도립대의 함승덕 총장님, 현장에서 묵묵히 지역을 일군 서원건설의 이철순 사장님, 청주 이상렬

회장님 그리고 지금 함께 길을 걷고 있는 박덕흠 국회의원이다. 그분들의 이름을 떠올릴 때마다 마음이 따뜻해지고 지금의 내가 여기까지 걸어올 수 있었던 이유를 실감하게 된다.

사람은 인연을 먹고 산다는 말이 있다. 그 누구도 혼자 힘으로 세상을 살아갈 수 없다. 나를 기억해 준 사람, 넘어질 때 잡아 준 손길, 마음을 나누어 준 이들 덕분에 우리는 살아간다. 그래서 인연을 귀하게 여기는 사람이 결국 성공한다는 말에 나는 전적으로 동의한다.

나의 철학은 단순하다. 모두를 사랑하고 감사하는 마음. 그것이 내게 주어진 복이며 앞으로도 지켜가고 싶은 삶의 태도다. 옥천이라는 지역은 더욱 그렇다. 지연과 학연이 촘촘히 이어지고 주민들은 서로를 속속들이 알고 지내며, 그 관계망 속에서 성장한 조직이 바로 JCI 옥천청년회의소였다.

그곳에서 나는 사회라는 바다로 처음 발을 내디뎠다. 서툴고 부족했던 시절, 김남용 회장님은 세상과 사람을 대하는 태도를 가르쳐 주셨다. 그분이 아니었다면 나는 지금의 나로 설 수 없었을 것이다.

좋은 인연을 얻기 위해서는 먼저 자신이 좋은 인연이 되어야 한다는 것을 나는 그때 배웠다. 겸손을 잃지 않는 태도, 타인의 이야기를 진심으로 듣는 마음, 상대의 처지를 헤아릴 줄 아는 감수성, 남의 아픔을 내 일처럼 받아들이는 자세. 믿음과 존경은 이런 마음의 기반 위에서 쌓인다는 사실을 김 회장님은 행

   시처럼 걷고, 숲처럼 머물다 ─────

동으로 보여주셨다.

나는 그 가르침을 교훈으로 삼았다. 사람은 자신의 의견이 다를지라도 타인의 말에 귀 기울일 줄 알아야 한다. 특히 정치인의 길을 선택한 지금, 타인의 의견을 듣지 않는 사람은 결코 성장할 수 없다는 것을 절감한다. 남의 말에서 단점을 찾기보다 의미를 발견하고, 비판 속에서도 배울 점을 찾는 태도가 필요하다. 때로 나를 힘들게 했던 이들도 결국 나를 단단하게 만든 스승이었다.

그렇게 생각하면 선연과 악연의 경계는 흐릿하다. 처음에는 상처처럼 느껴졌던 만남이 세월이 흐르면 오히려 나의 성장을 이끈 고마운 인연이 되기도 한다. 모든 인연에는 이유가 있고, 사람의 삶은 그 이유를 찾아가는 과정이다. 돌아보면 내가 그동안 만난 사람들은 모두 내 여정의 일부였다.

내가 인연을 구분하지 않고 모두 소중히 여기는 이유가 바로 여기에 있다. 앞으로도 나는 많은 사람을 만날 것이다. 어떤 인연은 잠시 스쳐가고, 어떤 인연은 오래 머물 것이다. 그 길 위에서 내가 더 좋은 인연이 되기 위해 노력할 것이다.

누군가에게 힘이 되는 사람, 마음을 열게 하는 사람, 삶의 한 페이지에 따뜻하게 남는 사람이 되고 싶다. 내가 받은 은혜를 또 다른 인연에게 돌려주며 살아가는 것. 그것이 내가 배운 인연의 진정한 의미이며 앞으로 내가 살아갈 방식이다.

나는 이런 옥천을 희망한다

　고향은 늘 현재보다 앞선 자리에서, 오래된 기억의 언어로 말을 건넨다. 옥천은 내게 그런 이름이다. 나는 지금까지 단 한 번도 이곳을 완전히 떠나본 적이 없다. 몸은 이곳에 머물러 있었지만, 마음은 늘 질문 앞에 서 있었다.

　이곳이 어떻게 발전해야 우리 군민들이 앞으로도 걱정 없이 삶을 이어갈 수 있을까, 하는 질문이다.

　그래서 내가 고향을 생각할 때마다 가장 먼저 떠오르는 것은 옥천의 산과 강, 익숙한 골목의 풍경이 아니라 이곳에서 살아가는 우리들의 내일이다. 아이들이 자라고, 청년이 머물며, 노년이 평화롭게 살아갈 수 있는 곳. 곧 옥천의 미래를 상상하는 일이기도 하다.

그동안 옥천에 살면서 나는 늘 아쉬움을 안고 지내왔다. 그것은 애정이 부족해서가 아니라, 옥천을 누구보다 사랑하기 때문이다.

옥천의 발전을 위해 무엇이 가장 필요할까? 이 질문은 늘 마음 한켠에 남아 있었다.

말로는 모두가 옥천을 '좋은 고향'이라 말한다. 그러나 현실은 그렇지 않다. 대청호라는 천혜의 아름다운 자연이 있음에도 상수원 보호라는 각종 규제는 오히려 옥천의 발전에 발목을 잡고 있다. 아름다운 환경이 발전에 제약이 되는 아이러니한 현실이다.

사실, 이러한 이유로 많은 이들이 옥천을 떠나고 있다. 그 현실 앞에서 나는 옥천 사람으로서 깊은 고민을 해왔다. 물론 이 고민이 나 혼자만의 것은 아닐 것이다. 옥천에 사는 사람이라면 누구나 한 번쯤 품어왔을 질문일 것이다.

나는 옥천이 떠났다가도 다시 돌아와 삶을 이어갈 수 있는 곳이기를 바란다. 청년들이 떠나지 않기 위해 애써야 하는 지역이 아니라, 굳이 떠날 이유가 없는 지역이어야 한다고 생각한다. 그 핵심에는 결국 일자리가 있다. 일자리는 생계만의 단순한 문제만이 아니다. 그것은 이곳에서 살아도 괜찮다는 이곳이 내 삶을 감당해 줄 수 있다는 최소한의 신뢰이기 때문이다.

교통 문제 역시 매우 중요하다. 교통은 단순한 편의가 아니라, 사람의 일상을 어디까지 확장할 수 있는지를 가늠하는 기

준이다. 특히 고령자가 많은 지역에서 이동의 불편함이 일상
이 된다면, 그 지역은 점점 삶의 반경을 잃게 된다. 아플 때 먼
도시로 나가야만 하는 현실 또한 당연한 것으로 받아들여지지
않기를 바란다. 또한 의료와 돌봄 시실은 선택의 문제가 아니
라, 지역이 갖춰야 할 최소한의 기본적인 삶의 조건이다.

농업을 바라보는 시선도 달라져야 한다고 생각한다. 농업이
생업이 아니라, 대대로 이어갈 수 있는 일로 자리잡을 때 지역
의 미래가 될 수 있다. 단기적인 지원이 아니라, 안정적인 소득
구조와 지속 가능한 기반 위에서 다음 세대가 농업을 삶의 한
방식으로 이어 나갈 수 있어야 한다.

관광과 지역 활성화 또한 같은 맥락에 있다. 행사를 열고 사
람이 몰리는 것보다 중요한 것은, 그 이후에도 지역이 살아 있
는가 하는 질문이다. 자연과 문화가 소비되지 않고, 일상속에
서 자연스럽게 축적되는 구조가 필요하다. 사람이 살기 좋은
곳이 먼저일 때, 찾고 싶은 관광지도 저절로 따라온다.

아이를 키우는 환경 역시 빼놓을 수 없다. 교육과 돌봄을 이
유로 고향을 떠나야만 하는 선택이 반복되지 않기를 바란다.
아이를 키운다는 이유로 지역을 포기하지 않아도 되는 곳, 그
것이 지속 가능한 지역의 최소 조건일 것이다.

이 모든 바람은 거창한 이상이 아니다. 옥천에 살고 있는 사
람이라면 누구나 한 번쯤 품어봤을 생각들이다. 빠른 변화보다
중요한 것은 이 지역이 얼마나 오래 사람의 삶을 품을 수 있느

냐는 질문이다. 성과를 앞세우기보다 사람을 먼저 바라보는 행
정, 속도보다 지속을 선택하는 정책이 필요하다.

　나는 이런 옥천을 희망한다. 누군가의 이름이 아니라, 누군
가의 삶이 중심이 되는 지역. 고향이라는 말이 여전히 따뜻하
게 불릴 수 있는 곳이 되기를 조용히 바라본다.

사필귀정 事必歸正

나는 가끔 시간이 나면 고전과 경전을 읽는다. 그중에서도 내가 가장 좋아하는 고사성어는 '사필귀정事必歸正'이다. 일 사事, 반드시 필必, 돌아올 귀歸, 바를 정正. 말 그대로 '올바르지 못한 것이 일시적으로 기승을 부린다 해도 결국은 바른 길로 돌아오게 된다'는 뜻이다.

돌아보면 지난 시간들은 나를 더욱 단단하게 만들었다. 국회의원 보좌관으로 수많은 자료를 읽고, 조정하고, 정리하면서 보낸 하루하루는 단순한 행정 경험이 아니었다. 옥천의 어느 마을에 누가 살며, 그들에게 어떤 사연이 있는지, 그리고 길 하나가 놓이기 위해 얼마나 많은 사람들의 목소리와 설득과 눈물이 쌓여야 하는지를 직접 확인하는 과정이었다.

나는 그 시간 동안 행정을 배운 것이 아니라, 사람을 배웠다. 특히 8년 전 지방선거에서 석패한 뒤, 늦은 밤까지 텅 빈 사무실에 홀로 남아 고민하던 기억은 여전히 생생하다. 때로는 괴로움에 숨이 막히기도 했고, 때로는 모든 것이 무의미하게 느껴질 때도 있었다. 그럴 때마다 가슴에 떠올랐던 말이 바로 '사필귀정'이었다. 눈앞의 길이 아무리 험하고 복잡해 보여도 결국 바른 방향으로 돌아갈 것이라는 믿음은 나를 흔들리지 않게 만드는 나침반이었다.

그리고 그 믿음을 확인시켜 준 사람들은 다름 아닌 옥천 군민들이었다. 내가 한 농가를 방문했을 때였다. 세월의 풍파를 고스란히 간직한 손을 가진 어르신이 내 손을 꼭 잡으며 조용히 말했다.

"우리가 이 나이에 누굴 믿겠소. 믿을 만한 사람 한 명만 있으면 되는 거지."

그 말은 한동안 잊히지 않았다. 사람은 결국 사람을 믿고 서로 기대며 살아가는 존재라는 사실. 화려한 정책자료보다 정치 현장의 소란스러운 말들보다, 묵묵히 쌓인 믿음이 훨씬 더 무겁다는 사실을 나는 그날 깨달았다.

생각해보면 나를 키운 것은 군민과 함께 한 평범한 일상의 순간들이었다.

군청 앞 버스정류장에서 한 시민에게 지역 예산 설명서를 손에 들고 설명하던 날, 마을회관 총회나 잔치에 들렀을 때 나눠

주신 커피 한 잔의 온기, 새벽 등굣길 인사를 건네는 아이들 옆을 지나며 느끼던 책임감. 그 소소한 순간 하나하나가 모여 지금의 나를 만들었다.

정치는 사실 거창한 구호나 멋진 문장으로 움직이지 않는다. 사람의 마음이 모이고 작은 선택들이 쌓여, 마침내 큰 변화를 만들어낸다.

그래서 나는 믿는다. 사필귀정은 단지 책 속의 고사성어가 아니라 지금도 우리가 사는 현실에서 끊임없이 작동하는 원리다. 기울어진 운동장은 언젠가 수평을 되찾고 진실은 침묵 끝에 반드시 제 목소리를 낸다. 여전히 나는 그 속에서 배우고 있다.

현장에서 무엇이 정말 필요한지 주민들이 원하는 변화가 무엇인지, 그리고 그 바램들을 어떻게 실현 가능하게 만들 수 있는지 말이다. 만약 나에게 더 큰 역할을 맡겨 준다면, 나는 그 자리에서도 같은 자세로 서 있을 것이다. 말보다 진심을, 명분보다 실천을, 화려한 구호보다 사람들의 삶을 보듬는 일을 선택할 것이다.

정치는 결국 누가 옳은 말을 했는가가 아니라, 누가 옳은 일을 했는가로 평가받아야 한다고 나는 믿는다. 그리고 언젠가 이 길을 다시 돌아보았을 때, 이렇게 말할 수 있기를 바란다.

"나는 내 시대를 부끄럽지 않게 걸었다."

그래서 오늘도 다시 다짐한다. 어떤 어려움이 닥쳐도 바른길을 가겠다고. 사람들과 함께 호흡하며 더 나은 내일을 준비하

 시처럼 걷고, 숲처럼 머물다 ——————

겠다고. 그리고 흔들릴 때마다 '사필귀정'이라는 네 글자를 마음 깊이 새기겠다고 말이다. 결국 모든 것은 제자리로 돌아온다. 그리고 그 길 끝에는 분명히 우리가 꿈꾸는 옥천의 미래가 있을 것이다.

만학의 기쁨

　나는 고등학교를 졸업하고 12년이 지난 후에 대학 졸업장을 받기 위해 다시 책을 잡았다. 그때 나는 세 아이의 아버지였다. 생활비는 빠듯했고 현실은 부담스러울 만큼 어려웠다.

　하지만 배움에 대한 갈증은 늘 내 마음속에서 들끓고 있었다. 지금 시작하지 않으면 평생 후회할 것 같은 마음이 다시 나를 책상 앞으로 데려왔다. 늦었다고 생각했던 순간이 오히려 내게는 가장 이른 출발점이었다.

　아내는 그런 내 손을 따뜻하게 잡아주었다.

　"당신이 하고 싶은 일을 하세요."

　그 말 한마디가 나에게는 큰 힘이 되었다.

　당시 옥천에서는 나와 비슷한 상황에서 늦은 공부를 시작하는 이들이 적지 않았다. 어려운 가정 형편 때문에 잠시 공부에 대한 미련을 내려놓았다가 다시 시작하는 친구들도 더러 있었다. 사실, 이런 어려움을 겪어보지 않은 사람들은 그 마음을 헤아리지 못한다.

오랫동안 손에서 놓았던 교과서를 다시 펼쳐 들고 입시 준비를 한다는 것은 말처럼 쉽지 않았다. 용기를 주는 친구도 있었지만, "그 나이에 대학이 무슨 소용이냐?"라며 비웃는 친구들도 있었다. 그러나 나는 조금도 흔들리지 않았다. 언젠가 내 아이가 "아버지는 대학도 안 나왔나요?"라고 묻는다면 뭐라고 대답할 것인가.

더구나 학원을 운영하고 가구점도 경영했기에 나는 더욱 체계적인 공부의 필요성을 느끼고 있었다. 자연스럽게 목표는 경영학과가 되었다. 그러나 실업계 출신인 탓에 수학과 과학은 높은 벽이었다. 그래서 과감히 수학은 내려놓고, 국어와 영어, 그리고 암기로 버티는 전략을 택했다. 명문대의 문턱을 넘겠다는 욕심은 애초부터 없었다. 내게 필요한 것은 간판보다 배움 그 자체였다. 그렇게 나는 한남대학교 경영학과에 어렵게 입학했다.

대학 생활은 예상보다 훨씬 좋았다. 나보다 한참 어린 학생들은 나를 친형처럼 따랐고, 교수님들은 늦은 나이에 다시 배움을 선택한 나를 애정 어린 시선으로 바라봐 주셨다.

학원 업무의 공백을 최소화하기 위해 주간과 야간을 오가며 수강시간표를 조정했고, 시험 준비가 부족해 F 학점을 받았던 적도 있었다. 계절학기를 통해 여름에도 겨울에도 틈을 내 강의를 들어야 했고, 옥천에서 대전으로 통학하며 학원 운영까지 병행하는 일상은 눈 깜짝할 사이 하루를 삼켜버리곤 했다.

어떤 날은 극심한 피로로 코피를 쏟기도 했지만, 그다음 날이면 나는 늘 다시 책상 앞에 앉아 있었다. 그럼에도 마음이 흔들리는 순간은 찾아왔다.

"졸업장이 무슨 소용이냐. 지금 하는 일이나 잘하지."

회의감이 파도처럼 밀려오던 날들도 있었다. 그럴 때마다 나에게 조언을 주셨던 노스님의 한마디는 가슴 깊은 곳에 불을 켜는 듯했다.

"배움은 나이에 있지 않네. 졸업장을 얻기 위해 대학을 다니는 게 아니라, 배우는 그 시간 자체로 이미 값진 것이지."

그 말은 오래된 어둠을 밀어내듯 나를 일으켜 세웠다. 결국 나는 깨달았다. 만학이란 이름 속에는 '늦음'이 아니라, 세월을 견뎌낸 사람만이 품을 수 있는 간절함이 숨어 있다는 것을 알았던 것이다.

돌이켜보면 그 배움의 시간은 나에게 결코 헛되지 않았다. 나중에는 국회의원 수석보좌관으로 일하게 되었고 어쩌면 그 자리에서 능력을 발휘할 수 있었던 힘은 모두 그 시절 책상 앞에서 쌓은 시간에서 온 것인지도 모른다. 학원 운영과 대학 생활까지 동시에 감당해야 했던 시간 속에서 아내가 흘린 땀과 마음까지 생각하면 지금도 가슴이 먹먹해진다.

나는 이제 안다. 만학은 늦게 배운다는 뜻이 아니다. 배우고자 하는 마음은 결코 늦지 않는다. 그리고 사람은 배움을 통해 다시 태어난다. 이제 나의 꿈은 내 개인의 성공을 넘어선다. 옥천 곳곳을 다니다 보면 글자를 몰라 표지판조차 읽지 못하시는 어르신들을 간혹 만난다.

배움의 기회조차 허락받지 못한 세대가 있다. 언젠가 나는 그분들을 위한 문해학교를 세우고 싶다. 할머니가 손주에게 편지를 쓰고, 할아버지가 신문을 읽으며 세상을 이해할 수 있도록 돕는 학교. 그것이야말로 진정한 배움의 완성이라고 나는 믿는다. 만학은 단지 늦게 출발했을 뿐이다. 그러나 그 끝은 누구보다 아름답다. 그리고 나는 오늘도 그 기쁨을 마음에 품는다.

고마워하는 삶

늘 입버릇처럼 내가 하는 말이 있다. 그것은 "고맙습니다"이다. 누군가가 이 세상에서 가장 아름다운 말 중 하나를 나에게 말하라고 한다면 이 한마디이다.

"고맙습니다"라는 말이 왜 가장 아름다운 말일까? 이 속에는 상대방에게 대한 존경심은 물론, "당신을 사랑한다"는 깊은 뜻이 내포되어 있다.

모두가 행복한 사회가 되려면 그 방법은 아주 간단하다.

입에 "고맙습니다"를 달고 살면 된다. 말을 하는 데는 돈이 들지 않고 힘이 들지 않는다. 빈말이라도 하라는 것이다.

그런데 사람들은 돈과 힘이 들지 않는 이 말을 왜 그토록 아끼는 것일까? "고맙습니다"라는 말이 넘치는 사회는 시기와 싸움이 일어나지 않는다. 서로 존중하고 사랑하는데 어떻게 반목과 대립이 있을 수 있겠는가.

편의점에서 조그마한 물품을 사고 받아도 "고맙습니다"라고 하고, 누군가가 나에게 조그마한 호의를 베풀었다면 "고맙습니다"라고 하고, 대중버스를 타고 내릴 때도 "고맙습니다"라고 하면 된다. 이렇듯 인간이 내뱉는 말 중에서 가장 따뜻한 말은 바로 "고맙습니다"이다.

과학자들은 사람의 뇌는 자신에게 친절한 사람을 잘 기억하는 원자구조로 되어 있다고 분석한 적이 있다. 그런데 지금 우리가 살고 있는 이 사회는 어떠한가? 눈만 뜨면 남을 헐뜯고 비난하는 게 예사이다. 옳은 것도 옳다고 하지 않고, 잘 된 것은 잘 되었다고 하지 않고, 무조건 흠집을 내려고 달려든다.

정치권이 더욱 그렇다. 여야興野가 싸우는 모습이 늘 TV에서 흘러나온다. 그러니 어찌 이 나라가 행복해지겠는가. 중심이 없는 저울처럼 마구 흔들리고 있는 것이다.

그러나 감사할 줄 아는 사람은 전혀 마음의 흔들림이 없다. 이런 사람을 두고 우리는 자기다움이 있는 사람이라고 한다. 매사에 정직하고 겸손하고 자기 자신이 가진 것에 감사하고 지금의 자신에게 감사할 줄 알고, 남에게도 감사할 줄 아는 사람이다.

지금 당신은 어떤 사람이 되고 싶은가. 이 세상은 자기 혼자만 살아가는 곳이 아니라 더불어 사는 곳이다. 모두가 자신에게 주어진 직분을 다할 때, 그 사회는 윤활유처럼 잘 돌아간다. 그렇지 못하고 반목과 대립이 늘 발생하는 사회는 오직 어두운 곳으로만 향할 뿐이다. 남을 배려하고 포용할 줄 모르는 사회는 결코 발전할 수 없다.

나는 내 아이들에게 항상 "고맙습니다"를 하루에 세 번씩 하라고 한다. 할 사람이 없으면 엄마, 아빠에게라도 날마다 하라고 시킨다. 학교를 오고 갈 때도 엄마에게 "잘 다녀오겠습니다. 고맙습니다."라고 가르친다. 그런 나를 아이들은 꼰대라고 하겠지만 그럴수록 아이들의 미래를 위해서라도 강요 아닌 강요를 한다. 이런 습관이 몸속에 배이게 되면 그들이 사회에 나가서도 그런 바른 마음을 가지게 될 것이다.

나는 지금껏 "고맙습니다"라는 말을 마음속에서 잊어본 적이 없고 허투루 한 적도 없다. 마을 어귀에서 어르신을 만나거나 마을 아주머니들을 만나도 "안녕하세요. 고맙습니다."를 먼저 한다. 그리고 누군가에 도움을 받았을 때는 "고맙습니다"라고 한다. 그러면 그분들은 빙그레 웃는다. 이 말을 듣는 사람의 마음은 얼마나 행복할까? 진정으로 내 마음이 행복해지고 싶다면 늘 감사하는 마음으로 살면 된다.

신중한 선택

　사람은 수없이 많은 선택을 하면서 살아간다. 그러나 그중에서도 인생의 방향을 바꾸는 선택은 언제나 조용하고, 오래 고민한 끝에 내려진다. 대개 그런 선택은 주변의 박수나 환호를 동반하지 않는다. 오히려 아무 일도 없었다는 듯, 일상의 틈에 스며들어 있다가 시간이 흐른 뒤에야 그 무게를 드러낸다.

　나의 삶을 뒤돌아보면 화려한 결단보다는 쉽게 포기하지 않겠다는 마음이 나를 여기까지 이끌어왔다. 그래서 지금에 와서야 비로소 말할 수 있다. 내 인생을 결정지은 신중한 선택은 하나의 직업이나 지위가 아니라, 어떤 태도로 살아갈 것인가에 대한 선택이었다.

　나는 그동안 여러 직업을 거치며 살아왔다. 초등학교 시절에는 새벽과 석양의 고요를 가르며 신문을 배달했고, 청년 시절에는 조폐공사 관성버스를 운전하며 하루를 시작하는 이들의 시간을 책임졌다. 학원을 운영하며 배움이 한 사람의 삶을 어떻게 바꾸는지 가까이에서 보았고, 기구점을 운영하며 지역 골목상권의 현실을 몸으로 겪었다. 각기 다른 자리, 다른 역할이었지만 그 모든 일의 중심에는 사람이 있었다. 새벽길에서 마주한 얼굴들, 버스에 오르던 직원들의 피곤한 표정, 공부 앞에서 흔들리던 학생들의 눈빛, 장사가 잘되지 않는 날의 한숨까지. 나는 그 현장 속에서 삶이 결코 추상적인 개념이 아니라는 사실을 배웠다.

당시에는 그저 생계를 위한 선택처럼 보였던 일들이 시간이 흐른 뒤에는 하나의 공통된 질문으로 이어졌다는 사실을 깨닫게 되었다. 이 사회는 어떻게 하면 조금 더 나아질 수 있는가. 사람들이 겪는 불편과 어려움은 어디에서 비롯되는가? 라는 질문이었다. 이 질문은 어느 날 갑자기 생겨난 것이 아니라, 반복되는 일상과 축적된 경험 속에서 자연스럽게 자라났다. 나는 늘 현장에 있었고, 그 현장은 언제나 제도와 정책의 그림자를 품고 있었다.

청년 시절 처음 '정치'라는 단어를 접했을 때, 그 의미를 정확히 알지는 못했다. 다만 그것이 사람의 삶과 깊이 연결된 영역이라는 감각만큼은 분명히 남아 있었다. 이후 국회의원 수석보좌관으로 일하며 정책과 제도가 현장에서 어떤 변화를 이끄

 시처럼 걷고, 숲처럼 머물다 ————

는지 가까이에서 지켜볼 수 있었다. 숫자로 보이던 예산이 실제 삶의 조건이 되고, 법이 누군가에게는 희망이 되거나 부담이 되는 과정을 반복해서 경험했다. 그 과정은 결코 단순하지 않았고, 언제나 선택의 연속이었다. 무엇을 우선할 것인가, 무엇을 감내할 것인가를 결정해야 했다. 그 시간 속에서 나는 정치가 단순한 권한의 문제가 아니라 신뢰와 책임의 문제라는 사실을 배웠다.

특히 고향 옥천은 내 선택의 기준이 되어왔다. 늘 곁에 있을 때는 당연했던 공간이었지만 멀어질수록 그 소중함은 더욱 또렷해졌다. 고향은 떠나서야 비로소 보이는 얼굴을 가지고 있었다. 그래서 나는 옥천과 관련된 일 앞에서는 언제나 신중해질 수밖에 없었다. 단기간의 성과보다 지속 가능성을, 빠른 결과보다 책임을 먼저 생각했다. 때로는 돌아가는 길을 택해야 했고, 때로는 결과를 장담할 수 없는 선택을 감수해야 했다. 그럼에도 멈추지 않았던 이유는 분명했다. 이 선택이 나 개인의 문제가 아니라, 공동의 삶과 이어져 있었기 때문이다. 한 번의 선택이 남길 흔적이 오래 이어질 수 있다는 사실을 알게 되었기 때문이다.

인생의 중요한 선택은 늘 두려움을 동반한다. 확신이 없으므로 신중해지고, 신중해지기 때문에 더 많은 고민이 필요하다. 나는 두려움을 없애는 선택보다 두려움을 안고 가는 선택이 결국 삶을 단단하게 만든다는 사실을 배웠다. 그래서 내 인생을 결정지은 가장 중요한 선택은 언제나 같은 방향을 향해 있었다. 책임을 회피하지 않겠다는 선택, 그리고 사람의 삶과 멀어지지 않겠다는 선택이었다. 그것은 언제나 쉬운 길이 아니었지만, 돌아봤을 때 부끄럽지 않은 길이었다.

정치는 꿈으로 완성되는 일이 아니다. 말보다 행동이, 의지보다 지속이 중요하다. 하루의 선택이 쌓여 태도가 되고 그 태도가 한 사람의 삶을 규정한다. 나는 지금도 선택의 순간마다 속도를 늦추고 그 선택이 남길 흔적을 먼저 생각하려 한다.

그러므로 신중한 선택이란 결국, 지금의 나를 설명하는 말이자 앞으로의 나를 규정하는 태도이기 때문이다. 그리고 나는 오늘도 그 선택을 이어가며 소란스럽지 않게 그러나 흔들림 없이 내 길을 걷고 있다.

 시처럼 걷고, 숲처럼 머물다 ───────

6장

내 인생의 버킷리스트

내 인생의 나침반

나는 특정 종교에 얽매이지 않지만, 굳이 말하자면 불자라고 할 수 있다. 삶에 지치거나 마음이 복잡할 때면 나는 절을 찾는다. 고즈넉한 산사山寺에서 스님들의 법문을 들을 때면, 내가 어디쯤 걷고 있는지 잠시 멈춰 되짚어볼 수 있기 때문이다.

그중 한 스님에게서 들은 가르침은 지금까지도 내 삶의 중심을 흔들림 없이 잡아주고 있다.

"성공하고 싶은가. 그렇다면 세상 모든 사람에게서 배워라. 좋은 사람이든 그렇지 않은 사람이든 가리지 말고."

그 말씀을 들었을 땐 의미를 제대로 이해하지 못했다. 그저 당연한 말인 듯 흘려보냈다. 그러나 시간이 지날수록 스님이 왜 그런 가르침을 주셨는지 알 것 같았다.

좋은 사람에게서는 바르게 사는 법을, 나쁜 사람에게서는 나쁜 길을 경계할 지혜를 배운다. 결국 이 세상에는 나에게 도움이 되지 않는 사람이 없다. 자연도, 아이도, 가난한 이도, 부유한 이도 심지어 도둑도 모두 스승이 될 수 있다.

불교 경전 『금강경』에는 네 가지 '상相'을 버리라는 가르침이 나온다. 아상我相은 내가 최고라는 마음, 인상人相은 너와 나를 구별하는 분별심, 중생상衆生相은 어리석은 고정관념, 수자상壽者相은 오래 살고 싶다는 집착을 말한다.

나는 이 중에서도 특히 아상과 인상에서 많은 깨달음을 얻었다. 명예가 높아질수록 재산이 늘수록, 일이 잘될수록 오히려 자신을 낮추고 남을 위하는 마음을 가져야 한다는 가르침을 체감하게 되었기 때문이다.

내가 잊지 못하는 일화가 있다.

절에서 우연히 받은 『스님의 생각』이라는 불교 에세이에서 읽은 이야기였다. 저자는 정법안 시인이었다.

어린 시절 가난으로 대학에 진학하지 못하고 전기기사가 된 청년이 있었다. 그는 대학을 졸업해 좋은 직장을 잡은 친구들과 자신을 비교하며 괴로워하다가 큰스님을 찾아갔다.

"자네 직업이 무엇인가?"

"가로등이 고장 나면 고치고, 전기가 나가면 수리하는 일을 합니다."

스님은 웃으며 말했다.

"그렇다면 자네는 이 세상에 광명을 전하는 사람이 아닌가?

어떻게 그런 훌륭한 일을 하며 스스로를 못난 사람이라 하겠나."

청년은 그날 큰 위안을 얻고 돌아갔고, 결국 이름 있는 전기 회사의 대표가 되었다고 한다.

나는 그 이야기를 읽으며 마치 나 자신을 바라보는 듯한 느낌을 받았다. 나 역시 평범한 일을 하며 스스로를 작다고 여겼던 시절이 있었기 때문이다.

그때 깨달았다. 세상에 귀하지 않은 직업은 없다. 청소부가 없다면 거리가 쓰레기로 뒤덮일 것이고, 전기기사가 없다면 밤길을 밝힐 수 없어 모두 위험에 빠질 것이다. 사회는 눈앞에 보이지 않는 수많은 노동과 땀방울 위에 서 있다.

그런 가르침을 따라, 나는 스님들을 찾고 법문을 듣는 시간을 소중히 여긴다. 사람의 삶은 모두 다르지만, 그 속에는 반드시 배울 점이 있다. 좋은 것은 본받고, 악한 것은 경계하며 내 마음을 단련하는 것이 곧 자기 수양의 길이기 때문이다.

큰스님이 어느 날 나에게 물었다.

"성공하고 싶은가?"

나는 머뭇거리며 대답했다.

"글쎄요… 돈을 많이 버는 것이 아닐까요?"

스님은 웃으며 고개를 저었다.

"돈을 멀리하면 돈이 온다네. 진짜 성공은 돈이 아니라 사람의 마음을 얻는 데에 있지."

그 말을 그때는 이해하지 못했다. 그런데 시간이 흐르며 알게 되었다. 나는 내 삶을 바꿔준 스승들을 만났고, 도움이 필요한 순간 문을 두드릴 수 있는 벗을 얻었다. 돈보다 소중한 마음의 자산이 쌓였다는 뜻이었다.

돌아보면, 나에게 인생의 방향을 열어준 첫 번째 스승은 고강완식 사장님이었다. 그가 손을 내밀어주지 않았다면 나는 지금의 길 위에 서 있지 못했을 것이다. 나는 그의 마음을 얻었고, 그는 내 인생의 지렛대가 되어주었다. 부처님오신날마다 그를 위해 등을 밝히는 이유다.

성공을 꿈꾸는 사람들은 많지만, 그 길을 올바르게 찾는 이들은 많지 않다. 그 과정에는 반드시 스승이 필요하다. 그리고 스승은 절에만 있는 것이 아니다. 매일 만나는 사람들과 어제의 실수와 오늘의 깨달음이 삶의 희로애락 모두가 나를 가르친다.

나는 지금도 남을 함부로 평가하지 않는다. 누구나 장점과 약점을 함께 지니고 있다. 장점은 배워 내 것으로 만들고, 단점은 반면교사로 삼으면 된다.

"사람의 마음을 얻으면 성공은 저절로 따라온다."

그 스님의 말은 이제 내 인생을 안내하는 나침반이 되었다.

   시처럼 걷고, 숲처럼 머물다

일체유심조 一體唯心造

내가 사는 옥천 근교에는 오래된 사찰들이 여럿 있다. 산자락에 기대어 조용히 자리를 지킨 그곳들은 바쁜 일상 속에서도 언제나 같은 표정으로 사람을 맞이한다. 몸과 마음이 유난히 무거울 때면 나는 그 사찰들 가운데 한 곳을 찾곤 했다.

그곳에는 늘 말수가 적고 눈빛이 따뜻한 노스님이 계셨다. 삶이 벼랑 끝에 선 듯 느껴질 때마다, 나는 그분 앞에서 잠시 숨을 고르곤 했다.

국회의원 수석보좌관으로 일하던 시절은 하루하루가 전쟁 같았다. 국회가 개원되면 대전에서 새벽 열차를 타고 여의도로 향했고 회기가 시작되면 철야 근무도 잦았다. 일정은 늘 겹쳤고, 해야 할 일은 끝이 없었다. 몸은 지쳐갔고 마음은 늘 다음 일을 재촉했다.

그러던 어느 날, 더는 버티기 어렵다는 생각이 들 정도로 나는 지쳐 있었다. 그날 나는 아내와 함께 노스님을 찾아뵙기로 했다. 단 하루라도 세상의 속도에서 벗어나고 싶었다.

사찰에 도착하니 맑은 공기가 먼저 맞아주었다. 그 공기만으로도 한결 숨이 트이는 느낌이었다. 스님을 뵙자마자 나는 무심코 말을 꺼냈다.

"스님, 그동안 너무 바빠서 찾아뵙지 못했습니다."

그러자 스님은 웃으며 손을 내저었다.

"어허, 죄송할 것까지야 있나. 이렇게 찾아온 것만 해도 고맙지. 그런데 말이야, 바쁘다는 말은 핑계일세. 국회의원 뒤치다꺼리하느라 바쁜 건 알지만, 결국 모든 건 마음의 문제야."

그 순간 나는 말문이 막혔다. 바쁘다는 말이 마치 변명처럼 느껴졌기 때문이다. 어쩌면 나는 늘 내 입장만 앞세우고 있었는지도 모른다. 보좌관으로 일하며 수많은 지역주민을 만났다. 그들의 요구와 민원, 사정을 듣고 정리해 국회의원과 지자체에 전달하는 것이 내 일이었다. 하지만 정작 내 삶에 대해서는 늘 '어쩔 수 없다'는 말로 스스로를 다그치고 있었던 것이다.

스님은 말없이 차를 따랐다. 다관에서 피어오르는 따뜻한 김과 은은한 차향이 요사채 안을 가득 채웠다. 오래간만에 느끼는 여유였다. 그때 스님이 다시 말을 이었다.

"보좌관 일은 할 만한가. 싫든 좋든 맡은 일이니 성실히 해야

 시처럼 걷고, 숲처럼 머물다 ————

지. 하지만 몸이 먼저야. 힘들다고 생각하지 말게. 모든 건 내 마음이 짓는 것이네. 불가에서 말하는 '일체유심조'라는 말이 있지. 세상만사가 다 내 마음이 만들어내는 거야."

그 말은 마치 가볍게 던진 농담 같았지만, 내 가슴에는 묵직하게 내려앉았다. 스님은 웃으며 덧붙였다.

"전 보좌관이 바쁜 것도, 힘든 것도 다 마음이 지어낸 거라네. 난들 그걸 어찌 알겠어. 하하."

결국 나는 그날 스님에게 제대로 한 방 얻어맞은 셈이었다. 우리는 그날 오랫동안 차를 마시며 다담을 나누었다. 말은 많지 않았지만, 그 침묵마저도 편안했다.

'일체유심조'는 대승불교의 핵심 사상으로, 《화엄경》의 요지로 알려져 있다. 이 말과 함께 늘 떠오르는 인물이 바로 원효대사다.

원효는 의상대사와 함께 당나라로 유학을 떠나던 길에 어느 무덤 앞에서 하룻밤을 보내게 된다. 밤중에 목이 말라 어둠 속에서 물을 마시고는 달게 갈증을 해소했다. 그러나 날이 밝아 확인해보니 그 물은 해골에 고여 있던 물이었다. 그 사실을 안 순간, 원효는 구역질과 함께 깊은 깨달음에 이르렀다고 한다. 사물에는 본래 깨끗함도 더러움도 없고, 모든 것은 마음이 만들어낸 것임을 깨달은 것이다.

그 이야기는 그날 스님의 말과 겹쳐 내 마음에 깊이 남았다. 나는 그날 하나의 문장을 마음속에 새겼다.

‘힘들다고 느끼는 것도 마음이요, 즐겁다고 느끼는 것도 마음이다. 결국 극락과 지옥은 내 마음에서 갈라진다.’

그날 이후 나는 삶을 대하는 태도를 조금씩 바꾸기 시작했다. 일이 사라진 것은 아니었고, 바쁨이 줄어든 것도 아니었다. 그러나 같은 상황을 바라보는 마음이 달라지자, 세상은 전혀 다른 얼굴을 보여주었다. 한 생각을 돌리면 길이 보였고, 마음을 다잡으면 일도 풀려갔다. 그래서 나는 지금도 마음이 흔들릴 때면 스님의 그 한마디를 떠올린다.

나는 왜 사는가

옥천 거리를 지나다 보면, 돌아가신 아버지의 따뜻한 호떡 냄새가 문득 떠오른다. 겨울 저녁, 장사를 마치고 팔다 남은 호떡을 비닐봉지에 담아 들고 오시던 아버지의 뒷모습은 언제나 느릿했고 그 손에는 늘 삶의 무게가 묻어 있었다.

불에 그을린 손등, 굳은살이 박힌 손마디. 그 거친 손으로 내 머리를 쓰다듬어 주시던 감촉은 지금도 선명하다. 말수가 많지 않았던 아버지는 삶을 설명하기보다 몸으로 견뎌내는 분이었다.

인생이 힘에 겹고 세상이 겨울처럼 차갑게 느껴질 때마다 나는 그 손을 떠올리며 버텨냈다. 누군가는 위로의 말을 찾고 누군가는 종교에 기대지만 나에게 아버지는 삶의 기준이자 버팀

목이었다. 아무 말 없이 삶을 이어가던 아버지의 성실함이 내 삶을 쉽게 포기하지 못하게 만들었다.

삶이 외로워질 때면 '나는 왜 사는가?'라는 질문이 늘 따라왔다. 이 질문은 철학책에서나 등장하는 거창한 물음이 아니라, 어느 날 갑자기 마음이 비어 있음을 깨닫는 순간 조용히 일어났다.

이럴 때마다 김종삼 시인의 「누군가 나에게 물었다」가 떠올랐다. 누군가가 그에게 "시가 무엇이냐"고 묻자, 시인은 "나는 모르겠다"고 답한다. 대신 그는 길 위에서 살아가는 평범하고도 선한 사람들, 노동을 마치고 집으로 돌아가는 사람들, 서로를 부축하며 하루를 견뎌내는 이들이 바로 시라고 말한다.

그 문장을 처음 읽었을 때, 나는 한동안 멈춰 서서 그 행간을 바라보았다. 시는 종이에 적힌 문장이 아니라, 살아 있는 사람들의 하루 속에 이미 존재하고 있다는 사실을 그때 비로소 깨달았다.

그래서 나도 길을 걸으며 가끔 중얼거린다. 누군가가 나에게 "시가 무엇입니까?"라고 묻는다면 이렇게 답하고 싶다. 이 땅에서 성실히 살아가는 사람들, 남모르게 책임을 다하고, 서로의 마음을 헤아리며 인정 한 줌을 나누는 사람들이 바로 시라고. 시는 특별한 언어가 아니라 삶의 태도이며, 시가 곧 삶이라고. 호떡을 굽던 아버지의 하루도, 새벽을 여는 환경미화원의 발걸음도, 아이의 손을 잡고 학교로 향하는 부모의 뒷모습도 모두 하나의 시라고 말하고 싶다.

물론, 삶은 언제나 시 같을 수는 없다. 때로는 지옥도 방불케 한다. 노력해도 나아지지 않는 날들이 있고, 이유 없이 무너지는 순간들도 있다. 선하게 살았다고 믿었는데 돌아오는 것이 상처일 때도 있다. 그럴 때 삶은 아름다운 문장이 아니라, 감당하기 어려운 질문처럼 다가온다.

그럼에도 세상은 마음먹기에 따라 달라 보인다. 힘든 삶을 지옥이라 생각하면 그뿐이지만, 같은 순간을 배움과 성장으로 바라본다면 그곳이 곧 극락이 될 수도 있다. 고통이 사라지지는 않지만, 그 고통이 나를 완전히 삼키도록 내버려두지 않는 태도는 선택할 수 있다. 아버지가 그랬듯, 묵묵히 하루를 살아내는 일이 때로는 가장 강한 삶일지도 모른다.

결국 세상은 내가 만들어내는 상像일지 모른다. 무엇을 보느냐에 따라, 무엇을 기억하느냐에 따라 삶의 얼굴은 달라진다. 나는 여전히 '왜 사는가'라는 질문에 완전한 답을 갖고 있지 않다.

다만 확실한 것은, 누군가의 하루가 되고, 누군가의 기억이 되며, 다음 세대에게 부끄럽지 않은 하루를 남기기 위해 살아간다는 것이다. 오늘도 옥천의 거리 어딘가에서 호떡 냄새처럼 따뜻한 삶의 흔적을 떠올리며, 그렇게 또 하루를 건너간다. 돌아보면 아버지의 삶이 바로 시였다.

정책은 어디에서 시작되는가

정치는 종종 제도와 숫자의 언어로 설명된다. 예산의 규모, 사업의 개수, 성과의 속도 같은 것들이다. 얼마나 많은 예산을 확보했는지 몇 개의 사업을 추진했는지, 임기 안에 무엇을 이루었는지가 정치의 성패를 가르는 기준처럼 이야기된다. 그러나 시간이 흐를수록 나는 정치의 본질이 그런 결과의 나열보다 훨씬 이전의 질문에서 시작된다는 사실을 알게 되었다. 정책은 무엇을 하느냐보다, 어떤 태도로 결정하느냐에서 먼저 완성된다.

정책은 선택의 결과다. 그리고 그 선택은 언제나 가치 판단을 동반한다. 무엇을 우선하고 무엇을 지킬 것이고 무엇을 잠시 미룰 것인가에 대한 판단이다. 모든 것을 동시에 선택할 수

 시처럼 걷고, 숲처럼 머물다 ——————

없는 현실에서 정책은 결국 포기의 순서를 정하는 일에 가깝다. 이때 정치가 가장 경계해야 할 것은 '효율'이라는 이름으로 정당화되는 편의다. 편의는 빠르지만, 신뢰를 남기지 않는다. 반면 원칙은 더디지만, 공동체가 다시 돌아올 수 있는 기준점을 남긴다. 정책의 속도가 아니라 방향이 중요한 이유가 여기에 있다.

나는 정치의 출발점이 투명성에 있다고 믿는다. 투명하다는 것은 모든 것을 무작정 공개한다는 의미가 아니다. 오히려 설명할 수 있는 결정만을 하겠다는 태도에 가깝다. 왜 이 선택을 했는지 다른 대안은 왜 배제되었는지 그 결정이 누구에게 어떤 영향을 미치는지 말할 수 있어야 한다. 과정이 명확하면 결과가 다소 아쉬워도 공동체는 이해할 수 있다. 그러나 과정이 생략되거나 숨겨지면 어떤 성과도 의심에서 자유로울 수 없다. 정책이 신뢰를 얻는 유일한 길은 언제나 그 길을 드러내 보이는 데 있다.

지역 정책은 더욱 그렇다. 지역은 통계보다 사람의 얼굴이 먼저 떠오르는 공간이기 때문이다. 숫자로는 미미해 보이는 한 줄의 예산이 누군가에게는 삶의 방향을 바꾸는 문제일 수 있다. 정책 하나가 일상의 반경을 바꾸고 행정의 말 한마디가 관계의 온도를 바꾼다. 그래서 지역 정책은 책상 위에서 완성되지 않는다. 현장에서 듣고 머물며 보고 반복해서 확인한 뒤에야 비로소 윤곽을 갖는다. 정책이란 결국 사람의 일상을 얼마나 존중하느냐에 대한 대답이다.

발전이라는 말 역시 다시 생각해볼 필요가 있다. 발전은 늘 더 많은 것을 짓는 일이 아니다. 이미 가진 가치를 어떻게 살릴 것인가에 대한 고민이 빠질 때, 발전은 쉽게 파괴로 변한다. 자연의 풍경, 문화의 기억, 오랜 시간 축적된 생활 방식은 한 번 훼손되면 되돌릴 수 없다. 정책은 미래를 향하지만, 과거에 대한 책임을 동시에 져야 한다. 지켜야 할 것을 지키지 못한 발전은 결국 사회적 비용으로 돌아온다.

나는 정책을 뿌리에 비유하고 싶다. 뿌리는 눈에 잘 띄지 않지만, 나무의 방향과 크기를 결정한다. 겉으로 화려한 정책보다 중요한 것은 그것이 어떤 가치에서 자라났는가 하는 점이다. 공정함을 뿌리로 삼은 정책은 시간이 지나도 쉽게 흔들리지 않는다. 공동체를 중심에 둔 정책은 정권이나 유행이 바뀌어도 생명력을 유지한다. 반대로 뿌리가 약한 정책은 처음엔 커 보일지 몰라도, 작은 충격에도 쉽게 무너진다.

그러므로 정치는 혼자 설계하는 기술이 아니라, 함께 조율하는 과정이다. 더 많이 말하는 사람이 아니라, 더 오래 듣는 사람이 정책을 만들 자격이 있다. 불편한 목소리를 외면하지 않고, 소수의 삶을 숫자로 축소하지 않으며, 당장의 성과보다 지속 가능성을 묻는 태도. 그것이 정책 철학의 핵심이라고 생각한다. 합의란 모두를 만족시키는 결론이 아니라, 최소한의 신뢰를 지켜내는 과정이기 때문이다.

 시처럼 걷고, 숲처럼 머물다

정책은 결국 사람을 닮는다. 투명한 사람이 만드는 정책은 설명할 수 있고 책임지는 사람이 설계한 정책은 오래간다. 정치가 신뢰를 회복하는 길은 거창한 구호에 있지 않다. 매 순간의 선택에서 원칙을 포기하지 않는 데 있다. 작은 결정 하나가 쌓여 정치의 얼굴을 만든다.

나는 지금도 나에게 묻는다. 이 결정은 떳떳한가, 이 과정은 설명 가능한가, 이 정책은 다시 사람의 삶으로 돌아가는가. 이 질문을 놓지 않는 한, 정치와 정책은 아직 길을 잃지 않았다고 믿는다. 그리고 그 물음 위에 세워진 정책만이 공동체의 미래를 지탱할 수 있다고 생각한다.

그래서 나는 국회 수석보좌관으로서 책상에 머무르기보다 지역을 알기 위해 현장을 찾았다. 골목을 걷고, 사람을 만나고, 반복되는 불편을 귀담아들었다. 그래야만 현실에 닿는 정책을 정치인들에게 바르게 건의할 수 있기 때문이다. 정책은 문서로 시작되지만 결국 개인의 삶으로 완성된다. 그 단순한 사실을 잊지 않는 것이 정치의 가장 기본적인 책임이라고 믿는다.

내 인생의 버킷리스트
─옥천에 바치는 다짐

'버킷리스트bucket list'라는 말이 있다. 죽기 전에 반드시 해보고 싶은 일을 뜻한다. 2007년, 아내와 함께 영화 「버킷리스트」를 보았던 기억이 난다.

평생을 묵묵히 일만 하며 살아온 정비사 카터와, 성공은 했지만 외로운 삶을 살아온 사업가 잭. 두 노인은 남은 생의 시간을 앞두고 각자의 꿈을 하나씩 실현해 간다. 공통점이라고는 앞만 보고 달려온 인생과, 그 끝이 머지않았다는 사실뿐이었다.

어느 날 두 사람은 익숙한 일상에서 벗어나 새로운 여정을 떠난다. 그 과정에서 비로소 삶의 기쁨과 자유를 마주하게 된다. 사람은 인생이 얼마 남지 않았을 때에야 비로소 자신에게 중요한 것이 무엇인지 묻게 되는지도 모른다.

영화를 보던 당시 나는 마흔이었다. 초반에는 담담히 보다가, 어느 순간 눈시울이 붉어졌다. 그리고 세월이 흘러 지금은 예순을 바라보고 있다. 인생의 절반을 지나온 시점에서, 문득 나 역시 같은 질문 앞에 서게 되었다.

'남은 시간 동안 나는 무엇을 위해 살아야 하는가.'

어느 날 고향 옥천의 대청호를 찾았다. 석양이 물 위에 번지던 그 순간, 지나온 세월이 파노라마처럼 떠올랐다.

젊은 시절의 나는 옥천을 떠나고 싶었다. 가난했고, 삶은 벅찼다. 그러나 멀어질수록 고향은 오히려 더 선명해졌다. 결국 나는 이곳을 떠나서는 온전히 살아갈 수 없는 사람이라는 사실을 깨달았다.

그때 다시 영화 「버킷리스트」가 떠올랐다. 남은 생을 어떻게 살 것인가. 개인의 성취를 넘어, 내가 살아온 이 지역을 위해 무엇을 남길 수 있을 것인가. 나는 수첩을 꺼내 조심스레 생각을 적어 내려갔다. 그리고 알게 되었다. 나의 버킷리스트는 결국 옥천의 미래와 맞닿아 있다는 사실을 깨달았던 것이다.

현재 옥천은 인구감소와 고령화라는 현실적인 과제 앞에 서 있다. 아이들은 자라면 떠날 것을 전제로 살아가고, 청년들은 기회를 찾아서 도시로 향한다. 농촌은 가난하고 도시는 풍요롭다는 오래된 인식은 여전히 지역을 옥죄고 있다. 이는 한 지역만의 문제가 아니라, 공동체 전체가 함께 고민해야 할 문제다.

그래서 나는 옥천이 앞으로 깊이 고민해 보아야 할 몇 가지 과제를 떠올리게 되었다.

첫째, 농업기술에 대한 조기 교육의 필요성이다. 농업을 배우고 싶어도 배울 기회가 없다면 농촌의 미래 역시 지속되기 어렵다. 청소년과 청년을 대상으로 한 체계적인 농업 교육 환경이 갖추어질 필요가 있다.

둘째, 대청호를 중심으로 한 지속 가능한 관광자원의 활용이다. 자연과 문화가 어우러진 공간은 지역의 새로운 가능성이 될 수 있다. 옥천이 지닌 지리적·환경적 장점을 어떻게 살릴 것인가는 중요한 과제다.

셋째, 옥천 고유 농산물의 발굴과 소득화다. 가격 경쟁만으로는 한계가 있다. 지역만의 특색 있는 농산물과 이를 뒷받침할 연구·교육 체계가 함께 고민되어야 한다.

넷째, '돌아오게 하는 지역'이 아니라 '떠나지 않아도 되는 지역'에 대한 상상이다. 도시보다 뒤처진 삶이 아니라, 안정적이고 존중받는 삶을 지역에서도 설계할 수 있어야 한다.

정치는 단기적인 성과보다 방향을 고민하는 일일 것이다. 당장의 박수보다, 시간이 흐른 뒤 의미가 남는 선택이 중요하다. 누군가 알아주지 않아도, 옳다고 믿는 길을 묵묵히 가야 한다.

내 인생의 버킷리스트는 거창하지 않다. 내가 살아온 경험과 시간, 그리고 남아 있는 마음을 고향 옥천을 이해하고 생각하는 데에 쓰는 것. 그 다짐을 끝까지 지켜내는 것. 그것이말로 내가 인생이 끝나기 전까지 스스로에게 부끄럽지 않게 지키고 싶은 약속이다.

 시처럼 걷고, 숲처럼 머물다

꿈의 그릇을 키우라
─옥천의 청년들을 생각하며

나는 세 아이의 아버지다. 바쁜 일상 속에서도 묵묵히 자신의 길을 찾아 성장해준 아이들에게 늘 고마운 마음을 품고 산다. 아이들에게 공부를 강요한 적은 없다. 각자의 삶은 결국 스스로 선택하고 개척해야 한다고 믿기 때문이다.

내가 어린 시절 신문을 돌려 학비를 마련했고, 공업계 고등학교에서 실습과 장학금에 의지해 학교를 마친 뒤 뒤늦게 대학에 다녔다는 이야기는 요즘 내 아이들에게는 공감보다 잔소리로 들릴지도 모른다. 시대는 달라졌고, 세대의 감수성 또한 크게 변했다.

내가 자라던 시절의 가난은 특별한 일이 아니었다. 가진 사람보다 없는 사람이 더 많았고, 서로의 부족함을 나누며 하루

하루를 버텨냈다. 배고프면 죽 한 그릇을 함께 나누었고, 힘든 일은 혼자가 아니라 함께 견뎠다. 그래서 나는 가난을 부끄러 움이 아닌 삶의 한 과정으로 받아들일 수 있었다.

그러나 오늘을 살아가는 청년들의 현실은 다르다. 도시와 농 촌의 격차는 애써 외면해도 분명히 체감되고, 교육과 생활의 조건 또한 크게 벌어져 있다. 이런 환경 속에서 많은 청년들이 더 넓은 기회를 찾아 고향을 떠나는 선택을 자연스럽게 떠올린 다. 이는 개인의 잘못이 아니라 구조와 여건의 문제일 것이다.

이런 현실 앞에서 내가 청년들에게 전하고 싶은 말은 하나다. "쉽지 않은 시간일수록, 스스로의 꿈을 담을 그릇을 키워가 기를 바란다."

꿈을 품은 시간과 그렇지 않은 시간은, 지나고 보면 분명한 차이를 만든다. 나 역시 수많은 좌절을 겪었지만, 포기하지 않 았던 경험들이 결국 오늘의 나를 만들었다. 적어도 한 가지는 분명하다. 꿈은 사람을 버티게 하고, 방향을 잃지 않게 한다.

다만 꿈은 개인의 의지만으로 자라지 않는다. 사람이 살아가 는 터전과 환경 또한 중요한 몫을 한다. 그런 점에서 한 지역의 미래는 그곳에서 살아가는 사람들의 성장 과정과 닮아 있다.

사람의 삶을 소년기, 청년기, 중년기, 노년기로 나눈다면, 청 년기는 가장 불안하고 고된 시기일 것이다. 배우고 준비하며, 수많은 시행착오를 겪어야 하기 때문이다. 지역 또한 마찬가지 다. 변화와 도약을 준비하는 과정은 늘 쉽지 않다.

     시처럼 걷고, 숲처럼 머물다 ──────

그래서 필요한 것은 조급함보다 차분한 고민일 것이다. 막연한 기대보다는 지역의 여건과 특성을 차근차근 돌아보고, 사람들이 안정적으로 살아갈 수 있는 기반이 무엇인지 계속해서 질문하는 일이다. 청년들이 자신의 삶을 설계할 수 있는 선택지가 조금이라도 넓어질 수 있도록, 사회 전체가 지혜를 모아야 할 때이기도 하다.

나는 고향을 바라보는 마음이, 아이들의 미래를 생각하는 마음과 크게 다르지 않다고 느낀다. 과거의 어려움이 반복되기를 바라지 않듯, 다음 세대에는 조금 더 단단한 내일이 이어지기를 바란다.

아무리 개인이 큰 꿈을 품어도, 그것을 담아낼 그릇이 너무 얕다면 쉽게 넘치거나 말라버릴 수 있다. 깊이 있는 그릇에 물이 고이듯, 지역과 사회 역시 시간을 들여 신뢰와 가능성을 쌓아가야 한다.

오늘의 옥천은 아직 완성된 모습이 아니라, 성장의 과정에 놓여 있는 공간일 것이다. 그 깊이를 만들어가는 일은 특정 누군가의 몫이 아니라, 이곳에서 살아가는 모두의 몫일 것이다.

청년이 떠나지 않아도 괜찮은 곳, 언젠가 다시 돌아와도 낯설지 않은 곳. 그런 고장을 꿈꾸는 마음만은 누구에게나 허락된 소망일 것이다.

고향 옥천에 빛진 사람이 되지 말자

나는 옥천에서 태어나 옥천에서 자랐고, 지금도 이곳에서 살아가고 있다. 옥천은 단순히 주소지로 표시되는 생활의 터전이 아니라, 나라는 사람을 길러낸 공동체다. 이 지역의 품 안에서 성장했고, 군민들이 함께 만들어 온 제도와 관계, 그리고 보이지 않는 사회적 신뢰 위에서 오늘의 삶을 이어오고 있다. 그래서 옥천을 떠올릴 때마다 가장 먼저 떠오르는 감정은 자부심보다도 책임감이다.

사람들은 흔히 성공을 부나 명예, 혹은 사회적 지위의 높낮이로 판단한다. 그러나 그런 기준만으로 한 사람의 삶을 온전히 설명하기는 어렵다. 진정한 성공은 얼마나 많은 신뢰를 쌓았는가, 그리고 그 신뢰에 어떻게 응답해 왔는가에 달려 있다

 시처럼 걷고, 숲처럼 머물다 ────────

고 나는 믿는다. 인간은 혼자 살아갈 수 없고, 사회는 언제나 서로의 몫 위에 세워진다. 개인의 성취 역시 공동체라는 토대 없이는 성립할 수 없다.

정치 또한 예외가 아니다. 정치의 본래 자리는 봉사와 책임에 있다. 그러나 우리의 정치 현실을 돌아보면, 그 자리가 언제부터인가 성취의 증명이나 권력의 획득으로 오해되어 온 측면도 적지 않다. 말과 행동 사이의 간극, 약속과 실천의 불일치는 정치에 대한 불신으로 이어졌고, 그 불신은 다시 공동체의 상처로 남아 왔다.

오늘날 정치가 변화해야 한다는 요구가 커지는 이유도 여기에 있다. 시민의 눈높이는 높아졌고, 정치에 기대하는 역할 또한 분명해졌다. 특히 지역 행정과 풀뿌리 민주주의의 영역에서는 거창한 구호보다 주민의 삶 가까이에서 문제를 바라보는 시선이 필요하다. 일상의 불편과 고통을 섬세하게 살피고, 작은 목소리에도 귀를 기울이는 태도야말로 지역 정치의 출발점일 것이다.

정치의 본질을 돌아보게 하는 말들은 오래전부터 존재해 왔다. 미국의 석유 재벌 록펠러는 "돈을 벌고 싶다면 돈을 생각하지 말라"고 말했다고 전해진다. 눈앞의 이익만을 좇기보다 자신에게 주어진 역할에 충실할 때 결과는 자연스럽게 따라온다는 뜻일 것이다. 정치 역시 목적이 아니라 과정과 태도로 평가받아야 한다. 무엇을 이루었는가보다, 어떤 자세로 임했는가가 더 오래 기억된다.

공적인 자리는 개인의 능력만으로 만들어지지 않는다. 그것은 사회의 신뢰와 공동체의 기대가 모여 형성된 자리다. 그 자리에 선 사람은 언제나 자신이 홀로 그 자리에 오른 것이 아님을 기억해야 한다. 보이지 않는 수많은 사람들의 노력과 인내, 그리고 양보가 그 기반이 되었음을 잊지 않을 때 비로소 공공의 역할은 분명해진다.

우리는 흔히 '빚'을 물질적인 개념으로만 생각한다. 그러나 공동체에 대한 빚은 눈에 보이지 않기에 오히려 더 무겁다. 개인의 성취 뒤에는 늘 사회의 토대가 존재하고, 누군가의 기회는 또 다른 누군가의 책임 위에서 가능해진다. 그래서 많은 이들이 자신이 받은 혜택을 사회에 되돌려주려 애쓴다. 그것은 시혜가 아니라, 당연한 응답이며 책임이다.

지역 사회 역시 마찬가지다. 공적인 역할을 맡은 사람일수록, 자신이 지역주민들에게 빚을 지고 있다는 인식에서 출발해야 한다. 그 빚은 말로 갚을 수 있는 것이 아니다. 태도와 실천, 그리고 스스로를 낮추는 자세로만 조금씩 갚아갈 수 있다.

옥천은 나에게 그런 의미의 빚을 안겨준 곳이다. 이곳에서 받은 신뢰와 배려, 그리고 삶의 기회는 결코 가볍지 않다. 그 빚을 잊지 않고 살아가는 일, 공동체 앞에서 늘 겸손한 자세를 잃지 않는 일, 그것이 내가 스스로에게 부여한 삶의 기준이다.

정치는 결국 자리를 차지하는 일이 아니라, 자리를 낮추는

　　시처럼 걷고, 숲처럼 머물다 ————

일이다. 책임을 앞세우고 공동체를 먼저 생각하는 태도야말로 공적인 삶의 출발점이다. 옥천이라는 이름 앞에서 빚진 사람으로 남지 않기 위해 '나는 이 공동체에 무엇으로 응답하고 있는가.' 오늘도 나는 이 질문을 마음에 품는다.

내 인생의 징검돌

어린 시절 우리 마을 냇가에는 비가 오면 사라지는 징검돌이 있었다. 어느 날 아버지와 함께 냇가를 건너게 되었는데, 나는 가볍게 뛰어넘었지만, 아버지는 바지를 걷고 큰 돌을 하나둘 옮겨 징검돌을 만들기 시작하셨다.

"아버지, 그냥 오시면 되잖아요."

그러자 아버지는 웃으며 말씀하셨다.

"너만 건너면 되는 게 아니다. 네 어머니도, 동생도, 동네 어르신들도 건너야지."

그때의 나는 '남을 위한 마음'이 무엇인지 알지 못했다. 시간이 흐른 뒤에야 깨달았다. 아버지는 늘 자신의 편의보다 다른 사람의 길을 먼저 생각하셨다는 것을. 그것이 아버지가 살아오신 방식이었고, 삶의 태도였다.

아버지는 젊은 시절 전쟁을 겪은 분이었다. 그래서인지 사람 사이의 연대와 책임을 가장 중요하게 여기셨다. 어르신 앞에서는 공손했고, 아이들 앞에서는 늘 허리를 낮추셨다. 지금도 냇가를 떠올리면 가장 먼저 생각나는 장면은, 말없이 돌을 옮기던 아버지의 뒷모습이다.

세월이 흐르며 나는 또 하나를 알게 되었다. 인생에도 징검돌이 놓이는 순간이 있다는 사실이다. 그러나 그것은 우연히 주어지는 것이 아니었다. 마음과 태도가 준비된 사람 앞에, 조용히 모습을 드러낸다. 징검돌은 누군가 대신 만들어주는 것이 아니라, 스스로 준비했을 때 비로소 건널 수 있게 된다.

나의 사회적 첫걸음 또한 그런 징검돌 위에서 시작되었다. 여러 어른과 선배들로부터 조언과 기회를 얻으며, 나는 조직과 공동체 속에서 일하는 법을 배웠다. 만약 그 시간들이 없었다면, 세상을 바라보는 눈 역시 지금과는 달랐을 것이다.

그 이후 나는 책상 앞에만 머무르지 않으려 애썼다. 법과 제도를 공부하는 한편, 사람들의 이야기를 직접 듣고자 했다. 말로 설계한 생각보다, 현장에서 체감한 현실이 더 오래 남는다는 것을 그때 알게 되었다.

삶의 전환점마다 나를 붙잡아준 문장들도 있다. 불경에서 읽은 한 이야기 중에는, 스스로 빠져나올 기회를 외면한 채 고집을 부리다 끝내 생을 마친 사람의 이야기가 나온다. 손을 내밀면 될 일을, 자신의 생각만 옳다고 믿었던 결과였다.

그 이야기는 내게 오래 남았다. 기회는 주어지는 것이 아니라, 받아들일 준비가 되었을 때 비로소 의미가 생긴다는 것. 도움을 받아들이는 일 역시 스스로의 결단이라는 것이다.

돌이켜보면 나 또한 매우 고집스러웠다. 환경을 탓했고, 형편을 원망했으며, 이루지 못한 일들을 남의 책임으로 돌리기도 했다. 그러나 시간이 지나 깨달았다. 문제는 환경이 아니라, 내 마음이었다는 사실이다.

조금씩 태도를 바꾸자, 발밑에 놓인 돌들이 보이기 시작했다. 누군가 건네준 조언, 기다려준 시간, 묵묵히 응원해준 시선들이 하나의 징검돌이 되어주었다. 그 돌들을 디디며 나는 조금씩 냇가를 건널 수 있었다.

그리고 어느 순간, 이제는 나도 누군가를 위해 징검돌 하나쯤은 놓을 수 있는 사람이 되고 싶다는 생각을 했다.

이 세상은 혼자 건너는 냇가가 아니다. 먼저 건넌 사람이라면, 뒤따르는 이들이 넘어지지 않도록 돌 하나쯤 옮겨둘 책임이 있다. 기회란 스스로 준비하는 것이기도 하고, 조용히 다음 사람에게 건네는 것이기도 하다.

지금도 나는 여전히 배우고 있는 사람이다. 다만 언젠가 누군가의 발걸음이 잠시 머물 수 있는 자리를 내어줄 수 있다면 그것만으로도 충분하다고 생각한다.

인생의 냇가 앞에서 망설이고 있는 이들에게 말하고 싶다.

   시처럼 걷고, 숲처럼 머물다 ————

용기 있게 한 발 내딛는 마음, 도움을 받아들일 수 있는 겸손, 그리고 스스로를 준비시키는 시간. 그 세 가지가 있다면 누구의 삶 앞에도 징검돌은 반드시 나타난다.

실패보다 더 위험한 것은 좌절이다

돌이켜보면 지금까지의 삶을 '성공'과 '실패'로 재단하는 일은 그다지 큰 의미가 없어 보인다. 육십여 년 남짓한 인생을 스스로 평가하는 것 자체가 어쩌면 성급한 판단일지도 모른다. 다만 분명한 사실 하나는, 성찰 없는 삶에는 앞으로 나아갈 힘도 방향도 생기기 어렵다는 점이다.

자신이 지나온 길을 되돌아보는 일은 곧 반성의 시간이다. 그 과정 없이 과거를 지운 채 미래만을 이야기하는 것은 마치 허공 위를 걷는 것과 다르지 않다. 인생은 실패 속에서 배우고, 넘어짐을 통해 다시 일어서는 축적의 과정임을 우리는 시간이 흐른 뒤에야 비로소 깨닫게 된다.

겉으로 보기에 성취를 이루었다 하더라도 그것이 곧 성공한 인생을 의미하지는 않는다. 부나 명예가 삶의 기준이 될 수 없듯, 한 인간의 가치는 무엇을 이루었는가보다 어떻게 살아왔는가에 의해 더 분명해진다. 삶은 타인의 평가로 완성되지 않는다. 스스로에게 부끄럽지 않은 태도, 그것이 삶의 품격이자 진정한 의미의 성공일 것이다.

그렇기에 세속적 기준에 기대어 성공과 실패를 나누는 일은 공허하게 느껴진다. 사람은 그보다 더 깊은 가치를 향해 살아간다. 긴 시간의 방황과 질문 또한 그 가치를 찾기 위한 과정이었을지 모른다. 중요한 것은 지금 서 있는 자리에서 삶을 어떻게 다시 해석하고 의미를 부여하느냐이다.

사람은 누구나 자신이 태어나고 자란 공간과 무관하지 않다. 고향은 단순한 지명이 아니라, 삶의 기억과 관계, 정서가 겹겹이 쌓인 자리다. 그 공간이 더 살기 좋은 곳이 되기를 바라는 마음은 특정한 목적 이전에 자연스러운 애정에 가깝다. 개인의 성취보다 공동체의 온기가 삶을 더 단단하게 만든다는 사실을 많은 이들이 경험을 통해 알게 된다.

그러나 지역과 사회가 마주한 현실은 녹록지 않다. 문제를 외면하거나 남의 책임으로만 돌린다면 아무것도 바뀌지 않는다. 비록 당장 넘기 어려운 벽처럼 보이더라도, 포기하지 않고 방법을 찾으려는 태도 자체가 사회를 지탱하는 힘이 된다. 결과가 늘 기대에 미치지 못하더라도, 시도와 성찰은 헛되지 않다.

인생의 길에는 자갈밭도 있고 진흙탕도 있으며, 잠시 평탄한 구간도 있다. 그 모든 길이 모여 한 사람의 삶을 이룬다. 걸어온 시간을 부정하는 순간 삶 전체가 흔들린다. 실패를 딛고 다시 나아갈 때 비로소 경험은 축적되고, 그 위에서 새로운 희망이 자란다.

오늘의 대한민국 사회에서 젊은 세대가 느끼는 좌절은 개인의 문제가 아니다. 취업난과 불안정한 미래, 주거와 생계의 부담은 한 세대 전체를 주저앉히고 있다. 과거의 경험으로 현재를 단순 비교하기에는 시대의 조건이 크게 달라졌다. 미래가 보이지 않는다는 감각은 사회가 함께 마주해야 할 질문이다.

특히 지역 사회에서 이러한 현실은 더욱 선명하게 드러난다. 떠남은 선택이 아니라 생존이 되는 경우가 많다. 이는 특정 지역의 문제가 아니라, 지속 가능한 공동체에 대한 사회 전체의 과제이기도 하다. 사람이 머물 수 있는 이유를 만드는 일은 결국 구조와 환경, 그리고 태도의 문제다.

그래서 다시 돌아보게 된다. 실패 그 자체보다 더 위험한 것은 좌절이라는 사실을. 실패는 경험으로 남지만, 좌절은 움직임을 멈추게 한다. 좌절이 깊어질수록 개인도 공동체도 미래를 이야기할 힘을 잃는다. 실패를 견딜 수 있는 사회, 다시 일어설 여지를 남기는 공동체야말로 지속될 수 있다.

앞으로의 삶 역시 예외는 아닐 것이다. 길이 멀고 험하더라도 중요한 것은 멈추지 않는 자세다. 흔들릴 수는 있어도 좌절하지 않는 것, 실패를 삶의 일부로 받아들이는 것. 그것이 한

사람의 삶을 지탱하고, 공동체를 다시 움직이게 만드는 힘이
다. 좌절하지 않는 삶, 그것이 우리가 함께 지켜야 할 가장 기
본적인 가치일 것이다.

관운은 저절로 오는 것이 아니다

나는 옥천공고 재학 시절 건축설계기능사 자격을 취득했다. 지금도 가끔 그 시절을 떠올린다. 그 자격증이 지금의 나에게 어떤 의미를 갖는지 스스로에게 묻곤 하지만, 막상 새로 지어지는 건물들을 바라보면 무심코 이런 생각이 든다.

'이 공간은 이렇게 설계하면 좋았을 텐데, 저 부분은 조금 다르게 구성해도 괜찮지 않았을까.'

짧게는 몇 달 남짓이었지만, 설계사무소에서 보냈던 시간은 여전히 내 삶의 한 자리를 차지하고 있다. 당시 장착용액을 사용한 청사진 설계도를 뽑던 한 청년의 하루는 그렇게 흘러갔고, 그 경험은 지금까지도 내 생각의 바탕이 되어 남아 있다.

삶은 종종 단절된 선택처럼 보이지만, 돌아보면 하나의 길로

 시처럼 걷고, 숲처럼 머물다 ——————

이어져 있다.

사람들은 흔히 어떤 자리에 이르게 된 일을 두고 '운'이라고 말한다. 하지만 나는 그 말속에 담기지 않는 시간들이 있다고 생각한다. 묵묵히 버텨온 날들, 남들이 보지 않는 자리에서 쌓인 경험들 말이다. 성실함 없이는 어떤 길도 오래 지속되기 어렵다.

성장 과정에서 나보다 형편이 나았거나 공부를 더 잘했던 이들 가운데, 여전히 나를 과거의 모습으로 기억하는 사람들도 있다.

"운이 좋았다"는 말이 때로는 가볍게, 때로는 빈정거림처럼 들리기도 한다.

그러나 나는 그 시선을 탓하지 않는다. 사람의 기억은 멈춰 있지만, 시간은 계속 흐르기 때문이다. 그들이 기억하는 나는 여전히 '호떡집 아들'일지 모르지만, 그 사이에는 수십 년의 시간이 차곡차곡 쌓여 있다.

얼마 전 모교인 삼양초등학교를 찾았을 때, 낮고 작은 책상과 의자를 보는 순간 마음이 문득 저려 왔다. 그 자리에 앉으면 어린 시절로 돌아갈 수 있을 것만 같았다.

그때 한 아이가 다가와 물었다.

"아저씨는 뭐 하는 분이세요?"

나는 잠시 웃으며 망설였다. 내 일을 설명하는 말보다, 그 아이에게 더 전하고 싶은 말이 있었기 때문이다.

"열심히 공부해라. 그러면 훌륭한 사람이 될 수 있어."

그러자 아이는 다시 물었다.

"훌륭한 사람은 어떤 사람이에요?"

그 질문 앞에서 나는 쉽게 답하지 못했다.

'훌륭함'이란 무엇일까. 시대마다, 사람마다 그 의미는 달라진다.

어린 시절의 나는 가난을 벗어나고 싶었고, 자라서는 안정된 삶을 꿈꾸었다. 그리고 지금은 주어진 자리에서 맡은 역할을 다하고자 애쓰고 있다. 그렇다면 나는 과연 훌륭한 사람이 되었을까. 그 질문은 여전히 내 마음속에 남아 있다.

어쩌면 이 이야기의 주인공은 내가 아니라, 그날 만났던 그 아이일지도 모른다. 우리의 미래는 늘 다음 세대의 어깨 위에 놓여 있다. 내가 할 수 있는 일은 그 아이들이 조금 더 넓은 세상으로 나아갈 수 있도록, 각자의 자리에서 책임을 다하는 것뿐이다. 그래서 오늘도 나는 주어진 일 앞에서 성실하려 애쓴다.

세상은 혼자서 살아가기 어렵다. 서로 기대고 연결될 때 우리는 더 멀리 갈 수 있다. 그런 생각을 할 때마다 떠오르는 시가 있다.

도종환 시인의 「담쟁이」다.

"담쟁이는 넘을 수 없는 벽이라 말할 때/ 서두르지 않고 한 뼘씩 /여럿이 함께 그 벽을 오른다."

벽은 늘 존재한다. 그러나 손을 맞잡는 순간, 그 벽은 더 이상 절망의 대상이 아니라 가능성의 경계가 된다. 우리의 삶 또한 그러하리라, 나는 그렇게 믿고 있다.

 시처럼 걷고, 숲처럼 머물다 —————

한 장의 따뜻한 편지

　오래전 나는 초등학교 친구에게서 우정이 담긴 편지 한 통을 받았다. 국회 보좌관으로 바쁘게 지내며 집을 나서거나 돌아올 때마다 그 편지를 꺼내 읽곤 하는데, 짧지만 친구의 따뜻한 마음이 담긴 문장들이 큰 위로가 되어준다.

　그 편지를 그대로 옮겨본다.

　겨울답지 않게 따뜻하던 날씨가 며칠 사이 매서운 한파로 변하더니 여전히 추위가 가시지 않는다.

　이런 날이면 친구는 잘 지내는지 문득 궁금해진다. 어느덧 세월이 흐르고 흐르다 보니 고마운 사람들과 함께한 지난날이 떠오르고, 그리움이 마음속에 일렁인다.

우리는 기쁘고 슬픈 순간을 다 겪으며 살아왔다. 반짝거리는 날이 있었고, 잿빛으로 가라앉던 시절도 있었지만 힘들 때마다 곁에 있어준 친구들 덕분에 버틸 수 있었다.

어느새 우리는 중년이 되었고, 그 사실조차 믿기 어려울 만큼 세월은 빠르게 흘렀다. 그럼에도 친구는 지난 반세기와 앞으로의 반세기를 함께하고 싶은 한결같은 벗이다.

고등학교 졸업 후 친구들은 대학과 직장으로 흩어졌다. 나는 대학에 진학한 친구들을 부러워하며 언젠가 배움의 갈증을 채울 날을 꿈꾸었다. 그리고 우리는 조금 늦게 공부를 시작하면서 비슷한 갈망을 가슴에 품고 같은 길을 걷게 되었고 그때부터 마음의 거리가 더욱 가까워졌다.

살아가며 우리는 사랑, 관계, 인내, 상실, 두려움, 받아들임 등 수많은 감정과 경험을 배운다. 그중에서도 나는 내 친구 전상인에게서 배려하고 칭찬하는 마음을 배웠다.

친구는 말보다 행동으로 사람 사이의 도리를 보여주었고 늘 상대를 먼저 생각하며 격려해 주었다. 친구와 이야기를 나누다 보면 사라진 자신감이 다시 살아난다. 힘든 세월에도 굽히지 않는 따뜻함으로 사람에게 기댈 틈을 만들어주는 그 마음이 나는 참 고맙고 또 고맙다.

삼양초등학교 36회 동창회가 오늘날까지 이어지는 것도 친구가 바쁜 와중에도 중심을 잡고 기꺼이 시간과 정성을 내어준 덕분이라 모두 알고 있다. 또한 단순한 친목을 넘어 형편이 어려운 후배들에게 교복을 지원하자고 제안한 것도 친구였다.

그 따뜻한 제안이 이어져 지금까지 실천되고 있으니 친구의 고향 사랑이 어떤 결실을 낳는지는 굳이 설명할 필요도 없다. 친구는 마음이 크고 생각이 깊은 사람이다.

정말 멋지고, 좋은, 그래서 닮고 싶은 사람이다. 우리 우정의 색을 가슴에 품고 서로의 삶을 더 넓은 마음으로 채워가자. 친구야, 멋지게 나이 들며 멋지게 살아가자.

– 2018년 1월 12일 영미

편지는 나를 '어릴 때나 지금이나 한결같이 따뜻한 사람'이라 표현했다. 부끄럽고 쑥스럽지만, 그 말속에서 나는 마음의 중심을 잡는다.

18년도에 받은 이 편지는 지금까지 내 마음을 따뜻하게 감싸주었다. 사람은 스스로 자신을 규정할 수 있다고 생각하지만 정작 중요한 건 주변이 나를 어떻게 느끼고 기억하느냐는 것이다. 오해로 마음이 상하고 흔들릴 때 이 한 장의 편지는 내가 어떤 사람이 되고 싶은지를 조용하고도 분명하게 일러주었다.

정치는 때때로 잔인하다. 모함과 상처는 언제든 따라붙는다. 그런 순간마다 나를 일으켜 세운 건 고향 옥천과 그곳 친구들이었다.

그래서 나는 옥천을 떠날 수 없다. 내가 가정이 어려운 아이들에게 교복 지원을 제안하고 시간 날 때마다 어르신들을 찾아뵈며 인사를 드리는 것도 단지 선행이 아니라 이 고장에서 받은 사랑을 갚기 위한 마음 때문이다. 옥천에는 나의 어린 시절을 함께한 친구들과 늘 지켜봐주신 어르신들이 계신다.

물론, 핀잔을 가끔 듣기도 하지만 그조차 내 삶의 기쁨이라 여긴다.

한번은 버스 안에서 어르신들께 물었다.

"옥천이 발전하려면 어떻게 해야 할까요?"

그때 돌아온 대답은 짧지만 절절했다.

"우리 옥천에도 내세울 만한 게 하나쯤 있어야지."

그 속엔 고향에 대한 걱정과 사랑, 그리고 조용한 기대가 함께 담겨 있었다.

그래서 나는 정치는 배려이고 사랑이며, 그리고 약속이라는 것을. 그리고 반드시 그 약속을 지켜야 할 곳이 내 고향 옥천이라는 것을 믿고 있다.

한동안 내 휴대폰의 통화연결음은 수잔 잭슨Susan Jackson의 〈에버그린〉이었다. 진초록의 상록수가 주는 안정과 평온처럼 옥천도 늘 푸르게 살아 숨 쉬는 곳이 되길 바란다.

오늘도 나는 한결같은 마음으로 고향의 강과 산, 그리고 호수를 바라본다.

　　시처럼 걷고, 숲처럼 머물다 ──────

7장

정론직필 正論直筆

농어촌 기본소득

　농어촌 인구 감소는 오랜 시간 누적되어 온 구조적 문제다. 일자리 부족, 청년 유출과 고령화는 이미 익숙한 진단이 되었고 지방 소멸이라는 표현 또한 더 이상 낯설지 않다. 실제로 농촌 곳곳에서는 빈집이 늘고 있고 폐교된 학교와 사용되지 않는 공공시설이 지역의 변화를 보여준다. 그동안 다양한 정책들이 시행되었지만, 인구 감소라는 흐름을 근본적으로 전환하는 데에는 한계가 있었다는 평가도 존재한다.

　이러한 상황 속에서 옥천군은 국가 시범사업으로 농어촌 기본소득 정책을 시행하고 있다. 일정 기간 해당 지역에 거주하는 주민에게 조건 없이 매달 일정 금액의 지역상품권을 지급하는 방식이다. 이 사업은 기존의 선별적 복지나 개별 지원과는 다른 접근을 취하고 있으며, 그 효과와 한계에 대한 검토가 함께 요구되는 사례로 볼 수 있다.

해당 실험은 단순한 현금 지급 정책으로만 이해되기보다는 농어촌 지역에서의 생활 여건과 인구 구조 변화에 어떤 영향을 미칠 수 있는지를 살펴보는 과정으로 해석될 수 있다. 실제로 일부 주민 이동이나 행정 수요의 변화가 관찰되고 있고 이에 대한 다양한 해석이 나오고 있다. 이러한 변화가 일시적인 현상인지 구조적 전환의 신호인지는 추가적인 관찰과 분석이 필요하다.

지역상품권을 통한 소비가 지역 내에서 순환된다는 점에서 보면 지역 경제에 미치는 영향 역시 검토 대상이다. 다만 이러한 효과가 지속 가능한지 다른 정책 요소들과 어떻게 결합되어야 하는지는 아직 섣불리 판단하기 어렵다. 정책 효과를 단정하기보다는 데이터를 축적하고 비교 분석하는 과정이 중요하다.

한편, 이와 같은 정책 실험에는 재정 부담과 형평성 문제도 함께 제기된다. 시범사업이라는 성격상 특정 지역에 한정되어 시행되는 만큼 다른 지역과의 형평성 논의는 불가피하다. 또한 장기적인 제도화 가능성을 논의하기 위해서는 재원 마련 방식과 정책 지속성에 대한 검토가 선행되어야 한다.

그럼에도 불구하고 이러한 시도는 농어촌 문제를 새로운 방식으로 바라보려는 정책 실험의 하나로 기록될 필요가 있다.

 시처럼 걷고, 숲처럼 머물다 ———————

단기간에 문제를 해결하기보다는 다양한 접근을 통해 정책적 선택지를 넓혀가는 과정으로 이해할 수 있다. 농어촌의 변화는 단일 정책으로 설명되기 어렵고 여러 요인이 복합적으로 작용한다.

앞으로 중요한 것은 사업의 결과를 단순히 성공과 실패로 구분하기보다 시행 과정에서 나타나는 변화들을 객관적으로 관찰하고 기록하는 일이다. 주민의 생활 방식은 어떻게 달라지는지 지역 경제 지표에는 어떤 변화가 있는지, 인구 이동과 공동체 관계에는 어떤 영향이 있는지에 대한 분석이 뒤따라야 한다.

이 과정은 향후 농어촌 정책을 설계하는 데 참고 자료가 될 수 있다. 옥천에서 진행 중인 이 실험은 특정 지역의 사례이지만, 농어촌 정책 전반에 대해 질문을 던진다는 점에서 의미를 가진다.

우리는 결국 묻게 된다.

"농어촌 문제를 어떻게 바라볼 것인가, 그리고 국가는 어떤 역할을 할 수 있는가."

이 질문에 대한 답은 단일한 정책이 아니라, 여러 실험과 논의를 통해 축적될 것이다. 옥천의 사례 역시 그러한 논의의 한 과정으로 남게 될 것이다.

광역철도와 생활권

아침 시간대 옥천역과 인근 정류장에는 다양한 목적을 가진 주민들이 모인다. 출근길에 오른 직장인과 자녀와 함께 이동하는 부모, 병원 진료를 위해 외출하는 어르신 등 사유는 다르지만, 행선지가 대전으로 향하는 경우가 많다. 옥천군의 행정구역은 충북에 속해 있으나 일상생활의 상당 부분은 인접한 대전과 연결되어 있다는 점을 보여주는 장면이다.

옥천 주민들의 소비, 의료 이용, 통근·통학, 문화 활동은 오래전부터 대전과 밀접하게 이어져 왔다. 물리적 거리와 이동 시간 그리고 비용 측면에서 대전은 청주보다 접근성이 높다는 인식도 널리 공유되어 있다. 이러한 생활권 구조 속에서 교통 여건은 주민들의 일상에 중요한 영향을 미친다.

 시처럼 걷고, 숲처럼 머물다 ———————

현재 옥천과 대전 사이의 이동은 비교적 짧은 거리임에도 불구하고 교통 상황이나 시간대에 따라 불편이 발생한다는 의견이 꾸준히 제기되어 왔다. 특히 기상 여건이 좋지 않거나 이동 목적이 긴급한 경우, 교통수단 선택과 대기 시간은 부담으로 작용할 수 있다. 이러한 문제 인식 속에서 광역철도와 같은 대중교통 인프라는 하나의 정책적 검토 대상으로 논의되고 있다.

고령 인구 비율이 높은 농어촌 지역의 특성상 의료 접근성과 이동 편의성은 중요한 생활 요소다. 대전에 집중된 의료 시설을 이용해야 하는 주민들에게 이동 과정의 안정성과 예측 가능성은 삶의 질과 직결된다. 광역교통망은 이러한 측면에서 검토할 필요가 있는 교통수단 중 하나로 언급된다.

청년층의 경우에도 교통 여건은 거주지 선택에 영향을 미치는 요소다. 일자리와 교육, 문화 시설이 인접 도시로 집중된 상황에서 거주지와 활동 공간을 연결하는 교통 인프라는 지역 정주 여건을 평가하는 기준으로 작용할 수 있다. 안정적인 이동 환경이 확보될 경우 지역 간 이동 방식과 생활패턴에도 변화가 나타날 가능성이 있다.

자녀를 둔 가정 역시 통학·통원·교육 활동에 따른 이동 부담을 고려하게 된다. 이동 시간이 길어질수록 일상 일정 조정이 어려워지는 만큼 교통 환경은 가정의 생활 방식과 밀접한 관련을 가진다. 이러한 점에서 광역교통 체계는 특정 계층이 아닌 다양한 세대의 생활 조건과 연관된 사안으로 볼 수 있다.

이처럼 광역철도 논의는 단순한 교통 인프라 확충을 넘어 옥천과 인접 도시 간의 생활권 구조를 어떻게 이해할 것인가라는 질문과 맞닿아 있다. 다만 이러한 정책은 필요성 제기와 함께 비용, 수요, 재정 여건, 나른 교통수단과의 관계 등 다양한 요소를 종합적으로 검토해야 한다.

광역교통망에 대한 논의는 단기간의 결론보다는 주민 생활 변화와 지역 구조를 객관적으로 분석하는 과정속에서 이루어질 필요가 있다. 옥천의 사례 역시 그러한 검토 대상 중 하나로서 생활권 변화와 교통 정책의 관계를 살펴보는 자료가 될 수 있다.

광역철도는 특정 지역의 미래를 단정 짓는 해답이라기보다는 지역 간 연결과 이동 방식에 대해 고민하게 만드는 하나의 정책적 질문이다. 그 질문에 대한 답은 충분한 논의와 검토 그리고 축적된 자료를 통해 모색되어야 할 것이다.

 시처럼 걷고, 숲처럼 머물다 ——————

지역문화의 지속성

　인간은 태어나는 순간부터 삶이라는 긴 여정을 시작한다. 태어나기 전 오랜 준비의 시간을 거치지만, 죽음은 예고 없이 찾아온다. 작가 공지영은 『높고 푸른 사다리』에서 삶의 과정속에서 죽음을 준비하게 된다고 말한 바 있다. 어떻게 살아갈 것인가에 대한 고민은 결국 삶의 의미와 방향을 성찰하게 만든다. 이러한 흐름은 최근 사회적 화두로 떠오른 '웰다잉Well-dying'과도 맞닿아 있다.

　한국 사회는 '잘 먹고 잘사는 삶'에서 '의미 있게 살고 잘 마무리하는 삶'으로 관심의 축이 이동하고 있다. 건강과 행복, 삶의 질을 중시하는 흐름 속에서 많은 이들이 여행과 문화 활동을 통해 자신의 삶을 뒤돌아본다. 개인의 삶뿐 아니라 지역과 공동체 역시 이러한 관점에서 재조명될 필요가 있다. 지역이 제공하는 삶의 환경이 주민의 만족도와 직결되기 때문이다.

삶의 후반기로 접어들수록 남은 시간을 어떻게 보낼 것인가에 대한 고민은 자연스러운 질문이 된다. 이것은 개인의 삶을 넘어, 내가 속한 공동체와 지역을 어떻게 바라볼 것인가라는 성찰로 확장되기도 한다. 지역이 지속 가능하기 위해서는 경제적 기반뿐 아니라, 삶의 의미와 가치를 담아낼 수 있는 요소가 함께 고려되어야 한다.

지역 발전을 논할 때 흔히 경제 지표나 인프라 확충이 먼저 언급된다. 물론 이것은 매우 중요한 요소다. 그러나 '잘 산다'는 개념을 단순히 물질적 풍요로만 한정하기는 어렵다. 삶의 품격과 존엄, 여가와 정서적 안정, 공동체적 유대 역시 중요한 구성 요소다. 이러한 요소를 포괄하는 개념이 바로 문화다.

농촌 지역 또한 변화의 흐름 속에 있다. 과거 생계 중심의 공간에서, 여가·치유·문화가 어우러진 공간으로 기능이 확장되고 있다. 이러한 변화를 충분히 이해하지 못할 경우, 지역은 정체되거나 경쟁력을 잃을 수 있다. 주민의 삶의 질을 고려하지 않은 채 유지되는 지역은 지속 가능성을 담보하기 어렵다.

문화는 특정 계층이나 전문가만의 전유물이 아니다. 지역 주민들이 일상 속에서 함께 만들어 가는 삶의 방식이 곧 문화다. 역사와 전통, 자연환경, 음식과 생활 양식, 공동체의 기억은 모두 문화적 자산이 될 수 있다. 중요한 것은 이러한 자산을 어떻

   시처럼 걷고, 숲처럼 머물다 ──────

게 바라보고, 어떻게 보존하며, 어떤 방식으로 활용할 것인가
에 대한 사회적 논의다.

지역 고유의 이야기와 문화를 발굴하고 이를 관광·교육·생
활 문화와 연계하는 시도는 지역의 가치를 재발견하는 과정이
될 수 있다. 이는 단기적인 이벤트보다는 장기적인 관점에서
지역 정체성을 형성하고, 주민의 자긍심을 높이는 역할을 한
다. 동시에 외부와의 교류를 넓히는 계기가 될 수도 있다.

삶의 질을 중시하는 사회적 흐름 속에서 농촌은 새로운 가능
성을 지닌 공간으로 다시 주목받고 있다. 자연환경과 여유, 문
화적 정체성을 경험하고자 하는 수요는 점차 늘어나고 있다.
이러한 흐름 속에서 문화적 기반이 부족한 지역은 선택받기
어려울 수 있다. 반대로 문화적 매력을 갖춘 지역은 새로운 기
회를 맞이할 수 있다.

지역의 미래는 단일한 정책이나 방향으로 결정되지 않는다.
다만 문화가 지역의 삶을 지탱하는 중요한 요소 중 하나라는
점은 분명하다. 문화는 사람을 머물게 하고 사람은 지역을 유
지한다. 지역의 지속 가능성을 고민할 때 문화가 차지하는 역
할에 대한 성찰은 앞으로도 계속되어야 할 과제다.

인구소멸지역의 미래

오늘날 인구소멸지역의 미래를 이야기할 때 통계는 가장 먼저 언급되는 지표다. 인구 감소 속도, 출생률, 고령화 비율은 지역의 현재를 설명하는 중요한 자료다. 옥천군 역시 이러한 변화의 흐름 속에 있다.

공식 통계에 따르면 지난 수십 년간 옥천 인구는 지속적으로 감소해 왔으며, 최근에는 5만 명 이하로 줄어든 것으로 나타난다. 이러한 수치는 지역이 직면한 현실을 보여준다. 다만 통계는 현상을 기록할 뿐, 그 배경과 맥락까지 모두 설명해 주지는 않는다. 숫자 뒤에는 사람들의 선택과 삶의 조건, 시대 변화가 함께 놓여 있다. 따라서 인구 감소를 단순한 수치의 문제로만 바라보는 데에는 한계가 있다.

지역에서 사람이 줄어드는 이유는 단순하지 않다. 청년층은 일자리와 교육, 다양한 기회를 찾아 대도시로 이동하는 경향이 있다. 이는 개인의 삶을 설계하는 과정에서 자연스럽게 나타나는 선택이기도 하다. 그 결과 농촌 지역에는 상대적으로 고령 인구의 비중이 높아지고, 지역 사회의 연령 구조에도 변화가 생긴다.

이러한 변화는 지역 공동체의 유지와 직결된다. 상업 시설의 감소, 교육 기관의 통폐합, 마을 단위 활동의 위축 등은 인구 구조 변화와 함께 나타나는 현상이다. 이는 특정 지역만의 문제가 아니라, 많은 인구 감소 지역이 공통으로 겪고 있는 과제이기도 하다.

그동안 다양한 정책적 시도가 이어져 왔다. 전입 지원, 출산 장려, 청년 대상 프로그램 등은 인구 감소에 대응하기 위한 노력의 일환이다. 이러한 정책은 일정 부분 긍정적인 역할을 하기도 하지만, 장기적인 관점에서 지역의 생활 여건과 구조를 어떻게 변화시키는지에 대해서는 지속적인 점검이 필요하다.

지역에 사람이 머무르거나 새로 정착하기 위해서는 기본적인 삶의 조건이 중요하다. 안정적인 일자리, 주거 환경, 교육과 돌봄 여건, 그리고 지역에 대한 정체성과 소속감은 정주 여부를 결정하는 주요 요소로 작용한다. 이러한 요소들이 균형 있게 갖춰질 때, 지역은 선택 가능한 생활 공간으로 인식된다.

지역 경제를 지탱해 온 전통 산업 역시 변화의 흐름 속에서

재검토되고 있다. 농업과 지역 특화 산업은 기술 변화와 유통 환경의 전환에 대응해야 하는 과제를 안고 있다. 산업 구조의 현대화와 새로운 분야에 대한 모색은 인구 구조와도 밀접한 관련을 가진다.

한편, 많은 농촌 지역은 자연환경과 생활의 여유, 공동체적 관계라는 자산을 지니고 있다. 이러한 요소는 도시에서는 쉽게 대체하기 어려운 가치다. 다만 이러한 자산이 지속 가능한 정주 환경으로 이어지기 위해서는 생활 인프라, 문화 활동, 지역 서비스 등 다양한 요소가 함께 고려되어야 한다.

결국 인구소멸지역이 직면한 질문은 단순히 인구수를 늘리는 데에 있지 않다. 중요한 것은 지역이 어떤 의미를 지닌 공간으로 남을 것인가에 대한 고민이다. 인구수보다 삶의 밀도를 어떻게 채울 것인지, 지역이 제공할 수 있는 삶의 방식은 무엇인지에 대한 논의가 필요하다.

지역의 미래는 단기간에 결정되지 않는다. 통계 변화 역시 정책과 사회적 선택이 축적된 결과로 나타난다. 따라서 지역이 다시 선택받기 위해서는 숫자 이상의 이야기가 필요하다. 사람이 머무르는 이유, 삶의 의미를 발견할 수 있는 환경이 마련될 때, 지역은 새로운 가능성을 모색할 수 있다. 인구소멸 지역의 과제는 바로 그 조건을 어떻게 만들어 갈 것인가에 대한 질문에서부터 출발한다.

나에게 고향은 어떤 의미인가

사람은 누구나 두 개의 고향을 품고 산다.

태어나 처음 울음을 터뜨린 물리적 고향, 그리고 마음 한편에서 평생 떠나지 않는 정신적 고향이다. 나에게 옥천은 그 두 가지가 모두였다.

어린 시절 내 고향 옥천은 '지지리도 못사는 동네'라는 말이 낯설지 않은 곳이었다. 그중에서도 우리 집은 더 가난했다. 지붕으로 빗물이 새면 대야를 놓아야 했고, 새벽마다 들리던 쥐 소리에 잠을 깨곤 했다. 그래서였을 것이다. 성인이 되어 삶이 힘겨울 때마다 나는 '떠나고 싶다'는 생각을 수도 없이 많이 했다. 어디든 좋으니, 일만 할 수 있다면 된다고 여겼다.

그러나 떠나지 못했다. 늘 부모님과 가족, 그리고 사람 냄새

나는 이웃들의 얼굴이 마음을 붙잡았다. 그러고 보니 나는 단 한 번도 옥천을 벗어나 살아본 적이 없다. 세상은 넓고 기회는 많다는 말을 들을 때마다 나에게는 늘 "나는 왜 이곳을 떠나지 못했을까"라는 질문이 남았다. 오랜 시간이 흐른 지금에서야 그 이유를 조금은 알 것 같다.

옥천 사람들의 넉넉한 인심, 정을 아는 마음, 사람을 귀하게 여기는 품성. 그런 따뜻한 기운이 내 삶을 지켜주었다. 그래서 나는 지금도 그리고 앞으로도 이곳에서 살고 싶다. 이 땅에 삶의 흔적을 남기고 싶다는 마음은 조금도 변함이 없다.

하지만 오늘의 옥천은 분명한 어려움 앞에 서 있다.

인구는 크게 줄었고 고령 인구 비중은 크게 늘었다. 젊은 세대는 점점 줄어들고, 마을의 활력은 눈에 띄게 약해지고 있다. 이러한 변화는 단순한 숫자의 문제가 아니라 지역 공동체의 지속 가능성과 직결된 문제다. 그럼에도 많은 이들이 이 현실을 체감하지 못한 채 하루하루를 살아가고 있다는 사실이 마음을 무겁게 한다.

나는 수석보좌관으로 일하면서 이와 같은 지역 문제를 자주 접하게 된다. 각종 통계와 자료를 통해 현실을 마주할수록 지역 소멸이라는 문제는 행정적 수치로만 설명될 수 없다는 생각이 깊어진다. 그것은 한 지역에서 살아온 사람들의 삶과 기억, 그리고 다음 세대의 미래에 대한 이야기이기 때문이다.

지역을 살린다는 것은 단순히 인구를 늘리는 일이 아니다.

 시처럼 걷고, 숲처럼 머물다 ──────

왜 사람들이 떠나는지를 묻기 전에, 왜 이곳에 머물 이유가 충분한지를 함께 고민해야 한다. 교육과 일자리, 아이를 키우기 좋은 환경, 어르신들이 외롭지 않게 지낼 수 있는 공동체. 이러한 조건들이 차곡차곡 쌓일 때 비로소 지역은 다시 숨을 쉬기 시작한다.

그래서 나는 옥천의 미래를 생각할 때 언제나 '사람'을 먼저 떠올린다. 제도와 예산, 시설도 중요하지만, 결국 지역을 지탱하는 힘은 사람의 관계와 온기, 그리고 가능성에 대한 믿음이다. 누군가는 고향을 그리움으로만 남겨두지만 누군가는 손을 대고 지키며 가꿔야 할 때가 있다고 믿는다.

고향은 과거의 기억에만 머무는 공간이 아니다. 지금을 사는 사람들이 함께 책임지고 만들어 가야 할 현재이자 미래다. 내 어린 시절이 있었고, 나를 키워준 사람들이 살아온 옥천이 앞으로도 누군가에게 '돌아오고 싶은 고향'으로 남을 수 있기를 바란다.

나는 오늘도 스스로에게 묻는다.

"왜 이 문제를 계속 생각하는가."

그리고 늘 같은 답에 이른다. 고향이 사라지지 않도록, 우리가 함께 지켜야 할 이유가 분명하기 때문이다. 이것이 내가 옥천을 생각하며 살아가는 이유이며 앞으로도 변함없이 이어가고 싶은 마음이다.

어르신이 행복한 옥천

사람은 누구나 태어나고, 시간이 흐르면 늙는다. 이는 자연의 섭리이자 삶의 이치다. 우리 옥천에는 이러한 흐름 속에서 농촌을 지키며 살아가는 많은 어르신들이 계신다. 자녀들은 대부분 도시로 떠나고, 어르신들만 남아 농사를 짓거나 홀로 일상을 이어가는 경우도 적지 않다. 그러나 정작 이분들을 일상 속에서 따뜻하게 보살필 수 있는 사회적 돌봄의 여건은 충분하지 않은 것이 현실이다.

이와 같은 상황은 비단 옥천만의 문제가 아니다. 우리 사회 전반이 이미 초고령화 사회로 접어들면서, 노인의 주거와 돌봄, 안전에 대한 문제는 전국 어디에서나 공통적으로 나타나고 있다. 가까운 일본의 사례를 보더라도 고령화에 대응하기 위한

 시처럼 걷고, 숲처럼 머물다 —————

제도적 논의가 비교적 이른 시기부터 이어져 왔음을 알 수 있다. 이러한 흐름은 고령 사회를 살아가는 국가라면 누구나 고민해야 할 과제일 것이다.

우리나라 역시 평균 수명이 꾸준히 늘어나고 있지만, 현실 속 많은 어르신들은 여전히 복지·의료·안전의 사각지대에 놓여 있다. 과거 요양시설에서 발생한 대형 화재 사고는 노인 돌봄 환경과 안전 관리에 대해 사회 전체가 다시 한번 돌아보게 만든 계기였다. 충분한 안전시설과 관리 체계가 갖추어지지 않은 공간에서 어르신들이 생활하고 있었다는 사실은 돌봄의 질과 환경에 대한 근본적인 질문을 던지게 한다.

이러한 맥락에서 지역 내 노인복지시설과 돌봄 여건을 점검하고, 실제로 어르신들의 삶에 어떤 도움이 되고 있는지 살펴보는 일은 매우 중요하다. 특히 농촌 지역은 노인 인구 비중이 높음에도 불구하고, 돌봄 서비스와 복지 인프라는 상대적으로 부족한 경우가 많다. 어르신 돌봄은 대도시의 문제가 아니라, 오히려 농촌에서 더욱 절실하게 필요한 과제일지도 모른다.

노인들이 겪는 어려움은 경제적 문제에만 국한되지 않는다. 어르신들이 가장 크게 느끼는 결핍은 '관계의 단절'과 '고독감'이다. 가족과의 소통이 줄어들고, 의지할 곳이 마땅치 않은 상황 속에서 하루하루를 보내는 어르신들이 늘어나고 있다는 사실은 우리 사회가 함께 고민해야 할 문제다. 세대 간의 관심과 존중, 그리고 일상적인 소통이야말로 노인의 삶의 질을 지탱하는 중요한 요소다.

사회가 신뢰받기 위해서는 어르신이 존중받는 사회여야 한다. 지금의 어르신들은 젊은 시절 가족과 사회를 위해 헌신하며 살아온 분들이다. 오늘의 우리 사회가 여기까지 올 수 있었던 배경에는 그분들의 노고와 인내가 있었다는 사실을 잊어서는 안 된다. 나이가 들었다는 이유만으로 사회적 보호에서 멀어지는 일이 있어서는 안 될 것이다.

과거 옥천에서 만났던 한 어르신과의 대화가 오래 기억에 남는다. 그분께 가장 필요한 것이 무엇인지 묻자, 돌아온 대답은 의외로 소박했다.

"아이들과 자주 이야기 나누는 것뿐이지요."

이 짧은 말속에는, 노인 문제의 본질이 무엇인지가 담겨 있다. 거창한 것이 아니라 함께 안부를 묻고 마음을 나누는 일상이야말로 고독을 줄이는 가장 큰 힘이라는 사실이다.

어르신이 외롭지 않은 지역, 나이가 들어도 존중받는 사회는 하루아침에 만들어지지 않는다. 그러나 지금 우리가 어떤 시선으로 어르신의 삶을 바라보고 있는지 또 어떤 사회를 지향해야 하는지에 대한 질문은 계속되어야 할 것이다. 어르신이 행복한 옥천은 결국 모두가 안심하고 나이 들 수 있는 옥천이기 때문이다.

 시처럼 걷고, 숲처럼 머물다 —————

농촌형 지방자치단체가 나아가야 할 길

지방자치의 환경이 빠르게 변화하고 있다. 도시 간 통합 논의 광역 행정의 확대, 인구 감소와 소멸 위기 등 지방정부가 직면한 현실은 그 어느 때보다 복합적이다. 옥천군 역시 이러한 변화의 흐름 속에 놓여 있다. 귀농·귀촌 인구는 일정 부분 증가하고 있지만 지역 전체 인구 감소라는 구조적 문제는 여전히 지속되고 있다. 농촌형 기초자치단체가 지속 가능한 발전을 이루기 위해서는 현 상황에 대한 냉정한 점검과 중장기적 대응이 필요하다.

대한민국의 지방자치단체는 광역과 기초로 나뉘어 주민의 복리 증진과 지역 발전을 위해 자율적으로 사무를 수행하도록 제도화되어 있다. 조례와 규칙의 제정, 예산 집행, 공공시설 관리 등 지역의 주요 과제는 지방정부가 책임지고 해결하는 것이 지방자치의 기본 원리다.

그러나 현실에서는 제도적 취지와 운영 여건 사이에 상당한 간극이 존재한다. 특히 농촌형 기초자치단체는 재정 기반이 취약하고 인구 구조가 급격히 변화하면서 독자적인 정책 추진에 어려움을 겪고 있다.

옥천군 또한 이러한 구조적 한계 속에 있다. 지역의 특성과 수요를 반영한 자치행정의 중요성은 점차 커지고 있으나 중앙정부에 대한 재정 의존도는 여전히 높은 수준이다. 행정적·재정적 분권이 충분히 정착되지 않은 상황에서 기초자치단체가 단독으로 지역 전략을 설계하고 실행하는 데에는 현실적인 제약이 따른다. 따라서 농촌형 자치단체일수록 행정 역량의 내실화와 정책 실행력의 축적이 중요해지고 있다.

기초자치단체의 행정 운영은 단순한 사무 처리 차원을 넘어선다. 지역 여건을 분석하고 사업을 기획하는 능력, 조직을 효율적으로 운영하는 시스템, 다양한 이해관계를 조정하는 행정 역량이 종합적으로 요구된다. 오늘날 지방정부는 행정 관리 기능에 더해 지역의 중장기 발전 방향을 고민하고, 정책을 통해 지역 문제를 해결하는 역할까지 수행하고 있다.

특히 농촌형 자치단체는 중앙정부 정책과의 연계가 중요하다. 자체 재정만으로 해결하기 어려운 과제가 많은 만큼, 국가 정책을 지역 여건에 맞게 적용하고 활용하는 행정적 조정 능력이 요구된다. 지역의 특성을 정확히 진단하고, 중앙 정책과의 접점을 찾아 실질적인 사업으로 연결하는 과정이 행정 운영의 중요한 요소가 되고 있다.

지방자치의 성과는 결국 제도와 환경, 그리고 행정 역량이 함께 작용한 결과로 나타난다. 행정의 연속성과 정책의 일관성이 확보될 때 지역은 점진적인 변화를 만들어갈 수 있다. 주민과의 소통을 바탕으로 한 정책 추진, 중앙과의 협력 체계 구축, 지역 자원의 효율적 활용은 농촌형 지방자치단체가 공통적으로 고민해야 할 과제다.

지역 미래 역시 고정된 결과가 아니라, 어떤 정책과 행정 방향을 선택하느냐에 따라 달라질 수 있다. 지금 필요한 것은 개인이나 특정 주체에 대한 평가가 아니라, 농촌형 지방자치단체가 처한 현실을 정확히 인식하고 제도적·행정적 대응 방향을 모색하는 일이다.

농촌형 지방자치단체가 나아가야 할 방향은 분명하다. 지역의 특성을 충분히 반영한 행정 운영, 주민과의 지속적인 소통, 그리고 중앙정부와의 체계적인 협력을 통해 자치 역량을 강화하는 것이다. 이러한 축적된 행정 역량이야말로 변화의 시대 속에서 농촌 지역이 지속 가능성을 확보해 나가는 핵심 조건이 될 것이다.

농촌이 잘 살아야 나라가 산다

지역 소멸은 더 이상 통계 속의 개념이 아니다. 전국 곳곳의 군 단위 지역은 이미 인구 감소로 활력을 잃어가고 있고 옥천 역시 이러한 흐름에서 자유롭지 않다. 이렇듯 지역의 미래를 논할 때마다 반복되는 질문은 하나다. 젊은 세대가 떠나는 구조를 바꾸지 못한다면, 농촌의 지속 가능성은 담보되기 어렵다는 점이다. 결국 지역이 살아남기 위해서는 사람들이 머물 수 있는 환경을 만드는 일이 선행되어야 한다.

그러나 현실은 녹록지 않다. 마을 어르신들과 대화를 나누다 보면 "이 지역에는 내세울 것이 없다. 여기서는 미래를 찾기 어렵다"는 말이 자연스럽게 나온다. 문제는 자원이나 제도의 부족보다도, 지역 스스로 가능성을 낮게 평가하는 인식에

 시처럼 걷고, 숲처럼 머물다 ───

있다. 농촌이 마주한 가장 큰 어려움은 물질적 빈곤이 아니라 변화에 대한 기대를 잃어버린 마음일지도 모른다. 어떤 정책도 주민의 신뢰와 공감 없이 성과를 내기는 어렵다.

국가 발전의 과정속에서 농촌이 감내해 온 희생 역시 돌아볼 필요가 있다. 산업화와 도시화는 경제 성장을 이끌었지만, 그 이면에서 농촌은 상대적으로 소외되어왔다. 도시와 농촌 간 격차는 점차 확대되었고 농촌은 '기회가 적은 공간'으로 인식되기 시작했다. 이러한 인식은 세대를 거치며 굳어졌고, 오늘날 청년들의 선택에도 영향을 미치고 있다.

어느 날 우연히 고등학교에서 학생들과 이런저런 대화를 나누었던 적이 있다. 그들의 모두가 공통적으로 지역을 떠나고 싶다는 뜻을 밝혔다. 이유는 달랐지만, 결론은 같았다. 농촌에서는 미래를 그리기 어렵다는 생각이 이미 학습된 결과처럼 자리 잡고 있었다. 이는 개인의 선택이라기보다 사회 구조가 만들어낸 인식의 결과라고 볼 수 있다.

이러한 상황에서 농업과 농촌의 가치를 다시 바라보는 시각 전환이 필요하다. 농업이 충분한 보상을 받지 못하고, 미래 산업으로 인식되지 못하는 구조 속에서는 다음 세대가 농촌을 선택하기 어렵다. 단순한 귀농 장려나 감성적 호소만으로는 현실을 바꾸기 어렵다. 농업이 하나의 산업으로 지속 가능성을 갖추고, 안정적인 소득과 미래 전망을 제시할 수 있어야 한다.

농촌이 발전하기 위해서는 종합적인 접근이 요구된다. 농업의 고도화, 지역 특성을 살린 산업 육성, 첨단 기술을 활용한 스마트 농업, 에너지와 환경을 연계한 생태 기반 구축 등 다양한 정책이 유기적으로 맞물려야 한다. 이는 단기적 사업이 아니라 중장기적 관점에서 꾸준히 추진되어야 할 과제다.

지방자치단체 역시 단발성 행사나 일회성 지원을 넘어, 교육·산업·주거·복지 전반을 아우르는 통합적 정책을 고민할 필요가 있다. 젊은 세대가 지역을 떠나는 이유를 정확히 진단하고, 다시 선택할 수 있는 조건을 차근차근 마련해야 한다. 사람이 돌아오는 지역은 자연스럽게 만들어지지 않는다.

국가 균형 발전의 핵심에는 여전히 농촌이 있다. 경제 지표가 성장하더라도 농촌 공동체가 붕괴가 된다면 지속 가능한 미래를 기대하기 어렵다. 농촌을 되살리는 일은 특정 지역만의 과제가 아니라, 사회 전체의 구조를 바로 세우는 과정이다. 다음 세대를 위한 준비이자, 국가의 토대를 다지는 일이다.

농촌이 살아야 나라가 산다. 지역의 가능성을 다시 믿고, 사회 전체가 함께 방향을 모색할 때 변화는 시작될 수 있다. 지금 필요한 것은 거창한 구호가 아니라, 농촌의 현실을 직시하고 차분히 해법을 쌓아가는 일일 것이다.

 시처럼 걷고, 숲처럼 머물다 ————

농촌의 미래는 교육에 달려 있다

　지역 소멸은 더 이상 먼 이야기나 학술 보고서 속 경고에 머물러 있지 않다. 이미 전국 곳곳에서 현실로 나타나고 있으며, 통계청의 인구 추계에 따르면 상당수 군 단위 지역은 향후 10~20년 안에 행정 유지 자체가 어려워질 가능성도 제기되고 있다.

　이것은 국가 전반의 문제이지만 그 영향을 가장 먼저 체감하는 곳은 중소 지역이다. 실제로 옥천에서도 젊은 인구의 유출과 낮은 출산율이라는 구조적 문제가 동시에 나타나고 있다.

　이러한 현상을 단순한 인구 문제로만 바라보는 데에는 한계가 있다. 지역의 지속 가능성을 좌우하는 근본적인 요인 중 하나는 교육 환경이다. 교육은 학생 개인의 학업 성취를 넘어, 지역이 세대를 이어 유지될 수 있는 기반을 형성하는 핵심 요소다. 교육 여건이 안정적인 지역일수록 아이를 키우며 살아갈 수 있는 생활 기반이 마련되고, 이는 정주 가능성과 직결된다.

현재 옥천에는 유치원, 초·중·고등학교, 전문대학 등 일정 수준의 교육 인프라가 구축되어 있다. 그러나 교육 체계의 연속성 측면에서 보면 한계도 분명하다. 고등학교 졸업 이후 진학 가능한 선택지가 제한적이다 보니, 상당수 학생이 자연스럽게 지역을 떠나게 된다. 대학 진학 시점은 진로 설정과 생활 기반이 형성되는 중요한 시기이기에 이 과정에서 지역과의 연결성이 끊어질 경우에 다시 돌아오기는 쉽지 않다. 그 결과, 지역에서 성장한 인재가 외부로 유출되는 구조가 반복되고 있다.

그동안 농촌 정책, 귀농·귀촌 정책, 일자리 정책 등 다양한 시도가 이루어졌지만, 교육 전반을 장기적 관점에서 바라보는 논의는 상대적으로 부족했다. 주거 여건이나 일자리 지원이 중요하다는 점은 분명하지만, 자녀 교육에 대한 신뢰가 뒷받침되지 않는다면 젊은 세대의 정착을 기대하기는 어렵다. 실제로 여러 지역에서 학교 통폐합이 이어지고, 출산 이후 교육 문제를 이유로 이동하는 사례가 반복되고 있다.

이제는 교육을 지역 정책의 중요한 축 중 하나로 바라볼 필요가 있다. 최근 일부 대학들이 지방 캠퍼스 운영이나 지역 연계 모델을 검토하는 흐름도 이러한 문제의식과 무관하지 않다. 옥천 역시 지역 특성과 여건에 맞는 교육 모델을 모색할 수 있다. 예를 들어 산업·농업·환경·생명 분야와 연계한 특화 교육기관, 직업교육과 평생교육을 아우르는 교육 거점, 지역 산업과 연계된 교육 프로그램 등 다양한 접근이 가능하다.

교육 환경은 학교 시설만으로 완성되지 않는다. 인성 교육, 체험 중심 학습, 문화·예술 접근성, 청소년 활동 공간, 교육과 산업을 잇는 협력 구조 등도 함께 고려되어야 한다. 아이가 배우고 성장하는 전 과정이 지역 사회 안에서 자연스럽게 이루어질 때, 지역은 단순한 거주지를 넘어 삶의 터전으로 기능하게 된다.

교육을 '백년지대계'라고 부르는 이유도 여기에 있다. 단기간의 성과보다 장기적 관점에서 접근해야 할 과제다. 인구 감소가 가속화되는 상황에서 교육에 대한 논의를 미룰수록 지역의 선택지는 점점 줄어들 수밖에 없다.

청년 인구의 유출은 어느 한 시점의 문제가 아니라 누적된 구조의 결과다. 아이를 키울 수 있는 교육 환경이 갖춰진 지역만이 지속 가능성을 논의할 수 있다. 옥천의 미래 역시 단기적인 사업이나 외형적 변화보다, 교육이라는 기본 토대 위에서 차분히 고민될 필요가 있다.

지역의 내일은 멀리 있지 않다. 오늘 교실에서 배우고 있는 아이들이 어떤 환경에서 성장하느냐가, 결국 옥천의 향후 모습을 결정하게 될 것이다.

작은 넛지가 필요하다

우리나라의 출생률은 OECD 국가 중 최하위 수준을 기록하고 있으며, 이러한 흐름은 농촌 지역에 더욱 가혹하게 작용하고 있다. 아무런 대응 없이 시간이 흐른다면, 옥천 역시 이 문제에서 쉽게 자유로울 수 없다.

그럼에도 지금까지의 대응이 충분했다고 말하기는 어렵다. 제도와 정책이 논의되어 왔지만, 현장에서 변화를 체감하기에는 여전히 한계가 있다. 중앙과 지방, 행정과 지역 사회 사이의 간극은 쉽게 좁혀지지 않았고 그 사이 농촌의 삶은 점점 더 팍팍해지고 있다.

국회와 행정의 구조를 살펴보면 지역 문제는 현장에서 가장 잘 드러나지만, 해결 과정은 종종 중앙의 결정 구조에 묶여 있다는 현실을 확인하게 된다. 이로 인해 지역의 목소리가 충분히 전달되지 못하거나 제도와 예산으로 연결되는 데 시간이 걸리는 경우도 적지 않다. 농촌의 미래를 위해서는 이러한 구조적 한계를 어떻게 보완할 것인지에 대한 지속적인 고민이 필요하다.

농촌의 변화는 단기간에 성과를 낼 수 있는 일이 아니다. 특히 인구 감소와 고령화라는 구조적 문제는 한두 가지 정책으로 해결되기 어렵다. 그렇기에 가장 경계해야 할 태도는 '아직은 괜찮다'며 문제를 뒤로 미루는 것이다. 농촌의 위기는 시간을 벌어주는 문제도, 자연스럽게 해소될 문제도 아니다.

요즘은 '100세 시대'라는 말이 일상처럼 쓰인다. 한 번의 직업으로 평생을 살아가기보다 여러 삶의 경로를 준비해야 하는 시대다. 이 과정에서 고향이나 농촌에서의 새로운 삶을 고민하는 이들도 늘고 있다.

그렇다면 농촌은 과연 이들을 맞이할 준비가 되어 있는가. 주거, 일자리, 돌봄, 교육, 문화 등 삶 전반에 대한 종합적인 접근이 뒷받침되지 않는다면, 귀향과 귀촌은 구호에 머물 수밖에 없다.

2017년 노벨경제학상 수상자인 리처드 탈러는 『넛지Nudge』를 통해 사회 변화는 거대한 명령이 아니라 작은 방향 제시에서 시작된다고 설명했다. 넛지는 강압이 아닌 설계를 통해 선택의 방향을 부드럽게 바꾸는 접근방법이다. 농촌 정책 역시 이러한 관점에서 점검할 필요가 있다.

지역을 살리는 일은 어느 한 사람의 힘으로 완성될 수 없다. 동시에, 구조적 문제를 인식하고 이를 제도와 정책의 언어로 풀어내는 과정은 지속적으로 이어져야 한다. 중앙과 지방이 단절되지 않고 지역의 현실이 정책 논의 속에 반영될 수 있는 통로를 넓히는 노력이 중요하다.

오늘날 농촌의 생존 조건은 분명하다. 변화하지 않으면 미래는 없다. 그리고 변화는 선언이 아니라 실행의 문제다. 문제를 인식하는 데서 멈추지 않고 작은 실천과 제도적 개선을 통해 방향을 조금씩 조정해 나가야 한다.

작은 넛지 하나가 지역의 방향을 바꿀 수 있다면, 그 시작은 지금일 것이다. 지역의 미래는 우연히 주어지지 않는다. 준비하고 고민하며, 공동의 과제로 풀어갈 때 비로소 길이 열린다. 이것이 오늘날 농촌이 던지고 있는 가장 중요한 질문이다.

  시처럼 걷고, 숲처럼 머물다 ————